歷代小説話

十二

黃霖 編著

鳳凰出版社

偵探雜談

憶鳳 撰

載於《游戲雜志》一九二二年十二月第十九期。憶鳳，即趙苕狂，見一九二二年《〈最小報〉小説話》提要。本文主要報導了一些當時海外的一些有關探案的新聞，最後『曲終奏雅』，點到了偵探小説的組織必須『合於科學』，正因此，程小青的偵探小説『他人望塵莫及』。

邇來偵探之術，日益進步，上至碧落，下窮海底，幾無一處能逃偵探鋭利之目光者。美國有翁麥克堪奶者，一私家偵探也。近於大西洋底，近洛特海島處，撈得一價值三百五十鎊之印刷機。此機爲一製造私幣奸寓所有。此二十年來，在紐英倫一帶，常用以印製贋幣，得之可爲判罪之鐵証也。初，黨中有斯密斯者，以在紐約行使十元贋幣二帋被拘，解送法庭，研訊得供。美政府乃遣麥克堪奶往洛特海島勘察之，至則爲瓦屋數椽，濱海而建，闃焉無人，蓋黨徒已聞風先遁矣。屋中，墨水之瓶，觸處皆是。一爐中，則有燼餘之贋幣數帋。帋角花紋，依稀可辨，蓋匆遽間，猶未盡燬去耳。旋復搜之於海中，乃得此機。當搜時，輒於黑夜中爲之，又乘潮退之時，歷數夕而始成功，亦彌云辛勤矣。

安勃洛斯密斯氏，美國吐能吐城中一巨富，忽與其秘書約翰杜富脱氏先後失蹤，相距蓋僅二十餘日，百計探訪，卒未有得。閲十一月，始得杜富脱於渦列江，而於斯密斯，仍未得其確耗焉。先是，斯密斯及杜富脱二人，皆於一九一九年十二月中忽然失蹤，斯密斯之以失蹤聞，乃在十二月二號。先數日，將其在美之戲館營業，悉行售去，得百萬餘金，悉存之於銀行中，至十二月二十八號，而杜富脱繼之，而斯密斯保險箱中所藏，價值百萬餘金之單據，皆已不翼而飛矣。州政府聞訊，乃將二人小影，複印數千幀，傳送世界各處，以爲按圖索驥之助。卒之，有安特渥特福卿者，渦列江城中一警士也，忽見某帋廠職員卡爾斯考伯氏，與杜富脱之貌乃絶相似，心焉疑之。伺其後者凡十日，乃請考伯氏去其冠，則固杜富脱也。蓋小影中之杜富脱，固亦未冠耳。乃電由吐能吐政府，派一偵探來認領，廉察屬實，率之而歸。時杜富脱已任帋廠中副工頭之職，距其以一尋常工人而入廠，爲時尚不及一年，其升遷亦可謂速矣。厥後，州政府治罪如律，然杜富脱卒未承認有盗竊單據事，惟云其去處固知之耳。而於斯密斯何往，終未有一言之及云。

警察與匪黨第一次空中之戰争，近已在坎拿大温納别附近而見之。其争也，乃坎拿大飛機偵探隊，與匪人喬斯佛搿白萊，各駕一飛艇，於空中相搏戰。卒之，搿白萊爲警察所屈服，降艇而下，束手就擒。後乃解往愛華城，歸案審鞫。蓋曾有人在彼處，控以詐欺取財冒支巨款各款焉。先是，搿白萊以創辧飛機廠名義，向愛華城附近農人共騙得一萬八千金，猶以爲未足，復肆其略取之手段。據警廳人云，其以假簽花押，冒領人款，前後共有三萬餘金之巨云。自是以後，乃以一艇，逃往坎拿大。卒以艇毁需修，下停於孟納索托，適爲偵探輩探得，往乘之，搿白脱倉皇起遁，幸得飛機偵探隊之助，乃擒之而下，不然，其不爲天外之飛鴻者幾希矣。

紐約行人，近於百老衛路及四十二街間一百貨店前，得見一絶新奇之發明品，則有警笛之聲，尖鋭無比，凌空而起，而『救助』、『警察』之字樣，亦突然見於眼簾。駭而詢之知者，始知爲最近之新發明品，係堪江氏所發明，專用以預防盗賊者。其法，於地板下置有機關，當被盗時，肆中人祇須用足踐一地板上之電鈕，此尖鋭之警笛聲即隨之凌空而起，而店前窗上，亦即有呼救之字樣，燦然發見矣。按此法誠絶妙，如能各地通行，則一般盗賊，當可稍稍斂跡，而白日搶劫之事，或可因之免矣。

某夕，雪兒佛安渥特攜一犬閑行街市間。犬，英國産也。忽遇一勃倫脱夫人者，堅指此犬爲己物，要求歸還。安渥特堅不允，乃相口角。已而，警察至，人犬悉拘入署，而兩造仍各執一詞。勃倫脱夫人云，此犬爲其所畜，於數星期前爲人盜去。安特渥則云，此犬購之於一不相識之人，且畜之有年矣。警官聆供，亦不能決，乃斥二人退，而投此犬於獄，以待司法官之再鞫云。是誠一趣聞也。

近日紐約法庭間，發見一絶可發噱之事實。蓋有一小販，以違背執照章程而被拘，例須罰洋二元，小販乃繳上一十元之帋幣，司事者亦如數找與之，釋之去。詎此帋幣，乃以一元之帋幣塗改者耳。及至發覺，已在事後，而是日小販以同類之違法而被罰者，共有三十人，究不知其誰屬。現正在偵查中，不知能否得其主名也。然亦趣矣。

偵探小説之組織，須合於科學的，而非可胡亂雜凑者。若夫信口開河，徒事熱鬧，雖亦能轟動一時，而以文藝的眼光觀之，終不得名之爲偵探小説。此程子小青偵探諸作之所以難能可貴，而他人咸望塵莫及也。

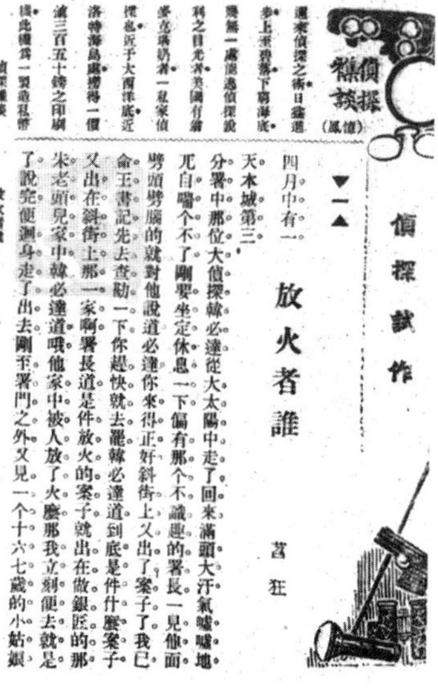

偵探雜談（讀風）

邇來偵探之術日益進步。上至碧落。下窮海底。幾無一處能逃偵探說科之目光。著美國有著婆克瑪奶著一私家偵探也。近于大西洋底近洛特海島處。撈得一個滿三百五十磅之印刷機。此機實一製造私幣

偵探試作

▼一▲

放火者誰　　茗狂

四月中有一天。本城第三分署中。那位大偵探韓必達。從大太陽中走了回來。滿頭大汗。氣嘘嘘地兀自嚼个不了。剛要坐定休息一下。偏有那个不識趣的署長。一見他面。劈頭劈腦的就對他說道。必達。你來得正好。斜街上又出了案子了。我已命王書記先去查勘一下。你趕快就去罷。韓必達道。到底是件什麼案子。又出在斜街上那一家啊。署長道。是件放火的案子。就出在做銀匠的那朱老頭兒家中。韓必達道。哦。他家中被人放了火麽。那我立刻便去就是了。說完便迴身走了出去。剛至署門之外。又見一个十六七歲的小姑娘

偵探雜談　放火者誰　一

我的小說談

廖朗如　撰

載於《半月》一九二三年一月一日第二卷第八號。作者廖朗如，曾在上杭化成學校任教，餘不詳。本文提到了港、粤兩地清末民初的一些小説家與《新説林》、《滿月》等鮮爲人知的雜志，有史料價值。

近廿年來，我國小説界，可謂發達至於極點，尤以江浙等省著作者爲多，次及廣東。就香港、廣州而論，近年之著作界，亦人才輩出。前輩小説家，有鄭貫公、黄世頌（仲）、陳春生、何恭第諸輩。廣州則有譚荔垣、歐伯鳴等。特小説雜志，則爲數寥寥，殊抱憾也。猶憶年前曾與陳雲峰、鄧寄芳、陳紫培、鄭灼華暨諸友在港，組織小説雜志曰《新説林》，月出一期。出世後，非常暢銷，不半月而售罄。第二期甫出，索第一期再版者踵至。第三期將出版，適粵軍返旆，陳、陳、鄧諸友變爲政客。於是《新説林》小説雜志，從此告終。至今思之，無限感慨。可知省港辦小説雜志之難矣！粵省從前最著名之社會小説家，衆稱譚荔垣、馮伯礪君。馮君自入宦途，不復見其文章。譚君不著小説幾近十載，近則重理故業，粵省各報，時有著作。省港對於小説雜志，最近莫如黄天石、黄昆侖君主任之《滿月》雜志，但未能依期接續出版，每數月出一期，殊爲悶損。以視滬上諸小説雜志，按期出版者，不可同日而語。周君瘦鵑創辦之《半月》雜志，已滿一年，粵中傳誦幾遍，其價值蓋可知矣！

第二卷 第八號

半月談話會

一遍覺得很有意思他的文法語句異乎尋常另成一派是我所最贊成的紅燕的「姨太太的美饌」書中的主要人物是一個堂子裏出身的姨太太和一個老媽子姨太太做菜的一節很有意趣伊處處「嫁禍他人」可笑可恨紅燕的小說妙在描寫一方面的變人的「一個婢女的痛史」說來甚是悲慘還有幾篇我沒有看呢

我的小說談

惠陽廖朗如

近廿年來我國小說界可謂發達至於極點尤以江浙等省著作者為多次及廣東就香港廣州而論近年之著作界亦人才輩出前輩小說家有鄭貫公黃世顯陳春生何恭第諸君廣州則有譚荔垣歐伯鳴等特小說雜誌則為數寥寥殊抱憾也猶憶年前曾與陳雲峯鄭寄芳陳紫培鄭灼華暨諸友在港組織小說雜誌曰「新說林」月出一期出世後非常暢銷不半月而售罄第二期甫出索第一期再版者踵至第三期將出版適粵軍返旆陳陳鄭諸友變為政客於是「新說林」小說雜誌從此告終至今思之無限感慨可知省港辦小說雜誌之難矣粵省從前最著名之社會小說家兼稱譚荔垣禤伯礪君馮君自入宦途不復見其文章譚君不著小說幾近十載

葬花詞

西諦 撰

載於《小説月報》一九二三年一月十日第十四卷第一號。作者西諦，見一九二一年《武松與其妻賈氏》提要。本文在俞平伯舉證《紅樓夢》中的《葬花詞》受唐六如《花下酌酒歌》與《一年歌》兩詩影響的基礎上，又提出唐寅的這兩首詩是受了唐代劉希夷的《代悲白頭翁》的影響。後胡懷琛的《林黛玉的葬花詩考證》又有新的補充。

我的朋友俞平伯先生，曾舉唐六如集中的《花下酌酒歌》：『今日花開又一枝，明日來看知是誰？明年今日花開否？今日明年誰得知？』（《六如集》卷一）與《一年歌》：『一年三百六十日，春夏秋冬各九十。冬寒夏熱最難當，寒則如刀熱如炙。春三秋九號温和，天氣温和風雨多。一年細算良辰少，況又難逢美景何！』（《六如集》卷一）以爲《紅樓夢》中的黛玉《葬花詞》是『深受唐六如的影響的』。近來偶讀《全唐詩》至劉希夷的《代悲白頭翁》：『洛陽城東桃李花，飛來飛去落誰家。洛陽女兒好顏色，坐見落花長歎息。今年花落顏色改，明年花開復誰在？已見松柏摧爲薪，更聞桑田變成海。古人無復洛城東，今人還對落花風。年年歲歲花相似，歲歲年年人不同。寄言全盛紅顏子，應憐半死白頭翁。此翁白頭真可憐，伊昔紅顏美少年。公子王孫芳樹下，清歌妙舞落花前。光禄池臺開錦繡，將軍樓閣畫神仙。一朝卧病無相識，三春行樂在誰邊？宛轉蛾眉能幾時？須臾鶴髮亂如絲。但看古來歌舞地，惟有黄昏鳥雀悲。』（《全唐詩》第二函第三册）覺得唐六如的那兩首的詩意，也不是獨創的，至少總有受劉希夷此詩的影響。前人詩意頗多相襲。如秦少游『寒鴉萬點，流水繞孤村』之句，本於隋煬帝詩『寒鴉千萬點，流水繞孤村』。又少游詞『睡起熨沉香，玉腕不勝金斗』，亦本於李義山之『輕寒衣省夜，金鬥熨沉香』（徐釚《詞苑叢談》卷一引《藝苑雜談》語）。不獨六如雪芹之襲希夷也。

的時候，他還這樣說。

靈魂得了安慰，心頭卻被一塊石頭似的東西鎮住了。有時覺得東西裏包含着不可對人言——甚至於他們中間也不能互相告訴的恐怖的原素，有時發見了渴欲在他們中間宣佈的東西，但喉嚨口又有一塊東西出來擋住了。有時兩無阻梗，明明是個時候，但他們自己咽住了，似乎道

『來日正長，有話再說罷』！

總是含意未伸，總覺含意無限，然而時間決不爲他們進行得慢一些——而且進行得格外快！一個暑天溜在他們意識以外過去了。等到他們警覺時，學校散學了，這一團密意在他們中間還未曾宣佈。

葬花詞（讀書雜記）

我的朋友俞平伯先生曾舉唐六如集中的花下酌酒歌：『今日花開又一枝，明日來看知是誰？明年今日花開否？今日明年誰得知？』（六如集卷一）與一年歌『一年三百六十日，春夏秋冬各九十，冬寒夏熱最難當，寒則如刀熱如炙，春三秋九號溫和，天氣溫和風雨多，一年細算良辰少，况又難逢美景何！』（六如集卷一）以爲紅樓夢中的黛玉葬花詞是『深受唐六如的影響的。』近來偶讀全唐詩至劉希夷的代悲白頭翁：『洛陽城東桃李花，飛來飛去落誰家，洛陽女兒好顏色，坐見落花長嘆息，今年花落顏色改，明年花開復誰在？已見松柏摧爲薪，更聞桑田變成海，古人無復洛城東，今人還對洛花風，年年歲歲花相似，歲歲年年人不同，寄言全盛紅顏子，應憐半死白頭翁，此翁白頭真可憐，伊昔紅顏美少年，公子王孫芳樹下，清歌妙舞落花前，光祿池臺開錦繡，將軍樓閣畫神仙，一朝臥病無相識，三春行樂在誰邊？宛轉蛾眉能幾時，須臾鶴髮亂如絲，但看古來歌舞地，惟有黃昏鳥雀悲』（全唐詩第二函第三册）覺得唐六如的那兩首的詩意，也不是獨創的，至少總有受劉希夷此時的影響。前人詩意頗多相襲，如秦少游『寒鴉萬點，流水遶孤村』之句，本於隋煬帝詩『寒鴉千萬點，流水遶孤村』，又少游詞『醉起熨沉香，玉腕不勝金斗』，亦本於李義山之『輕寒衣省衣，金斗熨沉香』（徐釚詞苑叢談卷一引藝苑雌黃）不獨六如暫芹之襲希夷也。

（西諦）

小説評話

范菊高　撰

載於《半月》一九二三年一月一日第二卷第八號。范菊高，本名范鏐（一九〇六—？），江蘇吴江人，煙橋弟，有短篇小説集《甜心》等。本文盛贊了《半月》『情人號』的文章，由此説開去，稱頌了徐卓呆、周瘦鵑、江紅蕉、何海鳴、朱鴛雛、沈禹鐘、范煙橋、姚民哀、畢倚虹、包天笑等人的有關作品。

《半月》出了一本『情人號』，内容好到極頂了。比從前的『兒童號』，還要有精神。卓呆的《間接》和《如此相逢》，異曲同工，的是小説的上乘。他老人家的著作，一篇有一篇的精神。我是素來愛讀的。這一篇《間接》，我以爲是他近幾月裏的傑作。瘦鵑的創作，現在不大看見了。情人號中的《情價》，開首一段，何等深刻！叙哲學博士搶那胸花，很是生動，紙上隱隱現出淚痕來。唉！瘦鵑喚這無辜的哲學博士，嘗衛生丸而死，未免太殘忍了啊！一笑。紅蕉的《曉風殘月》和《星期》上家驤的《雄心》，事實上相吻合的。不過紅蕉抒寫得分外細膩。海鳴的著作，都是沉著異常。這一篇《音□組合》，似乎不及倡門之作那麽深刻。鴛雛的《爲誰嫁》和禹鐘的《歸來》，都是文言小説。文筆流利，頗極抒寫之妙。煙橋的《秘笈》，是譯毛柏桑的，譯筆甚是清晰。民哀的《戀愛階級》，頗有含蓄。總而言之，這裏面的小説，没一篇是草率下筆的……

近幾月裏，天笑的著作，要算《破曉》最有精彩了。他描寫的句子，并不嚕囌一大篇，却很是清静，和《墮落之窟》都是他年來的好作品。婢妾比『生育號』好了，可是終及不到『婚姻號』。天笑的《廢止婢妾大運動》，也是篇理想小説。筆很流利生動。我希望他成爲事實。倚虹的《金□啼痕》，真個使人讀了輒喚奈何。卓呆的《桂喜的收房問題》，我不過粗□一遍，覺得很有意思。他的的文法語句，異乎尋常，另成一派，是我所最贊成的。紅蕉的《姨太太的美饌》，書中的主要人物，是一個堂子裏出身的姨太太，和一個老媽子。姨太太做菜的一節，很有意趣。伊處處『嫁禍他人』，可笑可恨。紅蕉的小説，妙在描寫一方面的。雙人的《一個婢女的痛史》，説來甚是悲慘。還有幾篇我没有看呢！

范菊高

二

了。我承認一個粗心之罪。料想鵑魂也是無心說的。從此我們便一致推重你是個十分道地的老牌儂鳳。大雄先生即使化名儂鳳。可也是新牌啊。呵呵。鬧戲註。）

可是話又說回來了。我這番氣話都是假的。不是真的。實對你們說。能我是故意扳着面孔同你們兩位鬧着頑的。算是這滑稽名字話的餘波。你們二位倆不要真的動起氣來呢。

小說評話

范菊高

小說叢談

聊寄生　撰

載於《鶯湖雜志》一九二三年第一期。《鶯湖雜志》是由嘉興商餘學社主辦，由孫韻樓、沈劍濡主其事，以發表小說爲主，申稱不滿『誨盜誨淫』之作的氾濫，而『願作中流砥柱，冀挽既倒之狂瀾』(《發刊辭》)。作者聊寄生，在本雜志上發表作品多篇，似是本雜志的編輯之一。作者認爲小說的作用有正反兩個方面，其中言情小說佔重要的位置，這是由於人欲是人與生俱來，然寫情不易，在舊小說中，惟《碎琴樓》可以比肩《紅樓夢》。對林紓的翻譯小說評價猶高，認爲其『文字至此，真足以壽名山而藏石室』。而此時，離視林紓爲封建守舊堡壘的『文學革命』已經過去好多年了。

莊子曰：『大言炎炎，小言詹詹。』小說云者，其即莊子所謂『小言』乎？然小說之佳者，立意布局，叙事行文，實可以包羅六合之内一切事實，其範圍實既廣且博。經史子集所不能宣述者，小說足以宣述之。推其功用，足以補經史子集之不逮。由是觀小說者，似又不僅小言已也。冬烘先生每視小說爲毒蛇洪水，禁其子弟不得稍近，亦滋可怪矣。雖然，吾又不得不分别言之。小說魄力，可以感觸讀者之心理，潛移默化於無形。故小說之佳者，可以陶養性情，增進知識，其有益身心，實非淺鮮。若淫辭邪説之小說，青年讀之，受害於無形，其害有較洪水毒蛇而過之者，烏可不深惡而痛絶之耶！吾敢斷言，得千百明師益友，不如一二有益身心之小說，是在讀者之善自鑒别而已。

晚近小說作者，項背相望，而言情之作尤汗牛充棟。蓋飲食男女，人之大欲。人類呱呱墜地之初，實即挾情字俱來，於是乎言情之作遂於小說中佔重要位置。然言情小說，良不易作也。描寫香豔，即易入淫靡，而悲哀之音，亦千篇一律，讀之欲睡。欲求豔而不佻、樂而不淫之作，以我所見，舊小說中惟《紅樓》、新小說中惟《碎琴樓》而已。

《碎琴樓》，作者爲前清宣統間興業何諏，叙事行文，簡煉樸茂，無堆砌之病。書中有雲郎者，家貧，寄食於舅氏李紳。紳有女，字瓊花，美而多才，與雲郎雅有情愫。而李紳者，檞竪小人，惡雲郎貧，勿善之。雲郎者，潔身自愛好男子，不解何故被絶於紳。紳之飯，主人曰：『陳文卿者，有子名銀生，紈絝子也。』紳利欲薰心，强以愛女字銀生。瓊花者，孝女也，不敢有違父命，乃碎其素所善奏之琴，哀歌數闋以志痛，并以所懷爲書，與雲郎訣。雲郎得之，痛徹心腑，未如何也。厥後，陳紳子别有所眷，絶李紳之婚，紳慚憤以死。瓊花歷盡險夷輾轉，至於一死。瓊花死，雲郎狂放勿知所之。嗟夫！言情至於《紅樓》，雖登峰造極，猶叙富貴之言情也。蓋寶黛二人，設非鬼妬良緣，其成有情眷屬，正復易易。若《碎琴樓》則叙貧賤之言情，令人讀之，頓生炎凉之感，其情不且尤苦乎！古之名流不得志於世，往往寄歌泣於字裏行間。屈原放逐而有《離騷》，史公受腐而成《史記》。作者其殆亦古之傷心人歟！

閩侯林琴南先生以一代文豪，出其餘緒，從事譯述，不下百餘種，大概以英却而司迭更斯、哈葛德、司各德及美歐文四人之原著爲最佳。歐文氏如《拊掌録》、《旅行述異》等書，迭更氏如《塊肉餘生述》、《孝女耐兒傳》、《冰雪姻緣》、《滑稽外史》等書，哈氏如《火山報仇録》、《紅礁畫槳録》、《冰雪留痕》、《橡湖仙影》等書，司氏如《劫後英雄略》、《十字軍英雄記》等書。數子者，各有所長。歐文傷心吊古，感慨欷歔，寓莊於諧，寄託遥深。迭更氏則描寫社會，幾如禹鼎燭奸，温喬燃犀，收五蟲萬怪，鎔冶一爐。哈氏則以言情間涉神怪，婉曲纏綿，詭異雄奇。司氏之書，英雄肝膽、美人情愫冶於一爐，叙事布局，蹊徑尤别。綜上言之，沉著、雄渾、情婉、詼奇，無美不備，而林先生能以三寸筆隨意境爲轉移，如神龍之不可方物。足令讀者身入其境，如臨勝地，而其行文之一字一句，皆從千錘百煉中來，古茂暢達，何讓班馬。嗚呼！文字至此，真足以壽名山而藏石室矣。

筆記

小說叢談

聊寄生

莊子曰大言炎炎小言詹詹小說云者其即莊子所謂小言乎然小說之任者立體術局叙事行文實可以包羅六合之內一切事實其範圍旣廣且傳經史子集所不能貫通者小說足以貫通之推其功用是以補經史子集之不逮由是觀之小說者似又不僅小言已也多洪先生論小說爲毒蛇洪水禁其子弟不得稍近亦嘗可從爽然吾又不得不分別言之也小說魄力可以感發讀者之心理潛移默化於無形故小說之佳者可以陶養性情增進知識其有益身心實非淺鮮若淫辭邪說之小說青年讀之受害於無形其害正有甚洪水毒蛇而過之者爲可不深慮而痛絕之耶吾故斷言得千百明師益友不如一二有益身心之小說是在讀者之審白擇別而已

說小說家

劉渭賢　撰

載於《禮拜六》一九二三年正月二十七日第一九八期。作者署名處原注明『天津』，餘不詳。本文就切身體會，『説』了有關王鈍根、包天笑、江紅蕉、周瘦鵑的一些故事及自己的認識。其中揭示王鈍根『好駡』軍閥政客與大腹商賈，將周瘦鵑的小説與『林黛玉』聯繫起來，都有見地。

我從十歲就瞧小說，到如今又已十年，自覺很夠個『看小說家』的資格。現在我又奇想天開，想把這些名小說家，用筆來談說一下，我又可以算個『說小說家家』咧。但是我絶不敢批評文學的優劣，却另有一種談法，倘有言語不周，尚望大家原諒。至於名次前後，也依姓字筆畫多少爲序。諸位不要笑我圓滑，一來世情是這樣；二來我也好假公濟私，把鈍根擺在頭級包厢，討他個喜歡，或能把這篇取録。不然，他瞧了，倘然王（此姓王之王也，非駕坐龍樓萬古千秋之王）也，赫斯怒順手丢在字簏裏，天津到上海幾千里地，我可有什麽法子對待他呢？（說小說家家識）

王鈍根。這位先生很有些老氣横秋，還是一肚皮的不合時宜，真個山膏如豚，厥性好駡，不特把軍閥政客駡得個發昏章第十一，有時還照顧照顧大腹賈和汽車餡子。上回又作了篇《嫌疑父》，簡直給這些假時髦每人一張特別優待挨駡券。我瞧了，又是笑又是氣，真難爲鈍根怎樣挖空心思想來。我并非替這班人討情，湯玉茗有例在先，鈍根難道不怕下地獄麽？鈍根要用我佛那句『我不入地獄，誰入地獄』的話來辯駁，那只好聽其自然。話又說回，世上升官發財出風頭的事，只有以上幾種人能做，鈍根既然駡他們，定然薄之而不爲。那麽鈍根今生便不用想升官發財出風頭，只同《禮拜六》封面上的畫中愛寵厮守着罷。

包天笑。我本是個戲迷，自從北京奎德社到津以後，我便同幾位朋友去捧那位扮小生的坤伶楊玉樓，天天喉嚨喊得透乾，手掌拍得紅腫，稱得起數年如一日。美洲的黑奴，林肯還能釋放，像我們這種出乎本心紅裙下的奴隸，只怕就有人釋放，我們還捨不得這種奴隸生活呢。話不絮煩，到今年四月間，奎德移到第一臺（初來時在大新舞臺），我們自然也從之者如歸市。一天忽然見對面包廂裏坐着一位三四十歲的人，衣服很是□綽，面目清腴，鼻架圓光白色眼鏡，很像本津富户，神氣十足的坐着，我們也没甚注意。到楊玉樓出場的時候，我們向來探子搶頭報一樣，喝那出場采，不願叫別人捷足先登。不料這次却甘拜下風，那對面包廂裏那位先生，早手口并用起來，比我們更快。這事別人或者不樂，我倒覺着這人與我有同心焉，便向案目詢問他的來歷。案目説只知是南方人，却不知姓名。從此我們望衡對宇，面面相覷了幾個月。到今年八月第一臺停鑼後，我看見《半月》雜志上小説家小影，才知道在第一臺遇見的同道神交，便是包天笑先生（先生伊時方在津辦《華北新聞報》）。然而天下同貌的很多，我也不敢决定。倘然我瞧花了眼，那淆亂黑白的罪名，我可耽不起啊。

江紅蕉。這又是一段笑話。一天，我跑到書局買了雜志回來，弟妹等便搶着要看。我道，我是大哥，該我先看。弟妹等説，歲數大的該讓着歲數小的。你是大哥，更該讓我們先看。我情知交涉失敗，處於孤立的地位，便想了個折衷辦法。我自己坐在沙發上，教弟妹等立在後面，大家同看。自然光看插畫，上面正是各小説家小影。大家你一嘴我一嘴的，這個像馬猴咧，那個是一簍油咧，正鬧得一團糟，不想那位怯乳娘抱着小弟弟進來，也立在後面看，忽然聽這乳娘説道：『啊少爺，這位是誰家的小姐呀？長的好俊。』又咂咂嘴兒道：『這樣好姑娘，得拿什麽樣的姑爺去配他呢？』我想，這篇篇并没女子，因回頭問他説的是誰。他用手一指，我才明白，原來紅蕉翦的向後攏的分頭，他竟悟認作女子。我忍不住向他笑道：『我的乳娘太太，這不是位姑娘啊！』那知他把脖項一扭道：

『哼，年輕輕的，不是姑娘，倒是媳婦麽？ 少爺不要尋我怯人兒的開心了。』我聽完□段妙論，才張開血盆大口，要哈哈大笑，猛聽得旁邊一聲響亮，清脆可聽，原來表妹妹笑彎了腰，把花瓶從桌上帶到地下，摔了個歲歲（音諧碎）平（音諧瓶）安。

周瘦鵑。 三年前，我在學校裏，便和同學裏的衆小説迷公議，給瘦鵑上了個尊號，叫作林黛玉。因爲言爲心聲，他筆下既如此哀怨幽思，胸中更不知如何百轉千迴，下筆時候，眼淚豈不要隨筆而落。 况且男子種蘭而不芳，情不配也。 瘦鵑把女孩兒心理，鵑畫得細入毫芒，豈是粗心男子所領會的呢。 後來我一想，了不得，我的理想錯了。 瘦鵑只憑一枝秃筆，把黑字寫到白紙上，别人見了，便要淚，他豈不成了我們這群獸鳥的眼淚債權人？ 按絳珠還淚的例子看來，豈不大大失了便宜。因此大家約定，凡是看瘦鵑哀情小説忍不住落淚的，便取締他看瘦鵑小説的權利。 我們外地的人，看了瘦鵑小説，都承認他是多情種子，但不知他的情絲可有個歸着，并且誰是他的愛情的 object？抱這種疑問的很多，我今天不問鵑瘦本人，但請鈍根宣布一聲，因爲我怕瘦鵑見我問他，覺着口羞，像那寒閨思遠圖（瘦鵑遊戲攝影，舊女子《香豔雜志》或《眉語》）上，一般用手巾把口一掩，那我豈不虚此一問麽（待讀）？

鈍根按：　瘦鵑愛情的受者，是紫羅蘭女士。

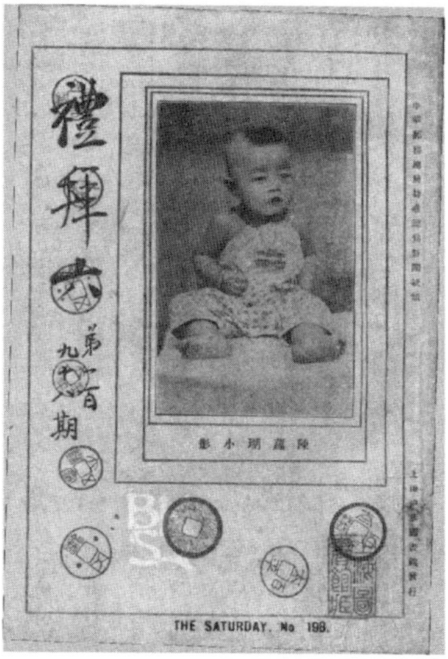

一般用手巾把口一掩。那我豈不虛此一問麼。（待續）

鈍根按腸蕩愛情的受者是桀羅爾女士。

一個兵的家

李涵英　徐州

小小的母親。同着南鄉李媽。坐在矮小的板凳上。臉兒對臉兒的談天。談得很熱鬧。卑陋的小室中。頓時不覺得寂寞了。

『大嫂子。怎麼許久沒到我家裏來坐坐。你這一向可好啊。』小小的母親說。

『我這一向很好。我早巳想到你家裏坐坐。同你談談。你的小寶姪兒。怪頑皮的。天天跟着我。我怎能脫開身。現在寶兒跟他姐姐到他姥姥家去了。我才能抽點閒工夫到你家裏來。狗兒姪兒現在在那裏了。沒有在湖北省嗎。入來信嗎。』李媽說。

『大嫂子。你時時關心狗兒。他現在不在湖北省。在福建省了。昨天接到他一封信。說是升了排長了。並寄來二十多塊錢。』

『好福氣。真好福氣。升官發財。果然應了那瞎先生的話了。……唔。小小姪兒在那裏上學了。』

隨便談談

不平　撰

連載於《新申報》所附《小申報》一九二三年一月三十一日、二月二十三日。作者不平，即張恨水，見一九二一年《今小説家與古文人孰似》提要。本文前一部分介紹了張秋蟲、吴羽白兩位小説家，後一部分將當時小説家以辦周刊、半月刊、十日刊、日刊、月刊而分成五派，希望他們能『分清疆域』，這樣『既可以省得閲者的「眼花繚亂」，也可以免得他們的「文字早産」，并且還可以比較比較，到底是那組的吸力最大，倒很有趣』。作者覺得當時的雜志中《星期》辦得比較好，在短篇小説中『最愛看天笑、倚虹、寄塵、卓呆四人的作品』，其中最喜歡的是卓呆的小説。

我想說的話，真不知有多少，可是拿起筆來又不知從何說起，只好想起什麽說什麽，和大家隨便談談。

我現在急於要向閱者介紹一位做小説的朋友，他的年紀很輕，今年纔十九歲，他的名字很怪，叫秋蟲。他做小説的本領怎樣，我和他是朋友，很恐怕我的觀察偏於感情，不願多説。不過，我記得從前何海鳴説過：『秋蟲真算一把好手。』（見《北京趣報》）張丹斧也説過：『秋蟲爲文暢美而精刻，其聰明足可敬服。』（見《北京輿論報》）那末，秋蟲作品的好壞，總算是『有目共睹』了。在秋蟲自己，雖很不願意以别人的毁譽來定他文字的價值，可是我個人對於張、何二君的批評，既然認爲滿意，便不妨『引以爲據』。

前些日子見着羽白，羽白告訴我説天笑先生寫過一封信給他，末了有『……柯南道爾以醫學家而兼小説家，先生其有意乎』幾句話（大意如此）。我當時聽了，非常起勁，倒滿想努力做幾篇好小説來，和我那位老朋友搶搶這個『東方柯南道爾』的美名。可見我近來的興趣，確是很好，不過那一天纔有閒做小説，却不又能一定了。

羽白的短篇小説，越做越有進步，這話羽白自己也曾承認。我常想凡做小説的人，至少要有科學的常識，能有專門知識更好，否則不但不能做好小説，僥倖不鬧笑話，便算便宜。

現在的小説雜志越出越多了，喜歡看小説的人到底有限，小説雜志的銷路怎能都一樣好呢？銷路不廣的又怎能不停刊呢？所以有人預料今年小説界的現象，必定不能和去年一般熱鬧，極盛的時代已過，退潮的時候到了，説不定也和交易所一樣的『忽然沉寂』呢？

優勝劣敗的公例，是完全靠不住的，很無用的人們倒往往能春風得意，富有才幹的人們倒往往潦倒風塵，這本是我們常見的實事，毫不足怪。却想不到我個人認爲比較好點的《星期》，反有停版的消息，真令人納悶不淺。

有位朋友對我説，他若有權力支配出版界的時候，必定把現在的小説家分成五組：『天笑、卓呆、倚虹、寄塵、海鳴、馬二、紅蕉……爲第一組，瘦鵑、鈍根、小青、禹鐘、舍我、碧梧、枕緑……爲第二組，獨鶴、濟群、澹廠、瞻廬、指嚴、蓴農、鐵樵……爲第三組，枕亞、雙熱、天嘯、廑父、芙孫、苕狂、定夷……爲第四組，涵秋、少芹、小鳳、塵因、愷然、瘦菊、漱六山房……爲第五組。第一組的人物，大半是現在的《星期》派，仍請他們辦「周刊」；第二組的人物辦「半月刊」；第三組的人物，大半是現在的《紅》派，請他們改辦「十日刊」；第四組的人物，大半是現在的《小説日報》派，可仍請人們辦「日刊」；第五組的人物，都是常做長篇小説的，便請他們辦「月刊」。不許他們的文字到處發表，致令許多愛看他們作品的人，不知道該買那種看好。若果真分清疆域，既可以省得閲者的「眼花繚亂」，也可以免得他們的「文字早産」，并且還可以比較比較，到底是那組的吸力最大，倒很有趣。至於稿費，倒應當比現在加多兩倍，能繳支月薪更妙，做小説的人若没有生活之慮，更可以用心著作了……』

我笑道：『拉倒罷，不用往下再説了，你的主意雖好，但是太武斷了。像你這樣的開口「不許」，閉口「他們」，若被「他們」曉得，必定要駡死你了。』（小記者，我這位朋友的分配法，你贊成不贊成？其實像現在，『周刊』有三四種，『半月刊』、『十日刊』也都有兩三種，編輯和特約撰述却總是那幾位，真不如『周刊』、『十日刊』、『半月刊』各留一種，大家的作品認定一兩種雜志發表的更爲有趣呢。我雖明曉得我朋友這種主張，因爲書局的營業問題和小説家的情面問題，萬無照辦之理。可是我不能不替他記載下來，供多數小説讀者的討論。你若有什麽意見，請你批上幾句，但是別人分配得不易，不許你删去。）

短篇小説，我最愛看天笑、倚虹、寄塵、卓呆四人的作品，天笑是白描的好手，他那種『輕描淡寫』的細膩和深刻，真不是一般作者所能夢見。倚虹的文字哀豔，寄塵的文思靈活，也各有各的妙處。但是我更喜歡讀卓呆的著作，因爲他所做的小説，都另含有一種神秘的意味。他每篇的命意布局和修辭，都別有一種風味，相同的時候極少，并且他小説的標題也都非常別緻，無一篇不富有很濃厚的興趣，他真可以算是一個富有『小説天才』的作者了。我想他必定得力於外國小説不少，對與不對却不能斷定。

還有一件關於小説的趣事，要和大家説説，四五月前我曾約定了三位喜歡看小説的朋友（連我四人），舉行了一次『小説作者的選舉』，先只打算選舉短篇小説的作者。這三位朋友，一位在南昌，別署叫鎔經；一位在北京，名字叫秋蟲；還有一位便是常在本報投稿的吴羽白。當着我發信提議選舉的時候，鎔經和秋蟲都很反對，回信説：『……我們的見解恐怕不能一致，不如其已……』後來，因爲我極力主張，也就只得舉行了。我的理由是以爲『不一致也不要緊，不過是大家交换意見罷了』。選舉手續是大家約定一天同時發信，信都寄給我收，我也在約定的那天把我所選舉的告訴他們，每人只許各選三人。這事奇怪極了，不想到他們以爲『不能一致』的，居然完全一致了。四個人都不約而同的選卓呆了的第一，這豈不是一件趣事嗎？鎔經又提議舉行『長篇作者的選舉』了。

我同住有一個四歲的小孩，有一天他忽然大哭起來，跑去告訴他媽説：『不好了，我嘴裏放屁了。』把他媽到説笑了，原來他從來没有『吃逆』過，今天偶然吃逆，他便當是『嘴裏放屁』了。我想這樣好笑的話，真可算是『天籟』，無論多麼滑稽的人，便思想一年也未必能想得出，不過如今真正嘴裏放屁的人，倒不知有多少。他們不但不像我這位小芳鄰的放聲大哭，反往往自鳴得意，這也算得一件怪事了。

張恨水

中報

隨便談談（不平）

上海四馬路國華書局優待閱者

小說新

臘月二十前

活現

新中報第四版

前人內閣

隨便談談（不平）

金臺夢影錄第四集

第十三回

隨便說說

韻香閣主 撰

載於《新申報》所附《小申報》一九二三年二月一日。作者署名韻香閣主，不詳。本文指出了一批小説家發表作品的主要陣地，如説『欲看周瘦鵑之著作者，必須看《紫蘭花片》、《半月》及《禮拜六》』，『欲看沈雁冰、冰心女士之著作者，必須看《小説月報》』。

欲看包天笑、沈家驤之著作者，必須看《星期》。欲看嚴獨鶴、程瞻廬、陸澹盦之著作者，必須看《紅雜志》。

欲看周瘦鵑之著作者，必須看《紫蘭花片》、《半月》及《禮拜六》。

欲看王鈍根之著作者，必須看《心聲》及《禮拜六》。

欲看李涵秋之著作者，必須看《快活》。

欲看貢少芹、李定夷之著作者，必須看《小説新報》。

欲看趙苕狂之著作者，必須看《遊戲世界》。

欲看許厪父、徐枕亞之著作者，必須看《小説日報》。

欲看沈雁冰、冰心女士之著作者，必須看《小説月報》。

欲看江紅蕉之著作者，必須看《半月》、《星期》及明正出版之《家庭雜志》。

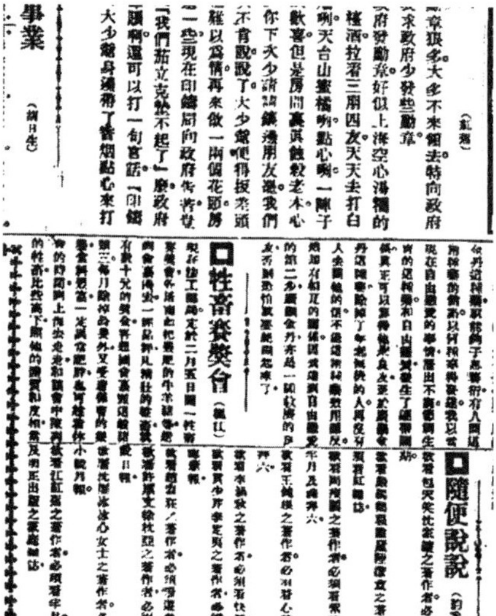
□隨便說說（韵香閣主）

談談《禮拜六》

張友鶴　撰

載於《新申報》所附《小申報》一九二三年二月五日。作者張友鶴（一九〇七——一九七一），安徽安慶人。一九二七年協助其兄友鸞在南京創辦《民生報》，一九二九年自辦《南京晚報》，都受到社會的歡迎，張氏兄弟也成爲一時的報界聞人。解放後兄弟兩人均入人民出版社擔任古典文學的編輯工作。該文當是在他上海讀中學時所作。他與《禮拜六》的關係是僅僅投過一篇稿子，又没有拿到稿費，使他耿耿於懷，但他對《禮拜六》的評價還是比較客觀。他不滿『新文化的一般人物，極力的排斥《禮拜六》，説他簡直是小説界中的魔鬼，文化前途的障礙』。他説：『平心而論，《禮拜六》上刊載的惡劣稿件雖然也有，好的小説也很有些。』還列舉了一些作品，并認爲有的翻譯的作品『絲毫没有失去原文的精彩』，『不是一般主張直譯的人們所能够相提并論的』。但他也指出了『《禮拜六》一百二十期以前的作品，差不多都是很好，但是到了二十期以後，却漸漸的不如了，錯字也很多』，還發表了一些『肉麻』的『一般頌揚《禮拜六》的文字』。

《禮拜六・小説周刊》自從復活以來，又將近百期了，聽説該刊出至二百期時，便擬暫時停刊，作一個結束。趁這個將結束而未結束的時期，我順便來談幾句。

新文化的一般人物，極力的排斥《禮拜六》，説他簡直是小説界中的魔鬼，文化前途的障礙。平心而論，《禮拜六》上刊載的惡劣稿件雖然也有，好的小説也很有些，翻譯的作品，如《兒時恩物》、《末葉》等等，描寫得何等神妙，譯時也絲毫没有失去原文的精彩。像這些地方，却不是一般主張直譯的人們所能够相提并論的啊。其餘創作有《姊之名譽》、《舊地》等等，也很有些價值，恕我却不一一列舉了。《禮拜六》一百二十期以前的作品，差不多都是很好，但是到了二十期以後，却漸漸的不如了，錯字也很多，尤其是一般投稿的先生們，在篇末注了些什麽『請酬良伴禮拜六』、『願得好友禮拜六』以及一般頌揚《禮拜六》的文字，實在覺得是非常的肉麻啊。

我從前曾經投過一篇小説給《禮拜六》周刊社，蒙他刊載了，但是後來寫信索酬，竟不覆音。我以爲是郵局遺失了，便寫了封挂號信去，誰知結果依然如石沉大海，并不是我拘拘於幾元的酬金，不過是理所應當的罷咧。該社如此，却也是出我意料之外呀。

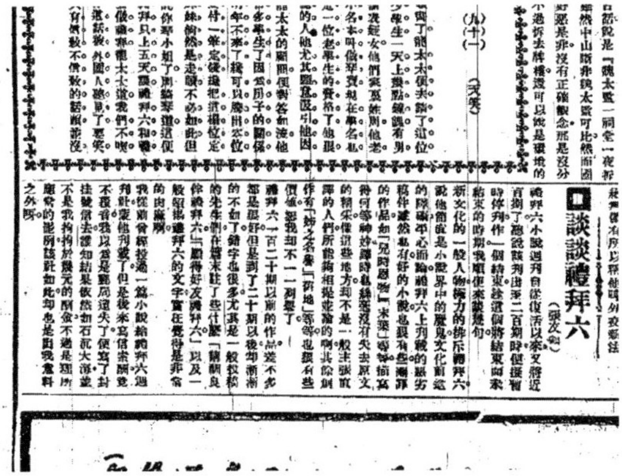

談談禮拜六

文壇趣話

施濟群等　撰

陸續連載於《紅雜志》一九二三年第二卷第一期至四十六期，分别由施濟群、嚴獨鶴、黄轉陶、一笑、楓隱寫成，題目除主要用施濟群所創之《文壇趣話》之外，也有用《文人百趣》或《文壇趣話補》等。施濟群，見一九二三年《金鋼鑽報小説話》提要。黄轉陶，見一九二二年琴樓等《小説雜談》提要。嚴獨鶴（一八八九——一九六八），名楨，字子材，號知我，别署檳芳館主。早年喪偶後用筆名獨鶴。浙江桐鄉人。一九一四年起在《新聞報》任編輯至副總編輯達三十餘年，兼任世界書局雜志總編輯，主編過《紅雜志》、《紅玫瑰》等雜志。解放後任上海新聞圖書館館長、上海市圖書館副館長等。著有《人海夢》、《床第戒嚴》、《嚴獨鶴小説集》等。這些『趣話』，記述了嚴獨鶴、陸澹盦、周瘦鵑、趙苕狂、范煙橋、鄭逸梅、許指嚴、劉文玉（天臺山農）、徐卓呆、程瞻廬、張丹斧、張枕緑、柳亞子、陳去病、姚賡夔、蔣吟秋等數位小説家及文人的趣聞逸事。其中嚴獨鶴的《小説體的文壇趣話》，是用章回『小説體』寫了小説家沈禹鐘、施濟群的兩則趣聞。

鄙人性喜詼諧，暇輒與同儕戲，謔浪笑傲，聲達百步外，否則悒悒無生人趣。比年以編輯雜志故，時得與文壇諸子握手言歡，而詼諧笑樂之性，初未稍改。積久趣事彌夥，因摭記憶所及，録刊《紅雜志》，名曰《文壇趣話》，蓋皆紀實也。間有已爲友人在他處發表，而鄙人未及知者，偶若羼入，要非有意剿襲，尚祈不我瑕疵焉。

文壇趣話

施濟群

（一）獨鶴澹盦之雅謔

此鳥彼亦鳥　二鳥者天下之大鳥也

有一天澹盦請我同獨鶴到春華舞臺去看緑牡丹的《太子害太子》，及至戲館散了，我們都覺有些腹餒，但這時候吃局店多已打烊，只好到小館子裏去吃點心，豈知這爿小館子的東西實在不興，并且很淡。我說：『這樣吃下去，我們也要像鈍根說的「口中淡出鳥來了」。』獨鶴笑道：『今天因爲是澹盦作東，所以連吃的點心也這樣淡。以後我們何不把澹盦叫作澹鳥？』我聽了『哧』的一笑，把吃的東西多噴了出來。澹盦雖也跟着笑，但似乎在那裏思索，一會兒纔道：『獨鶴的鶴字，人家往往祇寫左面，其實不對，應該只寫右面，以後我們就叫他作獨鳥罷。』獨鶴嘩辨（辯）道：『不通，不通。「澹鳥」二字是從鈍根口中淡出來的，有經有典。「獨鳥」二字是杜撰的，怎樣可以呢？』於是二人斤斤辨（辯）論不止，累我在旁邊笑得肚皮都痛了，便套着《孟子》上的論調道：『此鳥也，彼亦鳥也。二鳥者，天下之大鳥也。以後我叫你們二人一個澹鳥，一個獨鳥就是了。你們也少說些鳥話罷。』

（一九二三年第二卷第一期《紅雜志》）

（二）丁慕琴册封親王

嚴獨鶴上書勸進　賀喜者十有餘人

上海小説家近來又組織了一個快活聚餐會，會員除做點小説的十四人外，又加上大帥嚴獨鶴（獨鶴邀十四人爲將，而自己不在其列，大有自命大帥之意），及天臺山農、天侔、苕狂、丁悚、伯千等。近又加入嚴諤聲、劉豁公與《雨中游記》內之滑稽要角馬直山。每逢集會的時節，恣意飲啖，肆口詼諧，很覺有趣。陰曆七月初八，在都益處聚餐，丁慕琴與嚴獨鶴并肩坐着，慕琴著了件白紗衫，頸圍玄色絲帶，腰繫紅色手巾，很像一班時髦女子的裝束。慕琴本美豐姿，經了這樣打扮，映在電燈光下，更覺豔麗動人了。我便笑向獨鶴道：『你的豔福真不淺啊！』獨鶴向慕琴看了一眼，笑道：『慕琴這小孩子，真會打扮。我現在想效學捧角家最流行的舉動，册封他爲「琴豔親王」。』我們都拍手大笑，隔桌上的天臺山農聽了，也跑過來說：『我同你們擬勸進表罷。』獨鶴說：『好好。』我們便都起身向慕琴行禮道賀。累得慕琴大窘，兩朵紅雲滃上眉際，益發覺得嫵媚咧。

（一九二三年第二卷第五期《紅雜志》）

文人百趣

黄轉陶

我每次看見眠雲的時候，覺着終有一種特殊點，兀是不明白甚麽道理。後來我知道了，原來他的頭太小，好在他的身體也不算大，不然恐怕人家都要稱他爲小頭鬼咧。

半狂的模樣兒，終脱不掉貴族式。他一副架子，一望而知是公子哥兒，但夜深種種配合就的，矮矮的身材，胖胖的身體，面龐兒也是團團的。近來他吃着一根長長的香煙嘴，手裏總握着司的克，摇摇擺擺，誰不說他是貴族公子呢？只可惜他年紀還輕，不然唇上綴一撇八字鬚，那末，更加好看了。

文人的字跡有趣的，要算柳亞子，他寫給人家的信，真是使人難堪。原來他信上的字，那裏是字，簡直是畫的一條條蚯蚓呢。他寫字只寫半個，個個字不完全，一張信箋上亂畫一陣花罷了，叫接信的人如何讀法？ 恐怕連他自己寫出了，也認不清楚咧。 他是個口吃的，説起閒話來，期期艾艾，一句話要説好久，他寫起信來，倒這樣簡單，難道他的字也像説話一般寫不清楚，故意寫得這樣神秘麼？

逸梅，大家説他的眼睛生得與尋常人兩樣，其實他的面龐眉毛也和人家兩樣一些的。

煙橋講起話來，真是滔滔不絶。 他的兄弟佩萸、菊高，都不歡喜講話的，他們三弟兄，勻一勻纔好。

瞻廬是個謙和長者，他説起閒話來，倒也很能引人笑，不但他説話可以引人笑，便是他的模樣也可以使人不由得不笑了。 他頭部上半段是没有頭髮的，他的面龐胖胖的，帶着羅克眼鏡，另有一種趣態。 他笑起來，那一種神氣，不笑的人看了恐怕也忍不住笑了。

程小青是歡喜吃五香豆的，徐碧波也是歡喜吃五香豆的，范菊高一日不吃五香豆過不過的，何以文人都與五香豆結不解緣呢？

我猜施濟群的模樣是胖子，半狂對我説濟群是瘦子，并且還對我説，他瘦的原因是……

賡夔身軀是很嬌小的，所以大家都叫他女郎，就是他日常的用品，和他的性情，也很合女性。 像他熱天用的一柄團扇，扇面上寫着簪花妙格，是用紫墨水寫的，顔色既豔麗，字迹又娟秀，其實是他自己寫的，他偏落着『賡夔吾哥』，下面署着『曼雲女士』的款。 他用的信封、信箋，都是顔色很美麗的，而且邊上還有一圈紅邊，據他自己説這種信箋、信封是寫情書用的。

有人説丹斧的年紀很大了，吾想總是像程瞻廬模樣的，那知民哀對我説丹斧是肌膚雪白，風采麗都的。我的理想竟完全不對，怪不得有人説他是半老徐娘啊。

民哀是出名小脚的，便是他自己也直認不諱。但是江紅蕉的脚，似乎也很小，不知與民哀比較如何。紅蕉的長短，與范君博恰巧相等，可稱爲一對矮人。

明道是不良於行的，現在他正在求凰時代，我看見他的時候，時常想起從前《民國日報》裏附送的畫報上，繪有男女兩個相親，男的坐在車子裏，女的把手巾按了嘴。後來結婚的時候，纔知道男是跛足，女是缺唇。明道現在時常坐車子，或者就爲這層，但是要留心按嘴的女郎纔好。

寫怪字的要推枕緑，他的字簡直像畫花。其次是逸梅的字，像老鴉。還有半狂的字，也很奇怪的，粗而且大，驟然一瞧，彷佛一隻隻横行的蟹。

胡石予是個忠厚長者，與人談話，也恂恂謙謙。他穿的衣服，更是樸素，穿綢緞的時候，實在很少。最奇不過的，他四季衣服不常更换，盛暑的時候，偶然穿上一件竹布長衫，春秋冬三季，服色似乎不换。就是一雙玄色老布鞋，也終年穿着。

陳去病的跛足，王大覺的長指甲，葉小鳳的赤鼻，柳亞子的口吃，張丹斧的環佩叮噹（丹斧臂上都帶金屬環鐲，甚至手指上亦滿戴戒指），嚴獨鶴的揮談（眠雲言，獨鶴談時，手常揮，每當此時，談風大盛，便不容他人插嘴），都是文人的特趣。

（一九二三年第二卷第六期《紅雜志》）

文壇趣話補　一笑

濟群作《文壇趣話》，頗爲讀者所歡迎，予亦擇快活聚餐時之趣事，摘記數則如下，濟群得毋嗤我爲搶生意乎？

馬二先生善唱大鼓及京劇，又能效楊小樓之白口，非常妙肖。馬二自言旅京時有一次在浴堂内洗澡，忽然高興，大念起楊小樓鐵籠山之白口，聽者皆驚，顧相告曰：『小樓來了。』既知其非，乃大笑，此後浴堂中雜役見馬二至，輒呼之曰『楊老板』。馬二既擅此本領，每逢叙餐，大家必定要捉住他奏技，馬二非但能唱戲唱大鼓，又能説相聲，近來學會了一種形意拳，時常表演，獨鶴便替他上了一個徽號，教作馬雜耍。馬二又有一異相，能將手從背上反轉，自掣其耳，他人斷無此長手也。

許指嚴亦會員，遽爾溘逝，同人皆爲之慨歎指嚴既死，點將會中同人群議以苕狂繼之。但『苕狂』二字，實在難點，馬二乃對苕狂曰：『是亦有法，君可摘取第一字之頭，與第二字之偏旁，則易點矣！』聞者無不大笑，因如此一改，則『苕狂』竟變成『草犬』也。

（一九二三年第二卷第六期《紅雜志》）

文壇趣話

施濟群

（三）周瘦鵑之嗜好與迷信

紫羅蘭盦與女浴堂　周挖花雅號之由來

提起周瘦鵑，人人都知道他有兩種嗜好，第一是紫羅蘭花，第二是意大利石刻美人像。陽春三月，他的紫羅蘭盦中供滿了紫羅蘭花，襯托着那些雪白的石美人，分外美妙可愛。瘦鵑本來富於美術思想的，因此他所收藏的石刻美人，都是窮態極妍，十分精緻，東一個，西一個，差不多把紫羅蘭盦裝滿了。他的好友陳小蝶曾調笑道：『我們到了紫羅蘭盦中，仿佛進了女浴堂。』有人問他爲什麽，他指點道：『你不見四下裏都是裸體美人麽？』

周瘦鵑除了愛紫羅蘭花和石刻美人之外，别無嗜好，連現在社會上最風行的麻雀都不會打。但是他從小就喜歡挖花（博具之一種），所以每逢人家有喜慶事，邀他組織雀局，他便一口回絶，并慫恿人家改組挖花，因此狼虎會同人替他起了個綽號，叫做『周挖花』。但周挖花近來因事情太忙，也好久不挖花了。

瘦鵑向不迷信，自他阿兄死後，也迷信起來，花了好多錢，給阿兄大做佛事。最有趣的，他那位太夫人不知聽了誰的話，說七月三十地藏王生日，凡是生肖屬羊屬猴的，須在日落以前趕到家裏，不然定有災禍。瘦鵑今年二十九歲，屬羊，太夫人便下了訓令，命他這天五點半鐘回家。瘦鵑說：『我不相信這個，倒要晚些回來試一試呢。』誰知他夫人也出來說話，說：『你不管信不信，聽着母親的話早些回來就是了。』瘦鵑没奈何，這天傍晚在《申報》館辦公時，手忙腳亂，時時看看斜陽，怕他落下去。好容易忙到六點半鐘，方始回家，瞧那天上的黑幕，也漸漸地遮起來了。

濟群道：『這段文壇趣話，我本不是這樣做的，因爲趙苕狂攬了些是非，并且累他做了一次狗，纔改成這篇文字。諸君要知趙苕狂做狗的趣事嗎？請閱下期，便知分曉。

（一九二三年第二卷第七期《紅雜志》）

文壇趣話

施濟群

（四）趙苕狂最近之趣史（事）

信誓旦旦爲鵑爽約　恩情渺渺憶鳳傷神

上期文壇趣話，本來并不是講周瘦鵑的嗜好與迷信，原題叫做『周瘦鵑挖破紫羅蘭』，諸位看了這個題目，一定猜想得到講的是椿很有趣味的事實了。豈知生生的給趙苕狂從中破壞，思之實在可恨。但是虧他這樣一攪，我又得了這一期的資料，真所謂『塞翁失馬，安知非福』？所以我非但不恨他，倒反很感激他呢。

再説我當時把周瘦鵑挖破紫羅蘭的趣事做好之後，正想送到排字房去，忽然趙苕狂向我説：『你這人很靠不住，上次你已攪過是非，這一次不給你看了。』他便哀告道：『這一次我不向瘦鵑説了，倘然再犯，我便做狗。』説着把右手的中指翹起，其餘四個指頭在桌子上爬了幾爬，算是做個狗的『模特兒』給我看。我見他既立了誓，便給他看了，看得他只是嘻嘻地笑。

兩天之後，我那篇稿子排字房已送出清樣來了，我忽然接到瘦鵑一封信，説『頃晤狂兄，談及吾兄將以弟之趣事寫文壇趣話，并及紫羅蘭事。弟平生對於紫羅蘭萬分愛護，務望吾兄弗加褻瀆。至其他趣事，任憑吾兄編入』云云。我想苕狂又攪是非了，只是瘦鵑既這樣鄭重其事的叫我不要褻瀆他心愛之物，我又何必予人以難堪呢？便另做了一段趣事發刊。

當晚，苕狂在豫豐泰吃酒，我便向他質問道：『你立的誓怎樣？』這時苕狂已吃得有些醉意，見了我只説：『對不起，對不起，我自己承認做了一次狗罷。』并向同座的王錦南、駱無涯二君道：『我爲了瘦鵑做狗，明天一定要他請我吃頓大菜咧。』我説：『你的誓只好算是狗與毛坑賭咒罷。』説得衆人大笑。

（提起豫豐泰，苕狂還有椿極香豔的豔史咧，不過這事很長，非三言兩語可完，本期因限於篇幅，只得在下期續刊了。）

（一九二三年第二卷第八期《紅雜志》）

文壇趣話

施濟群

（四）趙苕狂最近之趣事（續）

趙苕狂在數年之前，同一個雛妓叫做『鳳珠』的很是要好，起初只不過愛他嬌小玲瓏，意存憐惜，當着朋友喚來侑觴佐酒。後來這阿鳳年華及笄，漸解風情，苕狂便鬼鬼祟祟不知同他有了甚麼關係，要好得似膝投膠、如魚得水。那時候他天天到豫豐泰喝酒，每當酒至半酣，懷念伊人之際，只消瓊箋頒去，便見彩鳳飛來，有時講講情話，有時唱唱京調，燈光鬢影，酒氣花香，兩般兒氤氳得不分明，旖旎風流令人歆羨。豈知好事不常，月圓易缺，不一年，鳳珠竟爲大腹賈量珠聘去，從此鳳去臺空，佳人難見。苕狂便書空咄咄，徒喚奈何，雖則把齋名改了『憶鳳樓』，但還嫌未足，更在《新聞報》上做了篇《不堪回首》，表示他無限深情唉，苕狂真多情極了。（這是從前的事，現在我這篇文壇趣話既標明是最近之趣事，便當剪斷前文，再述現在的趣事了。）

苕狂既有這樣的一樁豔史，可見他對於刀巴上很用功夫的了。今年七月裏我同苕狂、子佳到一個同事家裏吃酒，苕狂吃得酩酊大醉，還要我們陪他到大世界去吹風。我們進去兜到四望臺邊，見一個女子憑欄獨坐，雙目注視着白幕上的影戲，正在出神。苕狂悄悄地把他旁邊的空椅提起來，向水門汀上一摔，『砰』的一聲，嚇得那女郎直跳起來，幸虧那女郎是山梁隊中求牡的人物，否則一定要大起交涉咧。

苕狂新近在《新聞報》上做了篇《碼頭小史》，同我開玩笑，這是因爲我上期文壇趣話説他是狗的報復。唉，苕狂，你錯怪了人也，你要知道始作俑者還是『一笑』呢。五十六期《紅雜志》中一笑做了篇《文壇趣話補》，説你是草狗，草狗者，走草之狗也（走草係湖南方言）。你何不去報復他，反來報復我，真所謂吃了對門謝隔壁了。

（一九二三年第二卷第十一期《紅雜志》）

文壇趣話補

嚴獨鶴

虎狼會中種種趣話

虎狼會的結合，已有許多年了。每次集會，大家除飲啖而外，又恣爲諧謔，其間發生的笑話和滑稽名詞非常之多，所以狼虎會員常説如果我們把平日所講的話，編成一部狼虎詞典，一定很有趣，并且狼虎會中的趣話往往隨時發生，差不多一次不到會，就有許多新笑話不能知道。至於最近加入的新會員，聽會中老前輩（這個老前輩，就是加入多年的老會員，可稱是老狼老虎）談天，竟瞠目不解，於是只好臨時查詞典，所謂臨時查詞典，就是向同座中別人詢問來歷。這查詞典很不容易，一面只管要問，一面便故意裝喬不肯説，大概非小敲竹杠，不易查着。

狼虎會員瘦者判爲狼，胖者擬爲虎。至於瘦鵑，看他外貌十分文弱，像是一隻小狼罷了，但是狼虎會中健將，第一要算是他。未曾入席，先擺水果，入席以後，自冷葷以至大菜，無不席捲而空。只是一樣，乾稀飯除外，他在席上，倒是抱的屈映光主義，向不吃飯。

琴豔親王（就是丁娘，上回《文壇趣話》中已發表過了），有一樁特别毛病，就是笑得厲害了，便會出眼淚。所以狼虎會中説笑話，能以那一個賺得琴豔親王眼淚最多者，爲成績最佳。

我常稱鈍根爲弟，鈍根則呼我爲兄，其實我兩人并没拜把，完全是姓的關係。我姓嚴，他姓王，諧音像閻王，所以同會中都呼我們兩人爲閻王，因此又成了一兄一弟了。不過閻王之下，又有小鬼，當小鬼的，便是那幾個小而且瘦的人，至於常覺，又不免有『無常鬼』的嫌疑。

講到姓氏，還有一樁笑話，有一次蝶仙忽然對慕琴和鈍根説道：『這幾天，我看報，知道「慕琴失却了一件東西，被鈍根揭了便宜貨買去」。是不是？』大家聽了都莫名其妙，後來蝶仙宣布理由，却是那幾天第一臺正在做《丁郎尋父》和《便宜貨王華買父》，亦可謂天然巧合，令人失笑。

（一九二三年第二卷第十四期《紅雜志》）

小説體的文壇趣話

嚴獨鶴

豫豐泰禹鐘立合同　北車站濟群看校樣

我這一回書，好像是章回體小説中的回目，閲者諸君看了這個回目，一定要起疑問：第一個疑問是豫豐泰喝酒，何以要立合同；第二個疑問是車站上何以能看校樣，校樣又何以要到車站上去？然而天地間竟有如此妙事，請諸君少安毋躁，聽我道來。

却説這天晚上，沈禹鐘正在編輯室中，搜索枯腸做小説，忽然有人在他肩頭上一拍，説道：『我們吃酒去罷。』禹鐘聽了『吃酒』兩字，登時心花怒放，渾身三萬六千個毛孔，都像受了電氣熨帖似的，竟有説不出來的愉快，急忙回頭一看，見那説話的人是他的酒友陶嘯秋，便跳起來道：『好好好，快去快去！』當下又拉了他的同事趙苕狂和徐耻痕兩人，跑出門來，連電車都來不及登，四個人□和賽跑一般，殺奔四馬路豫豐泰而去。到得豫豐泰，大家像牛飲一般，也不知吃了多少壺酒，大概從下午五點鐘起，直吃到夜間十二點鐘，還没有散，吃酒之多，可想而知了。内中還是苕狂和耻痕有些主見，説道：『夜深了，我們喝得也彀了，就此散了罷。』嘯秋倒也點頭贊成，禹鐘却大嚷道：『不行不行，非再喝一壺不可。』嘯秋這時看禹鐘的面上，已紅得像猪肺一般，説話也上氣不接下氣，忙勸他説：『看你這個樣子，萬萬再不能喝了。』禹鐘聽他這樣説，以爲是有意激他，忙搶過筆硯來，拿了一張請客票，在背後立了一張生死合同，又逼着嘯秋也照樣寫了一張，將合同交與苕狂、耻痕兩人，教他們做證人，説是合同立過之後，至少須各吃一壺，纔死而無怨。後來還是苕狂怕他發生危險，再三苦苦相勸，又硬將他拖出酒店，送上黄包車，押回寓所，纔算了結一件公案。如今我再把禹鐘所寫生死合同的原文，録在下面：『立拼命賭酒生死合同，今據沈禹鐘願與陶嘯秋賭飲，各盡花雕一壺。萬一醉死，各不償命，恐後無憑，立此爲據。中華民國十二年十二月八日，沈禹鐘立。證人趙苕狂、徐耻痕。』

以上第一段寫完了，再來第二段。

却説施濟群，那天在書局中辦事，桌上堆着一大疊的校樣，排字先生立等着他校好了要付印。濟群便也目不停觀，手不停批，正在烏亂的時候，忽然來了一個珊鸞先生，説道：『今天徐輔洲死人出風頭，我們何不到車站上看大出喪去(珊鸞執業於車站，所以可擔任特别招待)？』濟群一想大出喪是很好看的，但這許多校樣，又安能不校？便道：『你們先去，我緩些時再來。』珊鸞道：『你這人向來出名的緩，但别人可以等你，徐國樑是不會等你的呀！再緩一刻你就看不着了。』濟群被他逼得没有法子，忽然又想出一條兩全其美的妙計來，便將許多校樣拿在手裏，又向我借了一支鉛筆，説：『我就將這些校樣帶到車站上去。在大出喪未到之前，豈不就可以利用時間先行校對？』大家都説此法甚好，後來到了車站上，果然隔了足有兩個鐘頭纔看着大出喪。濟群在這兩個鐘頭中間，居然急匆匆將帶去的清樣，逐一校好，不過在他看校樣的當兒，却上了好幾次的當。只要旁邊有人喊一聲『來了』，他便直跳起來，車站上還有幾個和他認識的朋友，都笑道：『你辦公辦到我們車站上來了，真是勤勞之至！』濟群也笑道：『我從前曾在碼頭上做小説，如今又在車站上看校樣，這纔是水陸并進哩！』

（一九二三年第二卷第二十二期《紅雜志》）

文壇趣話

黄轉陶

我做了《文人百趣》，濟群説搶他《文壇趣話》的生意，本來我想不做了，後來一想我横竪是不怕難爲情的，爽爽快快的做《文壇趣話》，實行搶他的生意罷。但是他做的是《快活林》點將小説同志的趣話，我做的是《星社》裏的趣話啊。

一天下午，我同煙橋、佩萸、碧波、菊高五個人在吴苑吃茶，大家談論赓夔爲甚麽不來，直到太陽落西了，赓夔方慢慢的踱來，大家便責他爲甚麽來得這樣遲。他起初只説有椿要事，所以來得遲了。後來被大家逼着，他纔説因爲一個女友寫一封信給他，這信被一個朋友拿了去，現在去調查，至今還没有着落。菊高搶着道：『你終日在情海裏混，如今起了波瀾了？』佩萸道：『不要緊，請碧波一探，横竪碧波是情界裏的探子。』碧波道：『他的秘史我没有一件不知道的，但是我終有些不信他的話。』佩萸道：『是啊，他成日成夜在外面不知做什麽，其實他没有一些要緊事的。』煙橋在一旁笑着道：

『照這樣説，我可以把八個字形容他，叫「終日營營，無所事事」。』

有一次星社雅集在蔣吟秋家裏，吟秋是歡喜養黄雀的，大家講到黄雀是吃甚麽的，吟秋説：『吃西瓜子的，而且吃起西瓜子來非常迅速。』這時大家正在吃西瓜子，逸梅嚷着不會吃，煙橋遂即道：『逸梅啊，豈可人而不如鳥乎？』

（一九二三年第二卷第二十五期《紅雜志》）

文壇趣話

嚴獨鶴

李浩然與蘭

李浩然雖然不常做小説，但是偶一爲之，却非常精密。《紅雜志》中也有好幾次登過他的作品，當然是文壇中的一員大將。他的性質是很精細的，生平韻事頗多，我和他是朝夕相見的老朋友，雖然知道了許多，倒也不暇詳記。惟有他新近發生了兩種趣事，都與一個『蘭』字大有關係。我説了此話，或者有人要疑心這個『蘭』字，是指梅蘭芳，道浩然有梅黨的嫌疑。其實不然，聽我講來。浩然和許多朋友聚在一起，大家要敲他竹槓，教他請客，他執意不肯，説之再三，他便道：『要我獨自請客，萬萬不行，除非撳蘭出錢多少，大家碰運氣。』那些朋友無可奈何，只好答應。誰知撳蘭的結果，浩然還是第一個出錢最多。大家拍手大笑，浩然却不免連呼上當。到了第二天，浩然又發起要撳蘭，意思是想佔些便宜，可以翻一翻昨天的本，大衆也就贊成。可是十幾枝蘭花當中，浩然所指定的一枝發表出來，却又是出注最大。話休煩絮，如此一連四天，天天撇蘭，天天都是浩然的份子最大，總計起來，和請一回客也差不多了。他便浩然長歎道：『蘭運不佳，吾末如之何也已矣。』以上是他蘭字趣史第一幕。第二幕是今年新春，有一位姓蘭的先生忽然寄了一種賀年片給浩然，一見那賀年片頓時説道：『豈有此理。』那時我在旁邊，忙搶過那張賀年片來一看，原來片上第一句就是『引企蘭闈』。哈哈，這人既姓蘭，又用『蘭闈』二字來奉承浩然。這位浩然先生，豈不有些吃虧麽？所以我説浩然與蘭大約總有些特别關係。

陳達哉與貓

陳達哉别號跳澗虎（見前《紅雜志》『小説點將録』），新近發現了一樁趣事，却是虎被貓欺，弄得無可奈何，真是妙不可言。達哉夫人已回嘉定去了，他獨自一人租了一間樓面，住在寶山路，他每天早上起來，便出去辦事。床上的被，是從來不肯摺疊的，到了晚上回來，向被窩裏一鑽，就此睡去。這天夜間，他又照老例鑽入被中，不料鼻孔裏面，忽然聞着一股臭氣，直衝進來。他心裏有些奇訝，連忙將被頭掀起來一看，衹見上面淋淋漓漓的染滿了糞汁，連身上也沾着不少。達哉此時便斂神定氣，將這糞味細細的判别一下，就斷定這是貓拉的爛污，却也無法可施。只得起來重换了一條被，復行睡下。剛要睡着，又忽聽見床底下竟發出一種嗚嗚的聲音來了，達哉怒從心起，連忙從床上跳起來，先將房門關上，拿了一根鷄毛帚在手中，趕着那隻貓亂打不已（他不知道捉住貓再打，真可謂聰明一世，懞懂一時了）。那貓被他打得急了，就到處亂竄，將檯上的茶壺撞在地下，一齊打碎，後來又將洋燈一碰，幾乎也要打翻。達哉忍不住大喊了一聲不好，這一聲便將樓下那二房東女人也驚醒了，連忙喊道：『陳先生，幹什麽？敢是有了賊了？』達哉一時不及答言，那二房東女人竟三脚兩步，趕了上來敲門。達哉不得已，將門一開，那貓就奪門而出，達哉對着那女人，頓足不已，那女人只眼睜睜望着達哉，到底莫名其妙。

（一九二三年第二卷第三十一期《紅雜志》）

文壇趣話

楓　隱

程瞻廬是字紙爐　挨爐與挨窑之别

蘇人詈癟三曰『挨窑坯』，蓋燒磚瓦及石灰之窑，其旁皆甚熱，故每逢冬令嚴寒，附近乞丐多群集窑旁烘火，若富貴人之烘火爐者然，此挨窑之名所以來也。今年新春中，余與稼秋、瞻廬同在平橋樂賢茶寮啜茗，偶提及此名稱，二君皆不得其解，余爲釋之如此。并爲之申其説曰：『今之熱中者流，自己不得富貴，每喜作趨炎附勢之舉動以自鳴得意者，此亦挨窑之類也。』

稼秋聞之曰：『然則今之瞻廬，文名滿天下，後進文人亦有欲依附門墻以爲榮者，是亦可謂之挨窑乎？』余曰：『今之瞻廬，其熱尚够不上稱窑，僅可稱之爲紙爐，則若輩亦尚够不上挨窑資格，僅可稱之爲挨爐耳。』瞻廬聞之亦輾然。

（一九二三年第二卷第三十五期《紅雜志》）

文壇趣話

施濟群

（五）徐卓呆之滑稽

眉眼傳情無了時　深情盡在不言中

徐卓呆在小説界中，素有滑稽大王之號，其實不但是他的作品很滑稽，就是平時的一舉一動，差不多都含有滑稽意味，而他的一雙尊目，更可算是他全部滑稽的代表。爲甚麼呢？因爲他的一雙尊目，我敢擔保他除了晚上睡覺之外，總在那裏同人家丟眉霎眼的，没有休息過一刻。去年我同苕狂、卓呆三人旅行蘇州，遇見了星社裏許多朋友，他們便替我們三人在形體上加一個定評，叫做『施胖趙瘦徐霎眼』，真貼切極了。我就向卓呆説：『我想改一句《西廂記》送給你，就是「眉眼傳情未了時」的未字改做「無」字，你看怎樣？』卓呆連説『好好』。

去年年底，我接到了徐卓呆的一封信，拆開看時，不覺把我駭了一跳。諸位你道爲甚麼呢？原來他的信上一共只有四個字，劈頭寫了『濟公』兩字，以下便是一篇點兒到底，結末又寫了『卧叩』兩字，就算完了。阿呀，這種荒乎其唐的信，我簡直從没有見過，後來一想，纔從恍然裏面鑽出個大悟來了。因爲前幾天他在路上遇見我時，曾托我把《紅雜志》的稿費結付與他，那幾天恰巧本局的經理先生不在上海，所以没有把稿費簽出（按本局付稿費之支單須由經理副署），這信一定是爲這事了。我想他既會把做《不知所云集》序的方法來索稿費，我一定也要想個特別方法來回覆他，便把一張白紙連一個字都不寫，一點墨也不點，只加上個信封，寄還給他，意思就是説没有啦。過了幾天，又遇見了卓呆，他説：『你這一回的事，我也可以把一句《西廂記》送給你了，你説那一句呢？』卓呆笑道：『就是「盡在不言中」啊！』

（一九二三年第二卷第四十四期《紅雜志》）

文壇趣話

施濟群

（六）天臺山農之暴躁

手刃變兵百餘人　一拳打破電話機

上期我説徐卓呆，忽然想起天臺山農來了，因爲天臺山農與徐卓呆都有很顯明的特別標記，不過他們倆的標記不同罷了。徐卓呆的標記是霎眼，天臺山農的標記却是一臉大麻子，他們的商標既已不同，他們的性質自然也是各異。徐卓呆是善於滑稽，天臺山農却是粗鹵暴躁。據他自己説，民國初年，在程德全那裏當執法長時，一言不合，就要武力解决。第二師兵變，蹂躪金昌，平定之後，捉到變兵一百多人，都是他親自執法，把衛生丸一顆顆送到變兵的腦子裏去，也可算是殺人不眨眼的魔王了。後來在民國三年，給袁世凱當亂黨捉去，飽嘗了幾個月鐵窗風味。釋出之後，一場大病，幾乎死去活來，纔把性子磨沉了許多。

他雖説把性子磨沉了許多，其實有時候依然要露出暴躁的本相來。有一回他在家裏打電話，打了好幾次，接綫人不是説有人在那裏打，便是任着那機器嗡嗡嗡不來理他，結末一次，依然説没有打好，惹得他怒從心上起，惡向膽邊生，提起拳頭不問情由，就在電話機上砰的一拳，只打得那座電話機頓時裂成幾片，他纔悻悻而出。唉！何苦何苦，你的拳頭打不到接綫人身上，那些接綫人靠了外國人牌頭，决不會因你一打就改除惡習慣的呢。

（一九二三年第二卷第四十六期《紅雜志》）

文壇趣話

黃轉陶

我做了文人百趣。濟華說搶他文壇趣話的生意。本來我想不做了。後來一想。我橫豎是不怕難爲情的。爽爽快快的做文壇趣話。實行搶他的生意罷。但是他做的是快活林。點將小說同志的趣話。我做的是星社裏的趣話啊。

一天下午。我同烟橋佩萸碧波菊高五個人在吳苑吃茶。大家談論廣盦爲甚麼不來。直到太陽落西了。廣盦方慢慢的踱來。大家便責他爲甚麼來得這樣遲。他起初祇說有樁要事。所以來得遲了。後來被大家逼着他。纔說因爲一個女友。寫一封信給他。這封信被一個朋友拿了去。現在去調查至今還沒有着落。菊高搶着道。你終日在情海裏混。如今起了波瀾了。佩萸道。不要緊。請碧波探一探。橫豎碧波是情界裏的探子。碧波道。他的秘史。我沒有一件不知道的。但是我終有些不信他的話。佩

文壇趣話

施濟華

（六）天台山農之暴躁

▲手刃變兵百餘人

▲一拳打破電話機

上期我說徐卓呆。忽然想起天台山農來了。因爲天台山農與徐卓呆。都有很顯明的特別標記。不過他們倆的標記不同罷了。徐卓呆的標記是零眼。天台山農的標記。却是一臉大麻子。他們的商標既已不同。他們的性質自然也是各異。徐卓呆是善於滑稽。天台山農却是粗鹵暴躁。據他自己說。民國初年。在程德全那裏當執法長時。一言不合。就要用武力解決。第二師兵變。蹂躪金閶。平定之後。

小説無題録

卓呆 撰

載於《小説世界》一九二三年二月十六日第一卷第七期。作者卓呆，原名徐傅霖（一八八〇—一九六一），蘇州人，號築岩、半梅等。留學日本，學體育，回國後創辦體操學校，爲國内提倡學校體操的第一人。又愛好戲劇，提倡戲劇改造，親自演出，并創作劇本。以創作滑稽小説出名，人稱『文壇笑匠』或『東方卓别林』。主要作品有《笑話三千》、《樂》、《何必當初》、《萬能術》、《卓呆小説集》、《李阿毛外傳》、《浴堂裏的哲學家》等。作者重視短篇小説，認爲『小説是描寫人生短片爲主，所以既不必有始有終，又無須裝頭裝脚』。他指出中國傳統的長篇小説『總不免有許多勉强的地方』，而且往往表現了一些陳腐的觀念。文章還記述了中國小説雜志的變化，將二十年前的《新小説》、《小説林》、《月月小説》等視爲第一期小説，將《小説月報》、《小説時報》等稱爲『第二批小説雜志』。第二批小説雜志與以前不同的是，注重短篇小説的創作。他分析了雜志上連載長篇小説的弊端。在提倡小説的創作過程中，他認爲《小説畫報》起了重要的作用。他還記述了翻譯小説盛行時的一些可笑的情況。這些都有一定的史料價值。

小説是描寫人生短片爲主，所以既不必有始有終，又無須裝頭裝脚，能够寫實，當然更好。最容易達這目的的，不消説了，自然是短篇小説。

長篇小説的材料，到底不自然的多，作者雖很用精密的注意來布置，無奈材料既不自然，總不免有許多勉强的地方，無論那一篇長篇小説，决計不能説絶對的没有勉强的地方，這勉强的地方極少的，就要説是很好的長篇小説了。

中國舊小説，除了《三國演義》、《水滸》、《紅樓夢》、《西廂》等有特殊價值外，其餘的無非是『千金小姐遊花園，落難公子中狀元』一類東西，本本都是一鼻孔出氣的，有頭有尾，直要到大團圓了纔肯完結，差不多以爲不如此圓滿，就不能使讀者滿足，所以也不管事實上做得到做不到，寫得人生竟没有不如意事，都能逢凶化吉、轉憂爲樂。書中主人翁，多情人成了眷屬，還要叫他做什麽巡按御史，將來一定百年長壽，子孫滿堂。著者見錦上的花無法再添，方肯擱筆，迎合讀者之心，無所不至，思想的卑陋，篇篇如出一轍。

這些舊小說，也都是長篇，甚至有多至數十册的。《天雨花》、《安邦志》、《定國志》等，在婦女社會佔絕大勢力，作者是迎合著當時婦女社會的眼光做的。讀者是讀了這些小說，很崇拜很信仰很羨慕的，於是婦女社會的中等以上階級，一齊受了這作者的教育了。就是作者的思想，只管可以很長久的佔據在婦女頭腦中，有讀者讀這小說一天，即作者的勢力可以多延長一天，婦女的頭腦可以多一天不變，所以中國舊社會的婦女，中這些小說的毒的實在不少。

就是從文藝上説，這些小説雖是千篇一律，却也有幾種别開生面、另辟道路的，如《白蛇傳》、《玉蜻蜓》等，總算是極想避開那常套了，拿來變了一個形式，其實精神還是老腔調，有什麽變動呢！

中國人的愛讀長篇小説，大約也是從舊小説上遺下來的一種習慣罷。我還記得二十年前的小説雜志，如《新小説》、《小説林》、《月月小説》等，其中的材料，竟篇篇是長篇小説，并且編輯上也很不考究。這種月刊的雜志裏頭，總是每篇登這麽一二回或一二章，篇篇承上，篇篇未完，説也奇怪，讀者竟很有忍耐心的讀了第一期，肯盼望第二期，其中偶然有一二期後面附載一二篇短篇小説，也不能唤起讀的興味，可也實在没有佳作。

中國初産生短篇小説的時代，真的短篇小説很少，除了譯的有幾篇純粹的短篇小説，此外的國貨，大半是改製品。這改製品，最多的是有兩種：一種是把筆記來改製的，或且照樣做，或是加料放大，於是某翁某處人，某生某縣産等筆記，大家當他短篇小説了，爲什麼都會當他短篇小説？這也是中的舊書的毒，因爲我們看了《聊齋志異》，也當他做小説，不區别他爲筆記的，所以聊齋派的筆記，與小説打混起來了；還有一種，是把長篇的材料來縮短的，仿佛是一篇説明書，源源本本都有，不過文章簡略些，這真不是描寫人生的斷片，實是縮攝世事的照片了。這兩種到底不是真的短篇小説，現在少咧。

第一批的小説雜志停辦後，到第二批小説雜志，如《小説月報》、《小説時報》等的運命一長，於是讀者對於短篇小説，漸漸的生興味了，今日已趨極端，小説雜志中，十分之九是短篇，後面雖附著一二篇長篇，讀者對著他，有些不入眼，并非是這篇長篇小説本身的好歹問題，乃是購讀者的讀法問題。倘使出一期讀一期，恐怕要讀這一期時，已經早把那一期忘掉了。或者等這篇長篇登完了一起拿來讀，那是第一先要有守候他的忍耐性，第二要一册一册好好保守，别遺散，别借出，第三聚了一年半載，這篇長篇居然登完，不知到那時有没有讀他的工夫與勇氣咧。所以近來小説雜志中的長篇，不過有這麼一個門類罷了，注意的人漸少，甚至有人主張廢除這一門。若是説要把『欲知後事如何，且聽下回分解』來刺激讀者興味，推廣下期銷場，那恐怕現在的讀者，這種低度刺激，是不會興奮的了。

第一個提倡創作的，是《小説畫報》，旁的雜志收稿，本來譯的著的，都一律看待，獨《小説畫報》專用創作，譯稿概不刊載。當時雖不過覺得自成一派，有些異彩罷了，其實今日創作的生産的這麼多，未始不是那時節提倡的功勞。

在當初提倡創作的時候，却也有人將外國作品揀他與中國情形相符的，拿來譯做中國風，算是中國小説，這也是過渡時代應有之事，倒不必去責備他，不過與他相反的事實，竟成笑話了。我曾記得在翻譯小説極盛的時代，有一位某君，他本來不懂外國文字，他所做的小説，確是創作，他竟自認爲翻譯，題目下面，一定寫著英國某某著、中國某某譯，其實英國的某某，也并非真有其人，他小説中的人名地名，特地用了四五個字的譯音，叫人非常難念，他連約翰、斯密司等簡單的還不肯用咧，一定要拖泥帶水，不是很可笑麽？

也有人當時因購買外國小説很費周折，不容易得到翻譯材料，便晚上去看了影戲，拿來做小説材料的，這也是譯本小説盛行時代的事。

近來的潮流大有變動，譯本小説倘使不是名著，竟無人歡迎，所以創作一面，很有人肯下些工夫，也比前幾年進步得多咧。不過中國偵探小説裏頭有幾位重要人物，雖是用著中國人的姓名，總有些像譯音的樣子，不知是什麽緣故。

小說無題錄

卓呆

小說是描寫人生斷片爲主。所以旣不必有始有終。又無須裝頭裝脚。能夠寫實。當然更好。最容易達這目的的。不消說了。自然是短篇小說。

長篇小說的材料。到底不自然的多。作者雖很用精密的注意來佈置。無奈材料旣不自然。纔不免有許多勉强的地方。無論那一篇長篇小說。決計不能說絕對的沒有勉强的地方。這勉强的地方極少的。就要說是很好的長篇小說了。

中國舊小說。除了三國演義、水滸、紅樓夢、西廂等有特殊價値外。其餘的。無非是「千金小姐游花園、落難公子中狀元」一類東西。本本都是一鼻孔出氣的。有頭有尾。直要到大團圓了。纔肯完結。差不多以爲不如此圓滿。就不能使讀者滿足。所以也不管事實上做得到做不到。寫得人生竟沒有不如意事。都能逢凶化吉。轉憂爲樂。書中主人翁。多情人成了眷屬。還要叫他做什麼巡按御史。將來一定百年長壽。子孫滿堂。著者見錦上的花無法再添。方肯擱筆。迎合讀者之心。無所不至。思想的卑陋。篇篇如出一轍。

這些舊小說。也都是長篇。甚至有多至數十册的。天雨花、安邦志、定國志等。在婦女社會占絕大勢力。作者是迎合着當時婦女社會的眼光做的。讀者是讀了這些小說。很崇拜很信仰很羨慕的。於是婦女社會的中等以上階級。一齊受了這作者的教育了。就是作者的思想。只管可以很長久的占據在婦女頭腦中。有讀者讀這小說一天。即作者的勢力可以多延長一天。婦女的頭腦可以多一天不變。所以中國舊社會的婦女中。這些小說的毒的實在不少。

就是從文藝上說。這些小說。雖是千篇一律。却也有幾種

五色旗下之小說界

胡寄塵　撰

載於《紅雜志》一九二三年第二卷第九期。作者胡寄塵，見一九一九年胡季人《小說管見》介紹。本文以故事的形式講了國慶將至，到處索稿，而且『都是限了時候要交稿的』，面對著這樣的情况，小説家究竟應當認爲『這樣的小説不可多做』，還是挖空心思地硬湊一篇出來。作者具體地描述了如何根據紅黄藍白黑五種顔色，『牽絲攀藤，攀到國慶上去』，硬湊了一篇所謂小説，還認爲這是『一篇别開生面的小説』，這實際上是對嚴肅的小説創作的極大諷刺。

光陰真過得快，忽然又是國慶來了，這一天我正和甲乙兩友，坐在家裏閒話，所談説的無非是三句不離本行，就是關於小説的問題，甲友道：『國慶來了，你少不得又要做幾篇應時的小説點綴點綴。』乙友道：『這樣的小説不可多做，我看你最初做得一篇很好，後來便一篇不如一篇了。』

我開言歎了一口氣道：『唉，老兄有所不知，國慶一年不如一年，我做的小説當然一篇不如一篇。這是不消説的話，你何必要説。』

乙友道：『既然一篇不如一篇，何妨不做呢？』我道：『國慶既然一年不如一年，又何妨不過呢？』當時我説完這話，甲乙兩友都呵呵大笑起來，笑還未了，郵差送上六封信來，打開來一看，其中便有四封是索國慶的稿子，都是限了時候要交稿的。而且有一封施濟群先生索稿的信，交稿的期限更爲促迫，因爲他索稿編入《紅雜志》，雜志的稿子當然要早幾天發印，非比日報上的稿子還可以等到十月八日或十月九日的夜裏才送出去。

我一想這四篇關於國慶的稿子，都是好朋友叫我做的，一篇也不能不做，然要做時必須先做一篇給施濟群，大約今天夜裏便要屬稿，否則來不及了。

我一時想不出新鮮的材料，便回頭問甲友道：『老兄，你可能供給我一些材料麼？』甲友道：『倘然將《紅雜志》的紅字，當着紅黃藍白黑的紅字，因此牽絲攀藤，攀到國慶上去，豈不是一篇别開生面的小説麼？』

我拍手道：『妙，妙，白字我已有了，便是白話小説的白字，這種小説界本來是很多的，現在推胡聖人做個代表。黑字呢，我也有了，新近畢倚虹著一部長篇小説，名叫《黑暗上海》，載在《小時報》上，所以這裏可推畢律師擔任。黃字呢？没有，没有……」

我没説完，甲友道：「這個我倒想着一人，不過有些勉强罷。」我道：「無妨説説。」甲友道：「現在有一部頂著名的小説，叫《歇浦潮》，你知道麽？」我道：「有何不知？便是朱瘦菊先生的大作。」甲友道：「是的……歇浦就是黃浦，所以歇浦潮也就是黃浦潮，這裏可請朱先生上臺。」

我道：「妙極妙極，只少却一個藍字，不然便可以配成一面五色旗了。」

唉，這個藍字真想不出，大家想了半天，還是我自己想着，對甲乙二友説道：「有了，有了，就是我，就是我。」

甲乙二友驚問：「何故？」我道：「做小説的人，假造書中主人翁的姓名。往往將「楊藍湖」三字代替「洋爛污」三字。我這篇小説或者也算洋爛污，説得好聽些，便是楊藍湖。好了，好了，五色全了。」因此，可將國旗的顏色和小説的顏色支配如下。

紅，《紅雜志》，編輯者施老板（對不起，又稱一次了，得罪得罪）。

黃，《黃浦潮》，著作人朱先生（黃浦潮，即歇浦潮）。

藍，藍湖，就是我。

白，白話小説，創造人胡聖人。

黑，《黑暗上海》，著作人畢律師。

甲乙二友聞言大笑，我這篇小説也做完了。

五色旗下之小說界 一

五色旗下之小說界

胡寄塵

光陰眞過得快，忽忽又是國慶來了。這一天我正和甲乙兩友坐在家裏閒話。所談說的無非是三句不離本行，就是關於小說的問題。甲友道國慶來了。你少不得又要做幾篇應時的小說點綴點綴。乙友道這樣的小說不可多做。我看你最初做得一篇很好，後來便一篇不如一篇了。

我聞言歎了一口氣道唉、老兄有所不知。國慶一年不如一年，我做的小說當然一篇不如一篇。這是不消說的話，你何必要說。

乙友道既然一篇不如一篇，何妨不做呢。我道國慶既然一年不如一年，又何妨

稗海一鱗

鄭逸梅 撰

載於《半月》一九二三年第二卷第十三號。作者鄭逸梅，見一九一九年《小說瑣談》提要。本文記述了若干英美小說家的一些嗜好與逸事。

法小說家佛玲撰稿，必啖摩爾登糖。

倫敦博物院近由某公爵交來莎士比亞之筆一枝，以供衆覽。

美有綺年玉貌之女小說家四十二人，而以紐約羅姆司之媚眼波，最爲人稱，皆願得其一睐以爲快。

意大利名雕刻家華林馥兒，新雕囂俄像，神態生動，精細無倫，聞近爲某新聞記者出巨價購去。

法蘭西小説家俄司脱撰愛情劇本《紅鑽石》，計三十四萬言，置諸行篋中，一日赴英，寓利物浦旅社，行篋被竊，而此心血結晶之劇本，遂不知流落伊誰之手，俄司脱因此而成神經症，現已入瘋人院云。

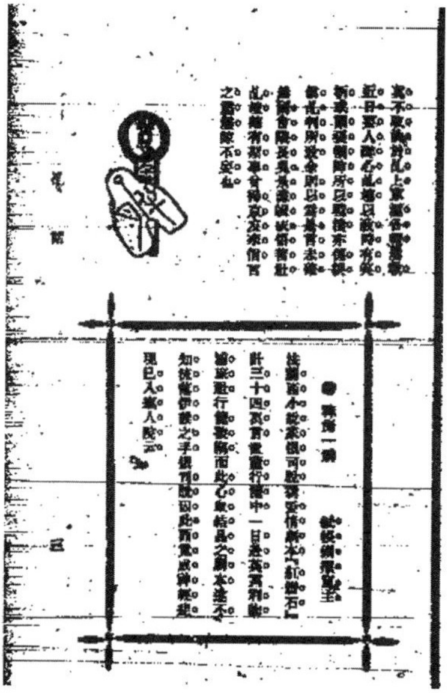

偵探小説雜話

煙橋　賡夔　王天恨等　撰

連載於《偵探世界》一九二三年第一期至一九二四年第十九期。《偵探世界》創刊於一九二三年六月，由嚴獨鶴、陸澹安、程小青與施濟群主編，半月刊，於一九二四年五月停刊，共出二十四期，以刊偵探小説爲主，兼發武俠小説與冒險小説等。其間陸續發表了若干小説話，闢『偵探小説雜談』、『偵探小説瑣話』的專欄，還有若干不入專欄而單獨發表的小説話。由於以『偵探小説瑣話』名義發表的文章較多，就歸爲一篇。另將『偵探小説雜話』名及若干單獨的小説話合在一起，統在『偵探小説雜話』名下。作者范煙橋（一八九四——一九六七），名鏞，號煙橋，江蘇吴縣人，早年參加南社，後從事地方教育，任縣教育會會長，主講東吴大學。解放後任江蘇省政協委員、蘇州市文化局長、博物館館長。有《范煙橋説集》、《中國小説史》、《民國舊派小説史略》等。姚賡夔，見一九二二年張枕緑等《〈最小〉報小説話》提要。王天恨，見一九二四年《説海周旋録》提要。何樸齋，偵探小説作家，以著東方亞森羅蘋探案見稱於世。芝岩，見一九二四年《小説閑話》提要。程小青，見張舍我等一九二三年《偵探小説話》提要。張碧梧，見一九二二年張枕緑等《〈最小〉報小説話》提要。張枕緑，見一九二二年《〈最小〉報小説話》提要。胡寄塵，見一九一九年胡季人《小説管見》提要。范煙橋的《偵探雜談》，主要談了時下的偵探與傳統的『眼綫』、『捕快』的異同，實未論及小説。姚賡夔談了偵探小説選材之『最難』，『不妨多設疑陣』及『不宜説及神秘之機關』，批評了當時的偵探小説不能免俗，多寫有助手。程小青則强調偵探小説離不開講科學，要『借用了科學的原理，演述或解决那小説中主要的情節』。這是因爲，偵探小説與科學在『論理』、『重證據』、『演繹和歸納』的方法等方面都是相通的。因此多讀偵探小説的人必然會『養成了一種論情察理的科學頭腦』。從偵探小説出發，作者强調做人也要有科學的頭腦，不能靠『自然而然』解决問題。何樸齋將偵探小説分爲『主推想』、『主出奇制勝』與『冒險的』三種，也能言之成理。張碧梧論及寫偵探小説有三大難點——『取材之難』、『結構之難』與『行文之難』，且寫得長或寫得短也各有難處，且起筆之前，就要全域在胸，不能寫到那裏，再想到那裏，致使前後矛盾百出。他又提出中國的偵探小説家，『必須熟讀《洗寃録》』，以取得借鑒。同時他指出，因偵探小説多寫謀殺、陷害和劫財等陰暗之事，要避免給讀者留下『惡印象』，而『務必使他含蓄著勸善懲惡的意思纔好』，起到良好的教育作用。王天恨也談了偵探小説不宜過短，『過短之作，必非偵探』；然也不能太長，太長了一定是『參以言情，或社會瑣事』。他認爲偵探小説的故事無非是寫戀愛風波、金錢風波及復仇，寫好的關鍵是在於『布局得神而已』。胡寄塵强調了偵探小説的布局、開頭、結尾等問題，但他同時指出『不近人情的離奇曲折的事實，恐怕没有價值』。張枕緑，則針對文學界强調文學作品要對社會與人生起積極的作用而認定如偵探小説與神怪小説之類，儘管是供人消遣，但并不是可有可無。這是因爲『消遣也是人生所需求的』，『人們在勞作之余，自應有一種正當的消遣』。這是對狹隘地鼓吹『文學爲人生』的一種反駁，對籠統地否定『消閑』文學的一種反擊。

偵探雜談

偵探與眼綫。或問：何以稱偵探曰眼綫？余曰：眼也者，僅憑觀察，殊少學識；綫也者，誘引入彀，時有羅織。與其蒙偵探之假面，無甯稱眼綫之名實相副也。

偵探與捕快。有與偵探相類而實非者爲捕快，其格更下，幾如獵犬，故諺云：『捕快賊出身。』蓋彼惟瞷其故舊之隙而乘之，同類相殘，與獵犬何以異？然而破巨案，非眼線爲之蹤跡，捕快爲之拘執，不爲功。以語偵探之術，必啞然失笑。（煙橋）

（《偵探世界》一九二三年第一期）

偵探小説的作法

偵探小説的作法，大概可以分做三種：第一種是主推想的。案情平淡，然而抽繭剥蕉，層次井然，終至水落石出。這種非到爐火純青以後，是不能下筆的。第二種是主出奇制勝。出案的起初，并不很奇，并且讀者的目光，早已猜到凶手是什麼人了。等到結案，却全局推翻，使讀者拍案叫絶。第三種是冒險的。身入虎穴，和敵人奮鬬，明知衆寡不敵，然而隨機應變，終能懾伏敵人，使他俯首就縛。讀者心驚膽落，非到終卷，不肯釋手。此種偵探小説最多，品格也最低，猶如不識戲的人，喜歡看熱鬧劇。其實咆哮惡鬬，不過是一種興奮劑罷了。（樸齋）

（《偵探世界》一九二三年第三期）

偵探小説的壽命

偵探在社會上處於何等位置，自然偵探小説的命運跟著他消長，所以在社會上偵探一天不絶迹，偵探小説就一天不死。可是偵探絶迹的一句話，不容易説罷。我想至少先要毁棄金錢，使社會上不見有偷盗的案件。和謀奪産業的惡劇，再要把戀愛的道路建築得平坦而寬闊，使走那條路的人們，不會失意傾跌，免掉争風醋殺的慘局。然而試問這兩個難題，誰能做到呢？惟其如是，我敢説偵探小説的壽命，是無限量的。（芝岩）

（《偵探世界》一九二三年第十二期）

偵探小説之三大難點

在各種體裁的小説當中，我以爲偵探小説最是難做，因爲做别種體裁的小説，不愁没有材料，凡耳聞目見的事情，都可信手拈來，加以煊染，做成一篇小説。但這些事情中要求含有偵探性質的，恐怕是很少很少。那末要做偵探小説，自不得不憑空設想了。這是取材之難。偵探小説必須呼應靈活，上半篇布設的種種疑問，好似播種的因，下半篇一一的結束，好似收穫的果，必須因果相生，息息相通，纔是佳作。倘呼應稍爲獃板些，那便不足觀了。這結構之難也勝過别種體裁的小説。不論做那一種體裁的小説，行文都應該簡凈，做偵探小説更要簡凈。因爲别種體裁的小説，多半是叙述事實，行文縱稍爲繁冗尚無大礙，偵探小説却是重在論理，行文若不十分簡凈，自然便嚕嚕嗦嗦，把讀者弄得不能明白了。這又是做偵探小説的行文之難。有這三樣難處，偵探小説不是最難做麽？（碧梧）

(《偵探世界》一九二三年第十五期)

偵探小説的題名

常有人説，小説容易做，題名難。往往一篇小説做成，要找一個適當的題名，竟想不出來，因而影響到那篇小説本身的價值。我以爲他種體裁的小説，尚不十分難題，惟有偵探小説最難題。空泛的字面，便不像偵探小説。太顯豁又不免使讀者看穿内幕，因爲偵探小説和啞謎無異，萬不能把案中的真相，使讀者見了題名而料知，所以最難。不比他種小説，儘可隨便拈幾個字的。佳的題名如『箱屍』、『破屋中的血漬』，一瞧便知是偵探小説，而又不能推測案中的真相怎樣，使人急於要讀下去。若『寶石案』、『項圈案』等一類的題名，雖也一瞧便知是偵探小説，然就覺得拙劣了。

（天攘王郎）

(《偵探世界》一九二三年第二十三期)

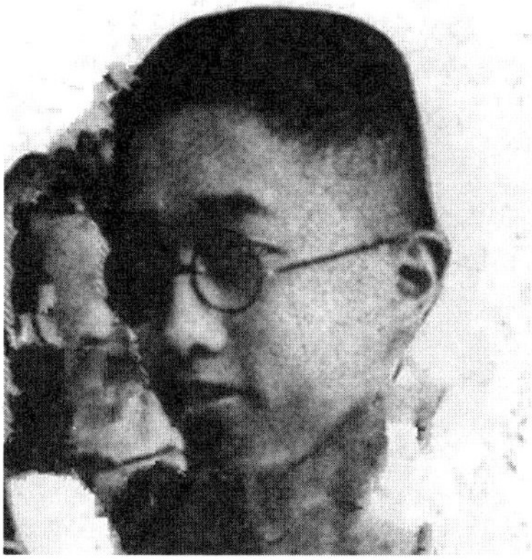

姚賡夔

論著　一六

偵探小說之三大難點

矜梧

在各種體裁的小說當中。我以爲偵探小說最是難做。因爲做別種體裁的小說。不愁沒有材料。凡耳聞目見的事情。都可信手拈來。加以煊染。做成一篇小說。但這些事情中要求含有偵探性質的。恐怕是很少很少。那末要做偵探小說。自不得不憑空設想了。這是取材之難。偵探小說必須呼應靈活。上半篇佈設的種種疑問。好似播種的因。下半篇一一的結束。好似收穫的果。必須因果相生。息息相通。纔是佳作。倘呼應稍爲呆板些。那便不足觀了。這結構之難也。勝過別種體裁的小說。不論做那一種體裁的小說。行文都應該簡淨。做偵探小說更要簡淨。因爲別種體裁的小說。多半是敘述事實。行文縱稍爲繁冗。尚無大礙。偵探小說卻是置在論理。行文若不十分簡淨。自然便晦晦曖曖。把讀者弄得不能明白了。這又是做偵探小說的行文之難。有這三樣難處。偵探小說不是最難做麼。

論著　一六

偵探小說之三大難點

矜梧

在各種體裁的小說當中。我以爲偵探小說最是難做。因爲做別種體裁的小說。不愁沒有材料。凡耳聞目見的事情。都可信手拈來。加以煊染。做成一篇小說。但這些事情中要求含有偵探性質的。恐怕是很少很少。那末要做偵探小說。自不得不憑空設想了。這是取材之難。偵探小說必須呼應靈活。上半篇佈設的種種疑問。好似播種的因。下半篇一一的結束。好似收穫的果。必須因果相生。息息相通。纔是佳作。倘呼應稍爲呆板些。那便不足觀了。這結構之難也。勝過別種體裁的小說。不論做那一種體裁的小說。行文都應該簡淨。做偵探小說更要簡淨。因爲別種體裁的小說。多半是敘述事實。行文縱稍爲繁冗。尚無大礙。偵探小說卻是置在論理。行文若不十分簡淨。自然便晦晦曖曖。把讀者弄得不能明白了。這又是做偵探小說的行文之難。有這三樣難處。偵探小說不是最難做麼。

偵探小説瑣話

煙橋　碧梧　恥痕　撰

連載於《偵探世界》一九二三年到一九二四年的第二期至十八期。在本刊上發表『偵探小説瑣話』的作者先後有范煙橋、鄭逸梅、張碧梧、徐恥痕等。張碧梧，見一九二二年《最小報小説話提要》。徐恥痕，曾任《新聞報》編輯，當時在《偵探世界》等報刊上發表過不少偵探小説等，後爲創辦《文匯報》的發起人之一。著有《中國影戲大觀》、《中國影劇之溯源》等，保存了不少珍貴的資料。范煙橋所寫的五則瑣話，大都是編摘了古代書籍或當代口傳中有關偵案的故事，然第一則『斯人安在』即提出了偵探小説之所以風行一時的社會原因。張碧梧、徐恥痕的幾則，着重談偵探小説的結構布局等具體手法，其中張碧梧的三則既强調要『著重翻譯』外國的小說，又提出必須熟讀中國古代的有關驗屍的書籍《洗冤録》等，同時，他談到了如何處理偵探小説中的『謀殺陷害和劫財』等暴力描寫問題，主張要將這類暴力處於正面的、正義的地位，不要造成負面的影響。這些看法都值得注意。徐耻痕所欣賞的孫了紅的《傀儡劇》，在後來趙苕狂所寫的『編餘瑣話』中也得到了贊揚。

斯人安在　偵探小説如林，而能有偵探智識之偵探，別無聞也。然而社會間機詐之事，層出不窮，偵探之需要甚亟，竊願有偵探如富爾摩斯、聶克卡脱華之產生，以救濟哀哀無告之人也。

偵探家應有之智識　做偵探小説必須深曉各種科學。揣摩舉止，以得其意思，此心理學也。觀察器具，以發其秘密，此物理學也。試驗品物，以證其實在，此化學也。至若真正之偵探，則尚需有健全之身體，健全之精神，防身之具，尤不可以不備。偵探造就之難如此，故世無真正之偵探也。（煙橋）

（一九二三年第二期《偵探世界（上海）》）

舊時刑名幕友，專在律例上用功夫。故冤獄雖間有平反，亦僅能施用其權術而已。初不知彼之所謂昭雪者，固猶有冤抑者在也。

楊乃武獄，其弱妹壁聽得嗟歎之辭，於是全案悉翻，此爲前清一大掌故。余謂楊妹之竊聽頗有偵探知識，惟殊嫌簡單耳。

殺人案難破，越貨案易破，蓋殺人者畏罪重，必布置周密，以免破露。越貨則尚有物證，易得綫索也。

做偵探小説必有一副牢騷之氣，猶之太史公做《刺客列傳》、《遊俠列傳》，所以洩其不平之積忿耳。故爲福爾摩斯者，堂堂之陣，正正之旗也。爲亞森羅蘋者，施耐庵《水滸》之類也。做中國偵探小説之難，由於物質文明之低能，不能如西方偵探小説，可以借種種交通及器具，以盡其追奔逐北之神速，故不易出色。（煙橋）

（一九二三年第三期《偵探世界（上海）》）

袁子才記麻城獄，所謂轇轕變幻，令人眩迷，苟非産生之媪得金不昧，恐終無白日，與宋時邊郎中事相類，其關鍵皆在屍骨。

《南史》傳琰爲山陰令，曾斷二獄，至神智。一爲賣鐵賣糖兩老姥争絲，琰取絲鞭之，密視有鐵屑，遂罰罪賣糖者。一爲争雞，琰問以何物食雞。一云粟，一云豆。剖雞腹爲粟，遂罪言豆者。

馮夢龍《增廣智囊補》載斷獄事甚衆，皆就一事一物、一言一動，知機立斷，讀之殊益思想。古無偵探之名，能吏皆有偵探之才，惟多不出户庭，推其供詞，揆其情理，故破獄更見其難。（范煙橋）

（一九二三年第四期《偵探世界（上海）》）

《聊齋》記於中丞事，路間見健夫舁少婦，遂疑有他，因之破巨竊案，則誠從人情推測而得也。其記詩讖，則以南郭所見題壁詩，與箋頭之作，口角相類而疑之，所謂偶然幸中，殊不可爲訓。其術較之對勘筆跡，更覺影響而不易捉摸矣。

記臙脂，曲折可喜，頗有偵探小説之結構，惟借神以行其狡獪，則惟當時能之。若在今日，決無有行之者。即行之，律師得而辯之矣。至猜度心理，靈心妙思，輒爲擊節。其事有演爲新劇者，即成電影，亦必有可觀。（范煙橋）

（一九二三年第四期《偵探世界（上海）》）

舊時武俠小説有偵探意味者，如《七俠五義》、《彭公案》、《施公案》諸書，惟老吏斷獄，尚問情察理，而於物證之偵查，殊少用心，有時且涉於神怪，固遠不若今之偵探小説醰醰有味也。（范煙橋）

某地新婚，例有鬧房之舉，非是，主人不歡也。某家娶婦，夙聞婦能，賀客争欲使之窘，以形其拙。夜深賀客去，新婦闔户將就寢，新郎靦腆如處女，坐妝臺側看書正酣，忽有利刃，自梁間下擲，聞隔户笑聲吃吃，逸矣。不意刃犀利而短悍，適中新郎頭，砉然血流而僕。新娘急視之，則已死。啓户四視，闃焉無人。時伴娘亦已鼾聲作，乃復闔户，拔刃出，拭去血跡，藏屍於床下。詰旦日高三尺，猶不啓户。已而聞外笑聲甚喧，則賀客群譏笑新婚燕爾，猶戀香衾也。新娘拔關出，貌甚泰然，出昨夕利刃，問衆客曰：誰以此危器相警者，幾乎嚇煞儂矣。有客噭然應曰：我也。新娘子嚇壞否？新娘遽上前，捜衣痛哭，指床下屍示之。賀客相顧愕然，群嘆服其急智。倘於當夕驚呼，則擲刃相戲，

必畏罪而匿不敢承，於是新娘蒙殺夫之冤矣。（范煙橋）

（一九二三年第五期《偵探世界（上海）》）

父老述故鄉一故事，亦奇獄也。光緒初，葉澤湖邊一村落間，有田傭失蹤，主者四覓不可得。有仇家唆傭父出首於縣。時湖中有屍，不知所自來，遂居爲奇貨，以之指實，誣主者虐待威逼致死。縣令金苕青拘主者下獄，數問未得實。仇家且招田傭舊時外慕至爲證云：失蹤前夕，嘗來余家訴苦，言下有輕生意，今果死於溺矣。縣令令田傭父詳諳屍骸，則時方夏令，已模糊不堪認面目，惟衣服則尚肖，顧縣主猶不敢遽信，以死者衣服令浣之，陰使人瞷之，歸報其狀，謂田父殊無戚容。令益疑，便提之密詢，并曉以冤抑苟白，必反坐，慎毋含糊。田傭父曰：人云然，我亦云然。因未得其確證也，令前遂置之，未定讞。時有村人吴蘭谷者，訟師也，聞是獄，頗欲一偵其實，四出訪詢。至震澤，見賣餅者，鄉人也，相逢寒暄，并述斯事。賣餅者，固與田傭相識，驚曰：田傭在市上豆腐肆執役，奈何溺死？吴急令爲導，至肆，固見田傭，便跪告曰：乃父受主者控匿子，繫於獄，速往白之。田傭大感動，願偕歸。既抵縣，吴白於令，事遂解。然而此屍終不知誰何也，而主者之家，亦以是傾矣。（范煙橋）

（一九二三年第六期《偵探世界（上海）》）

我國作者做偵探小説的程度實在幼稚得很，這是無庸諱言的，所以不妨把外國的偵探小説盡量翻譯，當作研究的一助。只是外國人名和地名，常常拼音繁多，譯成中國音，有在五六個字以上的，在懂外國文的讀者原可以朗朗的讀下去，不懂外國文的，便有些格格的不能上口，而生出厭讀之心了。因此，譯者遇著這種繁音的人名和地名時，不妨變通辦理，酌量縮短，或只譯起首的兩三個音，最好能譯成彷彿是中國的人名和地名。左右這和原文的情節固無妨礙，也毫不減損原文的精彩，而一方面可消除那不懂外國文的讀者的厭讀之心了。倘能如此以譯讀外國偵探小說爲過渡，我國作者自撰的偵探小說包管能日有進步了。

做偵探小說最忌的毛病，是平鋪直敘，必須奇峰突起，出於讀者的意料之外，讀者的興趣纔能濃厚。又忌用筆太顯露，使讀者一覽無餘，索然無味。更必須多用伏筆，然後逐層的破露，纔有剥繭抽絲之妙，興趣無窮。（張碧梧）

偵探家福開姆興，每破一案，必赴瑞士作竟月遊，謂湖光山色，足以養腦拓胸，故福開姆興雖年逾五十，望之如壯年人云。（逸梅）

（一九二三年第十四、十五期《偵探世界（上海）》）

小說作者，大概都讀過《紅樓夢》和《水滸傳》的，因爲這兩種書實在是才子之筆，曲盡做小說的能事，不能不加以研究的。若要做偵探小說，却再有一部不可不讀的書，便是《洗冤録》。因爲偵探小說中，常常記的是人命重案，但人怎樣致死，屍身上便有甚麽表現，是各各不同，不能說錯一些的。作者要明白這一層，便必須熟讀《洗冤録》，否則張冠李戴，定要鬧出大笑話的。

偵探小說的情節，大概不外乎謀殺陷害和刼財等等。讀者讀了之後，試問發生甚麽感想呢？

恐怕不過只在腦中留下這個惡印象罷了。這豈是小説的本旨。所以我以爲在這種情節當中，務必使他含蓄着勸善懲惡的意思纔好。譬如説某富翁被賊黨害死，便須附帶説明這富翁平日的吝嗇盤剥的行爲。又如説某婦人被人害死，但所以會被人害死，實因品行不端，以致結下了仇恨。如此，讀者讀完之後，必會生出『自有取死之道』的感想，那種惡印象自然不會留在腦中，而和小説的本旨便也適合了。這一層意思，作者和讀者諒必都贊成罷。（碧梧）

（一九二三年第十六期《偵探世界（上海）》）

要做良好的偵探小説，必須善用險筆。甚麽叫險筆呢？譬如敘述這偵探因偵查賊黨，反爲賊黨所困，身陷險地，或是敘述這偵探用盡了千方百計，仍不能查明賊黨的舉動，差不多要絶望了，然後再從絶處，闢出一條捷徑，而使賊黨完全失敗，讀者讀到此等處，纔能覺得喜出望外，拍桌叫絶，稱爲佳作。

做偵探小説，因爲取材結構行文等等，無一不比較艱難，所以費去的工夫也獨多。做一篇五千字的别種體裁的小説，假定約需四個小時，若做字數相等的偵探小説，需時縱不必加倍，怕也要多上一半，因此耗費的心血也要加多不少。那末，偵探小説所處的地位，自然是很高尚的咧。（碧梧）

（一九二四年第十七期《偵探世界（上海）》）

做偵探小説，布局難於描寫，固矣。然描寫有時亦甚重要，譬如要敘一個精幹的偵探，必定先要把他一種靈敏的思想、活潑而强毅的神態，表露出來，使讀者腦中印出一個練達有爲的偵探家的影子，然後這篇小說，纔肯聚精會神的讀下去。反之，要叙一個蹩腳偵探，也要處處把他的闒茸態度，於無意間流露出來，使人暗暗好笑，方爲能手。否則，不論什麽偵探，坐在室内總是吸煙，對客說話總是把肩聳這麽幾聳，在路上走總要拉拉大衣領，想心事的時候一定要把手杖在地板上敲着。這樣千篇一律的寫來，任是局勢布得好，也覺獃板無味了。（耻痕）

（一九二四年第十七期《偵探世界（上海）》）

本雜志上的偵探小說，在我眼光中所認爲最滿意的，要算第六期上《傀儡劇》一篇。這篇小說，不但設想神奇，結構緊凑，尤妙在層層設伏，使讀者如入八門陣，盤旋於不知不覺之中。當盧倫初出門時，門外擁著許多黄包車夫，兜攬生意。這種事原極平常，而作者竟另有妙用，此豈庸手所能辦到？後來盧倫在路上碰著一個啼哭的小孩，無意中與他逗玩了一回，因此於案情上得到不少綫索，可謂用筆靈活，不料後來却反是中的賊人的詭計。我讀到這個地方，真佩服作者的心比頭髮絲還要細。可惜這種好作品不常有得看見。深望這位孫先生，運其妙筆，多在本雜志上發表幾篇，給我們拜讀拜讀，我們倒是很歡迎的咧。（耻痕）

（一九二四年第十八期《偵探世界（上海）》）

范煙橋

偵探小說作法管見

小青 撰

載於《偵探世界（上海）》一九二三年第一、三期。《偵探世界（上海）》，是於一九二三年六月創刊的月刊，由嚴獨鶴、陸澹盦、程小青、施濟群編輯，主要發表偵探、武俠、冒險等小說與相關的論說。小青，即程小青，見一九一九年余小青《說小說應列入學校國文課程中及其教授方法》提要。作者是偵探小說創作的名家，當時已寫作偵探小說一百多萬字，以此爲基礎，想談談寫作偵探小說的經驗與心得，但僅連載了兩期，主要說了偵探小說結構分『動』與『静』兩種，以及與此相關的用筆縝密的問題。另外，在談及取材問題時强調要從讀者心理出發，既要使之感到驚駭，又要覺得自然。同時，他强調了創作偵探小說在『保持法律的平衡』之外，必須考慮對『實際發生影響』，也即在社會現實中能起到積極的作用，因而『須有一個正當而合乎人道的主旨』，『把鋤强輔弱的主義做一個圭臬』。

我在小説界上厮混，糊糊塗塗已是十多年了。所做的文字，雖然没有統計，但單就偵探小説一類計算，約摸已有一百多萬字，這就因爲我從小歡喜看偵探小説。記得當我十二三歲的時候，偶然弄到了一本《福爾摩斯探案》，便一知半解的讀了幾遍，雖然覺得福爾摩斯的可畏，但同時却生了一種不可思議的感情，竟捨不得把那本書丢掉不看。後來我年齡加增，讀偵探小説的範圍也因著擴充。到了民國三年，中華書局出一部《福爾摩斯探案全集》，因瘦鵑老友的介紹，教我幫同著迻譯。我譯了幾篇，約摸近二十萬字，覺得書中的情節玄妙，不但足以娱樂，還足以濬發人家的理知，於是我對於偵探小説的興味，益發濃厚，文字方面，就也偏重這一途了。現在我把東塗西抹上的經驗和心得拉雜寫出，作一個引子，以便引起同志們討論商榷的興趣。這原是我一孔管見，倘有謬誤和缺漏的地方，同志們能夠匡正賜教，那才合著研究的本旨，實在是我所十二分盼望的。

偵探小説的結構，大概可分做兩類，就是動的和静的。這層意思，我在《長青》中已經説過，現在爲着叙述上不能不有起訖的緣故，祇能再補幾句。動的結構，着重布局，處處須用驚奇的筆，搆成詭異可駭的局勢，譬如絶境待救、黑夜圖劫等等，使讀者驚心動魄，而且那局勢還須隨時變换，須得像波浪推逐一般的層層不盡，使讀者的眼光應接不暇，然後步步入勝，自然可以有驚喘駭絶的樂趣了。

静的結構，則在乎『玄秘』二字。作者的能事，除能構成危疑的局勢以外，還須隨處用逗引掩飾的筆，使讀者有推想玩索的餘地。那時須注意讀者的眼光，教他有清晰明瞭的見解，文勢上似乎使讀者見得到底，而篇終結穴，却又奇峯突起，出乎讀者意想之外。同時還須將全篇的疑點，一一歸結，使讀者向時所懷的疑團，都有相當而合乎情理的解釋。那時真像陰雲密布的天空，忽而一陣横風，把雲一齊吹散，推出一輪紅日，照得四面豁朗，讀到這時，就自然而然的要拍案叫絶了。照上文説，動的静的雖然各有其妙，然我個人的見解，動的可以使人在一時間興奮，讀完一遍不容易教人回想再讀，静的却有耐人玩索的妙用，一遍既終，更可以覆按一次，細瞧有没有破綻或牽强之處，或是尋究篇中的脈絡，伏在那裏，比較的略有深味。譬如瞧一種專靠動作的冒險影片，瞧的時候未嘗不驚心動魄，但瞧過以後，重新再瞧，便覺得没有意味。若論那静悄而以表情見長的影片，那就莫説一遍兩遍，即使多瞧幾遍，也不容易生厭的。

就用筆方面講，動的作品，偶一不慎，往往要越出情理的範圍，而犯手忙脚亂的弊病；静的却容易流於枯寂沉悶，只使讀者覺得莫名其妙，而絶没有插身進去推想尋究的機會。據我的孔見，亞森羅蘋的《八一三》有幾處就犯着前一層軼出情理的病，而希衛忒的《神樞鬼藏録》也犯着後一層沉悶的病。

凡做小説的人，大概多承認做小説最難得的一點，就是取材，而偵探小説的取材，尤其不是容易。第一，取材的時候，必須先研究人們的心理，怎麽樣的情境才能使人家讀了驚駭動神；讀了一半，又能夠吸住讀者的眼光，使他不讀完不肯釋卷；等到全篇結穴，畫龍點睛，又要出乎讀者意料之外，不但使他拍案叫絶，還須教他心悦誠服，才算完盡能事。這就情節驚奇一方面講。然而驚奇之中，更須合乎自然和不出情理的範圍，否則讀者的眼光，一時雖被作者瞞過，使他猜想不到，但經了一度的回想，書中的破綻和牽强突兀的地方，到底要露出來的。如果如此，讀者的欣賞力當然不會深厚，對於這種作品自然也不能發生圓滿的好感了。除此以外，還須有一個正當而合乎人道的主旨，因爲偵探的性質，就在保持法律的平衡，洗刷無辜者的冤抑，而使犯罪的不致漏網。小説雖出於虚構，然理想爲事實之母，往往和實際發生影響，所以我們着筆時，也不能不把鋤强輔弱的主義，做一個圭臬。

他夫人道雖然是人頭決沒有這樣重且大

將麻布袋打開來一看果然是一個帶血的豬頭

記者道這件偵探案便算完了豈不是很簡單麼然敏軒夫人在匆促之間能看得出恐怕著名的偵探還不及他

偵探小說作法的管見

小青

我在小說界上廝混糊糊塗塗已是十多年了所做的文字雖然沒有統計但單就偵探小說一類計算約摸已有一百多萬字這就因爲我從小歡喜看偵探小說記得當我十二三歲的時候偶然弄到了一本福爾摩斯探案便一知半解的讀了幾遍雖然覺得福爾摩斯的可佩但同時却生了一種不可思議的感情竟捨不得把那本書丟掉不看後來我年齡加增讀偵探小說的範圍也因著擴充到了民國三年中華書局出一部福爾摩斯探案

涵秋軼事話

張碧梧等　撰

載於《半月》一九二三年第二卷二十號。李涵秋於一九二三年去世後，該號刊載了不少悼念李涵秋的詩文與輓聯等。其中有張碧梧、俞牖雲與阿杏三篇記其軼事的文字。張碧梧，見一九二二年《〈最小報〉小説話》提要。他作爲李涵秋家鄉的學生，主要回憶李涵秋早年任教以及後來到上海編報時的才幹與情趣，寫得情真意切。俞牖雲，見一九二一年《〈自由談小説話〉提要。他主要記述了李涵秋的書畫才能，以及幼時喜讀小説的情景與平時注意收集小説素材的瑣事。阿杏，生平不詳。作者與李涵秋是同鄉，雖未『親聆先生的教益』，但耳聞目睹了李涵秋的種種逸事。其中對他的生活情趣描寫得猶爲細緻。同時指出了

《廣陵潮》中的雲麟、《俠鳳奇緣》中鳳姑娘的父親、《雙花記》中的并生，都是作者自居。

記李涵秋先生軼事　張碧梧

清宣統一二年間，余方肄業於揚州兩淮高等小學（即今江都縣立第一高小），先生適主校中國文講席，故先生之文章豐采及其爲人，余知之甚稔。茲者先生已歸道山，世之悲悼先生如余者，當不乏其人。先生之軼事，想爲衆所願聞，余乃擇其可記者，記之於後。

先生既主兩淮高小國文講席，復兼主兩淮師範（即今江蘇省立第五師範）國文講席，故每星期中兩校之課卷不下百餘。先生握筆批改時輒分別置之案端，在他人必每卷先閱一遍，然後動筆，先生則不然，且閱且改，批語亦隨之擬就，且不復閱，而批改處無不扼要中肯，更無誤字雜其間，往往本爲劣作，一經先生之手，便成妙文，先生爲文之速，於此可見。其尤可貴者，即能隨原文之命意，加以改善，不若他人竄改全篇，似乎另作。先生嘗曰：『必如是，學生方易收觀摩之益旨哉。』斯言也。

先生屬文時，不必静坐於一室，往往口方與人言，筆仍不稍輟。先生在高小校中所居之室，本鄰近操場，學生在場中運動，聲甚喧噪，然不能少亂其文思。心之寧静，有非他人所可及者。

人但知《廣陵潮》一書，爲先生之傑作。不知在《廣陵潮》之先，猶有一部傑作焉，書名《雙花記》，約四五萬言，情節、用筆俱臻妙境。復能豔而不淫，哀而不傷，爲近今言情説部中不可多見之作。有人謂書中所記，乃爲先生之隱事，確否，殊未可知也。

高小之教師休息室爲平屋三間，每間居中劃爲前後二室。先生之室，面臨小園，昔本荒蕪，自先生至，鋤而治之，遍植花木，入春緑葉紅花，大堪悦目。先生復就墻之一隅竪木箱數隻，豢鴿十餘，課餘之暇，嘗繫鈴於鴿翅，縱之飛去，鈴聲聞於空際，殊饒樂趣也。

先生復好豢鳥，窗前檐下，懸鳥籠數隻，鳥固良種，籠亦佳製，先生頗顧而樂之。

高小校中，有教師某氏，主第一、第二年級國文講席，年已半百，人甚迂腐，國文雖有根柢，惜不脱腐氣。先生嘗笑曰：『某氏之文，正如日久生霉之物，須用板刷細加洗滌，方覺可觀其言。』亦謔而虐矣。

校中諸教師之室中，只備有書橱、書案各一，木椅三四，簡陋殊甚，校役復懶於灑掃，往往積有灰塵，先生則自備器具，數事親加拂拭，故入先生之室，誠類一精美之書室也。

先生身材瘦長，雅喜修飾。彼時雖年近四十，而衣履華燦，猶翩翩年少也。

先生爲人和藹可親，言語間時雜雅謔，即授課時亦於莊嚴之中透露和易之神氣，對於學生，從未嚴聲厲色，而學生無不尊之敬之。某次，學生與校長間因事争執，幾釀成風潮，各教師居中調解，學生咸不服從。時先生適不在校，及返，詢明原委，召諸生來前，善言勸導，不數語而衆怒已平，風潮未致實現。蓋學生素敬愛先生，先生有言，無有不從，其感人之深有如是者。

前歲，先生應《時報》之聘來滬主編《小時報》及《小説時報》，賃屋居於雲南路安康里，屋僅樓面一間，劃分爲二，前爲先生卧處，後即其僕所居，湫隘殊甚，先生甚以爲苦，尤以不能養花豢鳥爲憾。余常趨前受教，先生嘗笑語余曰：『衛生家首重起居之舒適，而滬人士只適於起，不宜於居，蓋起則可徜徉於寬闊坦平之馬路，居則困於斗室，苦乃萬狀，吾甯閉處於滬人不屑道之江北也。』

每日午後三四時，先生自居處往報館，路亦匪近，先生日俱步行。余嘗詢以『曷不乘車，費亦無幾』。先生則曰：『吾日伏於案頭爲文，行路絶少，於體質頗不相宜，吾非惜錢，蓋欲借以略事運動耳。』

先生在滬，戲館、游戲場絶未插足，蓋先生性恬静，固不覺其樂，反以其喧囂爲苦也。

先生返揚時，余曾往送别，見先生面有喜色，殆以故鄉多樂趣，深以離滬爲幸歟？先生詢余何日返揚，并囑届時必造其居，余鞠躬謹諾。先生到揚後，嘗惠余一函，略謂：『家居以來，身心俱泰，深悔當初赴滬之失算，致受若干時日之困苦也。』先生之言，猶留在耳；先生之函，猶置於案；孰料竟成人天之隔，痛哉！

涵秋軼事

俞牖雲

先生以著作蜚聲海内，固人盡知之矣。實則先生於書於畫，亦皆擅長：書宗右軍，肥瘦濃纖，靡所不宜；畫則精研工媚，娟娟若出閨秀手，喜爲翎毛花卉，設色清妍，筆致渾脱，若不勝腕力者。儕輩若有所求，先生輒以書代之，蓋先生著作等身，不欲浪費其寶貴之光陰於描紅抹黛中也。以是先生死後，士人得先生手澤以把玩不忍釋者，泰半爲書聯，畫則寥寥然，得之者則愛逾拱璧矣。十年前，揚州有將軍某，聞先生擅畫，即出摺扇一柄，託人轉致先生得之，適興至，即磨硯上赤硃，蘸滿於筆，立成蟹一，另塗墨作殘菊兩三枝，横卧於地，蓋正持螯對賞時也。見者初疑先生事出倉卒，故草草了之。及成而視之，則筆致勁健，神味飽滿，若早有腹稿成胸，一時藉書於手者。將軍得之喜，欲張宴以報。會爲仇人所害，中彈而死，先生聞之笑曰：『横行將軍，果就烹矣！我畫其爲預兆乎？』聞者無不奇之。

數年前，先生喜策小黑驢，特以百數十金備一矯健者，必出則鞭影蹄聲得得過市。市人知先生者必指而言曰：『此吾揚李涵秋先生也。』實則先生自享盛名後，久已潛心著作，深自韜隱。或問何以跨驢過市招摇市人耳目，先生笑曰：『高輪駟車，余病其爲貴族排場。我輩清貧人，誠不如騎驢之爲得也。』一日，夜深矣，先生一夢初回，朦朧間似於夢中有所悟，欲起就燈下執筆，發洩之。忽聞隔鄰人聲鼎沸，家人亦皆從夢中起。初疑火警，及往視之，則宵小盗驢，爲僕所獲也。先生亟戒勿策之，徐徐問盗驢將何用。賊堅不言，言哀先生縱之，且嚅囁曰：『早知此驢爲先生所有，予方愛護之不暇，何敢施此盗賊手段乎？』言語間，若頗知先生者。先生笑曰：『若早知先生知此驢爲予所有，予方喜悦之不暇，又何敢夜半驚起，動問先生乎！』賊聞言，兀自發噱，先生即笑而遣之。

先生幼時即與小説結不解緣，凡《紅樓》、《水滸》、《儒林外史》等著名小説，先生極嗜閲之。在當時家教綦之時，對於此等小説大抵視爲禁物，爲父母者，復醉心子孫之功名，此等書益束之高閣，不令兒輩一見。而先生獨得私自流覽者，則先生善於掩飾也。師課先生業時，先生輒攤四子書於案上，下則墊以平時所愛讀之書，口朗朗而目他注，師不知也。此事，先生親爲予輩言。

先生於無聊時，每緩步市上，於以覘社會上之種種情狀，以爲著述之資料，所謂實地觀察也。一日，遇潑婦罵街，先生即駐足聽之，見其口沫横飛，指手畫脚，神色至令人發噱，而信口胡言尤極有趣，先生記此資料爲撰稿時之絶妙文章，因即聽而忘倦。偶移足，觸左近一婦脚，婦亦潑者，出口便罵，先生大驚，知不可理喻，即忽忽他去。

李涵秋軼事　阿杏

李涵秋氏，不但在揚州地方是個出色的人才，就以全國論，也稱得起一個大小説家了。他先在我們學校裏（第五師範）當過國文教員，後來因爲文學太忙，而且時報館裏又請他去做《小時報》的編輯，所以辭了教職，跑到上海去，一枝筆縱横許多年，也可謂稱心滿意了。聽説先生在我們校裏的時候，凡是學生上到他的功課時，儘可大看特看小説，因爲他平常對學生，不但指明那一種小説可以看或不可看，并且還把自己所有的小説帶給學生。先生講授國文的本領，也著實不壞，只可惜阿杏進本校稍遲，没有親聆先生的教益。

先生少時也很風流倜儻，人説他從武昌回來的時候，三花大辮梳得很光亮，額上留海，絲絲覆住，襯著一副小白臉，也很有面如傅粉，唇若塗朱的豐采哩。那時最時行的是捧畫眉籠子（雀籠）。有人常看見先生雙梁的緞鞋一穿，配上一雙雪白的羅襪和紫色的長衫，穿著一雙茶青的套褲，畫眉籠子一捧，在那時委實是很漂亮了。

先生平生傑作，要算是《廣陵潮》、《俠鳳奇緣》、《戰地鶯花録》和未完的《鏡中人影》幾部書了。人説他在《廣陵潮》中自居是雲麟，在《俠鳳奇緣》中則自居爲鳳姑娘的父親（想先生著《俠鳳奇緣》時，兒女已成行矣）。至於在《雙花記》中，則并生是明明自指無疑。這些話未必無因，我想文人著一部書，未必無所寄託的。先生在《廣陵潮》中，也曾承認這個意思。

先生别號娟香，顯見就是《雙花記》裏的人（我敢决定，《雙花記》一書，必是先生懺情的巨作）。我以爲縱不是他情人的直接名字，也必定是他情人的化名。先生九泉之下，或者也以爲我此話當然哩。

至於有人代李涵秋作傳，上面説先生一日乘騾走鄉間，又於兩樹間，騾自跨下逸去，而先生方窮思小説資料不覺也。我想這話未免言過其實。然而，我相信先生平日對於市儈講價、潑婦駡街等事，一定是很注意的。

記李涵秋先生（張碧梧）

編者按。張碧梧先生。爲李涵秋先生弟子。於涵秋事。知之較詳。此篇無飾無諱。老實說話。尤爲可貴。讀之可見李先生之眞面目。

李涵秋先生。籍隸江蘇江都縣。身材頎長。而雄逸之氣襲人。當民國元年。吾肄業揚州兩淮高等小學時。先生方任修身歷史國文等科教授。日與先生相接。先生雅好修飾。彼時已屆不惑之年。而衣履翩翩。望之如三十許人。先生在光復前。曾任漢口某報編輯。兼撰小說。刊於該報之副張。負有盛名之廣陵潮。即成於是時。顧籍名初非廣陵潮。嗣於續撰時而易今名也。迨武漢軍興。先生買舟返故里。適兩

小說世界　記李涵秋先生

評名家小説集

范菊高　撰

提要。載於《半月》一九二三年第二卷第二十二號。作者范菊高，見一九二三年《小説評話》提要。本文就大東書局發行的一集名家小説集發表了自己的看法，其批評涉及到何海鳴的《先母的繡件》、胡寄塵的《月老博士自述》、程小青的《一切都幻》、不肖生的《吴大少爺》、周瘦鵑的《銅蝶疑雲記》等，他認爲假如能加上包（天笑）、林（紓）、畢（倚虹）、王（西神）等的小説，一定還要見得豐富，而於將來歷史上更有價值。

從前瘦鵑先生曾有《歐美名家小説叢刊》之作，我很是贊成，因爲看了這三卷，勝於讀幾十本雜志，常恨我國没有名家小説集，現在大東書局發行一集了，我費了一天功夫，細細的讀幾篇，覺得很有價值，特把我的批評寫出來。

海鳴的《先母的繡件》，寫慈母之和祥，躍然紙上，思母一段，尤見精彩。『恍惚見著先母那慈祥温和的笑容，竟在我枕頭不遠，與平日用手拍著我先睡的情景一模一樣。我迷迷糊糊的忘記了身在客中，正想和平日一般，伸出手來挽著先母頭頸求他老人家講小説。誰知把眼一睜，什麼也看不見，登時觸動了思親之念，再也忍捺不住，便好像三歲小兒失乳一般，「哇」的一聲哭了出來。』這幾句描寫童年的愛母心何等的懇摯而沉著啊。他的作品於描寫的地方，是最深刻不過的。

寄塵的《月老博士自述》，情節殊妙。此君的小説本以短小精悍見長，這一篇雖不短小，却非常精悍，第七節結束更有含蓄，不啻是畫龍點睛。

程小青的《一切都幻》是一篇寓言小説，英國文豪愛狄生的原著（書上印作愛狹生，係手民之誤）。名家譯名家小説，自然很好。此篇文言體裁，在程君歷來小説中很是少見，却寫得頗有《桃花源記》等的淡泊。

不肖生的《吴大少爺》，的是佳作。此篇武俠小説不專寫技擊，對於布景很多，讀之無沉悶之苦，吴大少爺不知有没有這個人。

瘦鵑的《銅蝶疑雲記》，是一篇政治兼愛情小説，我對於愛情小説，覺得看得太多了，政治小説却很少，這種二一兼的那更少了。所以很高興的看此書，寫愛情地方堪和《蘇伊士河之東》頡頏，寫政治地方可和《大戰之前》并駕齊驅。傑克失蹤的真情不輕輕寫出，却寫瑪梨瑟調查訪問，經了一度曲折，方始從桃娜嘴裏説出，再加了銅蝴蝶裏秘密信，那真好極了。宣布秘密文件，不從傑克却借瑪梨瑟，再加了德間諜的失敗、銅蝶的被劫，那真寫得透澈極了。借解釋疑雲而宣布秘密，配合得何等精密啊，中間放了一段傑克的死耗和末段結婚的話，倒成了相對的呼應，何等巧妙啊。全篇最好的地方，就是久不疑到傑克做間諜。

我先讀了這幾篇，覺得很滿意，其餘幾篇我還没有看，大約也不錯，我以爲此書倘加了包、林、畢、王等的小説，一定還要見得豐富，而於將來歷史上更有價值。

半月談話會

評名家小說集

范菊高

從前瘦鵑先生曾有歐美名家小說叢刊之作我很是贊成因爲看了這三卷勝於讀幾十本雜誌常恨我國沒有名家小說集現在大東書局發行一集了我費了一天功夫細細的讀幾篇覺得很有價值特把我的批評寫出來

海鳴的「先母的遺件」寫慈母之和祥躍然紙上思母一段尤見精采

「恍惚見著先母那慈祥溫和的笑容覺在我枕頭不遠與平日用手拍著我先睡的情景一樣一樣我迷迷糊糊的忘記了身在客中正想和平日一般伸出手來挽著先母頭頸求他老人家講小說誰知把眼一睜什

雜譚

冰　撰

載於《文學旬刊》一九二三年二月第六十五期。作者冰，即茅盾（一八九六——一九八一），原名沈德鴻，字雁冰，浙江嘉興桐鄉人。一九一三年，茅盾考入北京大學預科第一類。一九一六年八月，到上海商務印書館工作。一九二〇年初，開始主持《小説月報》『小説新潮欄』的編務工作。十一月，接編并革新了《小説月報》。一九二一年一月，與鄭振鐸、王統照、葉紹鈞等一起成立了『文學研究會』。當時，茅盾致力於批判『舊派小説』，這篇文章雖然説『姑不論「新」、「舊」之争和「文」、「白」之争』，但矛頭是直指『舊派小説』的。他先立了文藝作品的三條原則：（一）文字的組織愈精密，愈好；（二）描寫的方法愈『獨創的』，愈好；（三）人物的個性和背景的空氣愈顯明，愈好。然後指出『市面上』的『所謂小説』，『不但不能具備這三個條件的一二分，并且一一與之相反』，所以這類小説只能稱之爲『惡劣的流水賬式的事實的集合物』。

我們姑不論『新』、『舊』之争和『文』、『白』之争，在客觀方面的是非；我們姑且退一步説，對於『新』、『舊』、『文』、『白』都無成見，只要是好的文藝作品，我們都一樣的珍視，我們姑且以『卑之無甚高論』的標準看法去評量文藝作品：那麽，我們鑒賞幾篇文藝作品時，至少當以下列數條爲原則。

（一）文字的組織愈精密，愈好。

（二）描寫的方法愈『獨創的』，愈好。

（三）人物的個性和背景的空氣愈顯明，愈好。

凡是好的作品，上面的三個條件一定具備。我們試依這三個條件去衡量市面上充塞的『小説』，便見市面上充塞的『所謂小説』，不但不能具備這三個條件的一二分，并且一一與之相反。

現在市面上充塞的『所謂小説』都是些粗製的流水賬式的事實的集合物。他們自以爲他們的文字淺易，看起來不費力，而其實這就是疏淺粗劣的供詞。人類如果萬事都求淺易而不費力，就應該毁棄一切文化，復歸於茹毛飲血的時代。人類所以要藝術品，就爲的要滿足他的複雜的情緒的要求；文藝作品的小説而以淺易不費力爲目的，豈不是笑話！

粗製的流水賬式的事實的集合物本來無所謂『描寫』的。我們姑且放低了眼光，假定他們那些作品中也有一二段算得是『描寫』，那麽，這種描寫方法完全是因襲的抄來的。《水滸》描寫魯智深的『莽和尚腔』以禪杖戒刀爲襯托，這在他是『創造的』，就是有價值的；舊章回體小説寫一個英雄出場總是用『只見得』三字吊起一大段臉面身段和服裝的描寫，現在我們看了總覺得討厭，但在第一個應用這種描寫法的人，便也是有創造天才的小説家。所以描寫法誠然也有高下，只要他能創造就好；不料現市面充塞的惡劣小説，連這一點都做不到。不但描寫的『方法』是抄襲的，甚至於描寫的字句也是抄襲的。自從前人創造了『朝朝寒食，夜夜元宵』兩個句子來形容都市的繁華，他們現在還是抄用著。這種例子，舉不勝舉。文藝作品裏的『描寫』竟至於此，無怪憤世者要説民族精神已經墮落了。

人物的個性和背景的空氣，在藝術上自然是更深一步的工夫。當然不是『小説匠』所敢望的。而且在流水賬式的事實的集合物裏，本説不到『人物的個性』和『背景的空氣』。然而小説的骨幹却在有『人物的個性』和『背景的空氣』。没有這兩者，該篇小説的著作是多事。换一面講，要一篇小説出色，專在情節布局上著想是難得成功的；應該在人物與背景上著想。『情節』的方式是限的；凡戀愛的悲劇無非是一男一女或數男數女戀愛，終之以悲或歡：這是無往而不如此的。兩篇好的戀愛小説所以各有其面目，各能動人，就因爲他們中間的人物的個性是不同的，背景的空氣是不同的；讀者所欣賞於他們的，是靈魂的搏戰與人格的發展，決不是忽離忽合像做夢似的『情節』。

以上三層，原不過是『常識』範圍以內的話；但是市面上的所謂『小説家』似乎完全不曾懂得，一般讀者也是不曾懂得，所以去年居然有一時盛行著惡劣的流水賬式的事實的集合物，而這些集合物的作者亦靦然是『小説家』了！ 友人某君以爲他們應取號爲『小説匠』，但我以爲小説二字給那些作物冒用，實在也是萬分的不該！

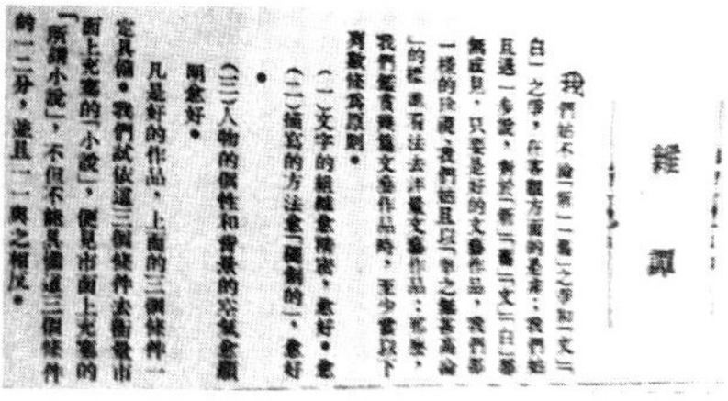
雜譚

[illegible]

我們鑑賞與批評文藝作品時，至少當以下列數條爲原則。

（一）文字的組織愈精密，愈好。

（二）描寫的方法愈「親切的」，愈好。

（三）人物的個性和背景的空氣愈顯明愈好。

凡是好的作品，上面的三個條件一定具備。我們試依這三個條件去衡量市面上充塞的「小説」，便見市面上充塞的「所謂小説」，不但不能具備這三個條件的一二分，並且一一與之相反。

小説談話

胡寄塵　撰

載於《小説世界》一九二三年二月二十三日第一卷第八期。作者胡寄塵，見一九一九年胡季人《小説管見》介紹。本文可注意者，談了當時出版行銷的情況是，『中國全國的書籍，大概都是從上海輸出去的，上海各書的名目，不計其數，而每種輸出的數目，要算《三國演義》頂多，其次便是《三字經》，任便什麽教科書等等，都不能及他』。造成這一情況，除内容之外，與低廉的出版成本有關，『買一部劣版子的《三國演義》，連一角錢還不到』，普通百姓就不怕字小，也不怕紙壞，只貪價錢便宜。他提出這個問題，是爲了使有志於『改造中國文學的人』注意。他還提出，要成爲一個名小説家，不能只是注意諸如體例上的改革之類枝微末節的事，而是要使自己的作品有『背影』，即有内容，有思想。對於翻譯小説，他主張語言要通俗，同時所選的内容要適合中國的國情。他對張潮的《虞初新志》給予極高的評價，指出他與先前的湯顯祖的《虞初志》具有質的不同。這是由於張潮能從一般文集中選出具有小説意味的作品來，將它們歸入小説之中，如侯朝宗的《馬伶傳》、吴梅村的《柳敬亭傳》、魏叔子的《賣酒者傳》，甚至將方望溪的文章也收了進去。他『獨敢爲此』，可見『他的見解，確可算高人一等了』。

我嘗聽見人家説起兩位小説家的軼事，很有趣味，也很可以做小説家的模範。不過這一番話，到底是真有其事呢，還是後人假造出來的，我實在是無法可考了。現在假定他是真的，把他記在這裏。第一是施耐庵的軼事。據説，施耐庵著《水滸》的時候，做到武松打虎一節，他剛巧看見一只貓在那裏捕鼠，一跳一擲，很是起勁，施耐庵便悟到貓與虎是差不多的動物，就把這只貓當著一只老虎的活動模型，所以他寫得那篇武松打虎，這般奕奕有神。第二是蒲留仙的軼事。他在做《聊齋》的時候，沿街擺了一個攤子，備了些茶，無論甚人走過，看他是閒著無事的，便拉他來吃茶，和他談天，所談的話，多半是他做小説的材料。這兩位小説家，都是中國數一數二的名家，便在普通社會裏，雖不知道施耐庵和蒲留仙的名字，大概總知道《水滸》和《聊齋》的書名。談小説的人，都説他們好，却没人知道他們有這般修養的功夫。

據上海一個印刷界的人説，中國全國的書籍，大概都是從上海輸出去的，上海各書的名目，不計其數，而每種輸出的數目，要算《三國演義》頂多，其次便是《三字經》，任便什麽教科書等等，都不能及他。我問他道：『《水滸》、《紅樓夢》、《聊齋》是怎樣呢？』他説：『《紅樓夢》帶了些貴族的彩色，《聊齋》更是特殊階級的文學，所以銷數不大廣，還要算《水滸》較多些，然已在《三字經》之下了。』我問他道：『現在新出的歷史演義，如《秦漢演義》、《宋史演義》、《明史演義》、《清代演義》等，銷數如何？』他道：『比較旁的小説要算好，但是不及《三國演義》多了。這裏頭有許多原因：一是作品的自身，萬比不上《三國演義》；二是價錢賣得太貴了，不能普及。原來他的定價在普通新書裏并不算貴，不過在鄉間或勞動社會裏的人看起來，實在太貴了。他們買一部劣版子的《三國演義》，連一角錢還不到，他們也不怕字小，也不怕紙壞，只貪價錢便宜罷了。所以同一部《三國》，有各種版子，那種版子銷那一路的人，無形中支配好了的，任便什麽出版家或者作家，很難使他發生變動。』我按以上的話，雖然没有什麽緊要問題在裏面，但句句是實在的情形，并不是隨口亂説的，留心改造中國文學的人，這個現狀應該要知道，所以我把他寫出來，貢獻給大家。

小説雖是被中國人所目爲小道，但是好小説一定有他的背影，或是過去的史事，或是現代的况狀，或是高深的哲理，都是背影，所以名小説家决不是專在小説上做小説。專在小説上做小説，頂多做到一個時髦小説家，决做不到名小説家，我想無論東方西方，都是如此的。

體例實在是沒有大關係，近人多注意在體例上的改革，可算是捨本求末。

中國記載體的小説，源流很遠，演義體的小説，到宋朝纔有（我另作《中國小説溯源》一篇，説得較清楚）。演義二字怎樣講呢？ 據我説，演字便是演説的演，當初有演義的時候，乃是專有一種人，把記載體的小説從口裏演出來，演的時候又隨意加添些花色，這種人好像是現在茶館説書的人一般，所以記載是記在紙上的，演義是説在口裏的，到後來演義也變爲寫在紙上了。

舊時文集裏，有一大部分都是小説，但無人叫他是小説，只有張山來輯《虞初新志》，把他從文集的範圍裏，奪回轉來，還復他本來的面目。這確是創見。或人問我道：『《虞初新志》以前，還有湯臨川的《虞初志》，你爲何不稱湯臨川爲創見，却稱張山來爲創見呢？』我説：『不然。湯氏書中，所搜集的也都是小説，沒有一篇從文集裏奪回來的，譬如陶淵明的《桃花源記》、柳子厚的《種樹郭橐駝傳》、《捕蛇者説》、韓昌黎的《圬者王承福傳》，都應該收入《虞初志》裏，不過一篇也沒有收。像張山來收侯朝宗的《馬伶傳》、吴梅村的《柳敬亭傳》、魏叔子的《賣酒者傳》，都是從文集裏取來的，而且他還搜羅了方望溪的文章在裏頭。方氏的文集，在當時那個敢把他當小説看？ 張山來取他「孫文正黄石齋兩軼事」，孫黄二人，在當時又有那個敢把他當做小説中的人物？ 山來却破除成見，獨敢爲此，他的見解，確可算高人一等了。繼續《新志》以後的，有鄭醒愚的《續志》，我也輯了幾卷《近志》，近日又有《支志》，這都不算奇了。』

在今日做小説的人，非多讀幾部中國舊小説不行，不多讀幾部外國各家的小説也不行。外國小説不能讀原文，讀譯本也可以。至於取材，以親身閱歷的事爲材料最好，聽見他人轉述的也可以，從書上(不是小説的書)看下來的也可以，憑空揑造，除了理想小説以外，便用不著。最近出版的長篇大部的小説，那一部不是從親身閲歷取材呢？《孽海花》、《老殘遊記》、《二十年目睹之怪現狀》都是如此。《廣陵潮》、《九尾龜》、《繁華夢》、《歇浦潮》也都是如此。雖其所閲歷者不同，然非是旁人所能憑空造出。

《魯賓孫漂流記》一書，在英國小説中很佔重要的位置，中國林先生久有譯本，然於中國普通社會，不曾發生若何關係。此書在民國元年，我便評他不應用文言譯，而應用白話譯，因爲能讀林譯小説的人，思想與此書不相投，思想與此書相投的人，又不能讀林氏之書。後於民國六年又曾評論此書，以爲除却文字關係外，再有一事，和中國人性情不合。因爲英國是島國、是商國，他人民富於航海冒險的精神，故喜讀此書；中國是大陸國、是農國，除沿海數省外，人民思想和此書略不相關。所以此番在中國不能盛行，到現在已有白話本了，但據説銷數極不好，還不知是和中國人性情不合的關係呢，還不知是譯筆不流暢的關係。

中華郵務局特准掛號認為新聞紙類

小說世界

第一卷　第八期

商務印書館發行

小說談話

胡寄塵

我嘗聽見人家說起兩位小說家的軼事。很有趣味。也很可以做小說家的模範。不過這一番話。到底是真有其事呢。還是後人假造出來的。我實在是無法可考了。現在假定他是真的。把他記在這裏。第一是施耐菴的軼事。據說。施耐菴著水滸的時候。做到武松打虎一節。他剛巧看見一隻貓在那裏捕鼠。一跳一擲。很是起勁。施耐菴便悟到貓與虎是差不多的動物。就把這隻貓當著一隻老虎的活動模型。所以他寫得那篇武松打虎。這般奕奕有神。第二是蒲留仙的軼事。他在做聊齋的時候。沿街擺了一個攤子。備了些茶。無論甚人走過。若他是閒著無事的。便拉他來吃茶。和他談天。所談的話。多半是他做小說的材料。這兩位小說家。都是中國數一數二的名家。便在普通社會裏。雖不知道施耐菴和蒲留仙的名字。大概總知道水滸和聊齋的書名。讀小說的人。都說他們好。卻沒人知道他們有這般修養的功夫。

據上海一個印刷界的人說。中國全國的書籍。大概都是從上海輸出去的。上海各書的名目。不計其數。而每種輸出的數目。要算三國演義頂多。其次便是三字經。任便甚麼教科書等等。都不能及他。我問他道。水滸紅樓夢聊齋是怎樣呢。他說紅樓夢帶了些貴族的彩色。聊齋更是特殊階級的文學。所以消數不大廣。還要算水滸較多些。然已在三字經之下了。我問他道。現在新出的歷史演義。如秦漢演義。宋史演義。明史演義。清代演義等。消數如何。他道。比較旁的小說要算好。但是不及三國演義多了。這裏頭有許多原因。一是作品的自身。萬比不上三國演義。二是價錢買得太貴了。不能普及。原來他的定價在普通新

小說雜談

愛菊 撰

連載於《新申報》所附《小申報》一九二三年二月二十二日、三月二日。作者署名愛菊，疑爲謝承聲，字叔端，號異源、陳留我公、愛菊軒主等，江蘇武進人。本文對偵探小說的具體做法談了自己的一些意見，認爲偵探小說既有害也有益，害處在於『不啻做謀財殺命的引導者』，益處是『可以清快人們的腦筋』。又指出理想小說『不能乘着筆兒胡亂做去』，包天笑能避免這個弊端。

一

偵探小説的起首千篇一律,終是一個偵探坐在他的房間裏,一個人來請他去,能够免掉這個弊端的,在我國不大看見。

偵探小説有害也有益,害的是和電影一般,不啻做謀財殺命的引導者;益的是可以清快人們的腦筋,於衛生上、智育上很有裨益。

二

理想小説也不能乘着筆兒胡亂做去,所以有人説理想小説最難做,否則容易和神怪小説混雜了,天笑所做的妙在没有這個弊端。

做偵探小説的須要懂科學,這是大家知道的。據我看起來,雖然要懂科學,但是也要熟悉秘訣。最要緊的秘訣,『譬如這是一件殺人案,要描寫一個人,讀者看上去以爲他一定是凶手,却偏偏不是,另有其人,不過歸結到真凶手,必須有充足的理由和證據』。簡單説一句,是『要使人一時猜不出誰是凶手』,這是我從程君小青那裏聽來的。

《泰西小說雜志》的特號，有些狠是奇怪，都含有研究醫學和靈魂學的性質，像我見過的，有『鬼號』和『微生物號』兩種，據家兄說從前《小說時報》好像也曾出過『鬼號』，我不曾看過《小說時報》，不知有這件事嗎？

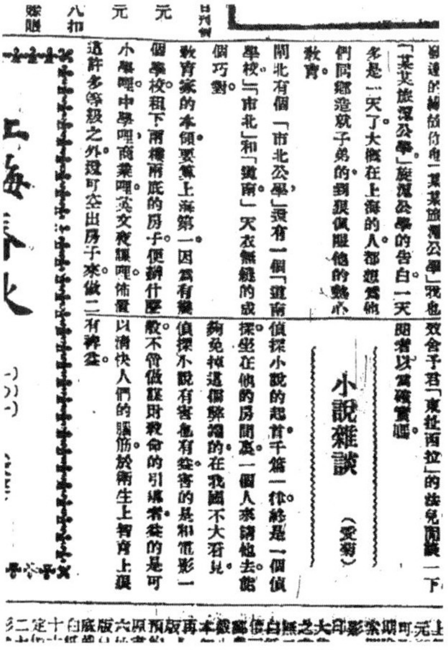

「某某旅滬公學」旋滬公學的告白。一天閱者以爲確實嗎。

多是一天了。大概在上海的人都想爲他們同鄉造就子弟的。到狠佩服他的熱心教育。

閘北有個「市北公學」，還有一個「粵南學校」。「市北」和「粵南」天衣無縫的成個巧對。

教育家的本領要算上海第一。因爲有幾個學校租下兩樓兩底的房子。便辦什麼小學哩。中學哩。商業哩。英文夜課哩。佈置這許多等級之外。還可空出房子來做二

小說雜談（愛菊）

偵探小說的起首千篇一律。總是一個偵探坐在他的房間裏。一個人來請他去。能夠免掉這個弊端的。在我國不大看見。

偵探小說有害也有益。害的是和電影一般。不曾做賊做殺命的引導。益的是可以消快人們的腦筋。於衛生上智育上很有裨益。

《晨光》小說話

陳元品等 撰

連載於《晨光》一九二二年十二月二十五日第一期至一九二三年九月廿五日第十一期。江蘇吴江盛澤於一九二一年先成立淵淵學社，吕君豪、華劍星等均爲成員，至一九二二年十一月又成立小説研究會，創刊《晨光》，主要發表一些小説與相關的文字。其中吕君豪爲該研究會幹事（參見一九二三年《説海漫評》、《小説世界漫評》提要），徐純康（字承沆）、陳元品、徐漢江等均爲該會會員。徐純康後入新南社，爲上海通志館與上海年鑒委員會成員。在這幾則小説話中，如漢江對當時雜志的肯定顯然帶有一定的傾向性。李純康對翻譯小説的偏見，也太過分，但他强調小説的白描，重情、環境、『暗示』與文白問題及平民性等，都有識見。他對陳元品小説《禮》的肯定也值得注意。陳元品强調小説家必須要有學問和經驗。『學問并不是空中樓閣，能夠亂塗幾句，就可説是學問了。必須曉得歷史、地理和理化、博物，就是那星相、卜筮……也要懂得一二』；同時，『一切人情風俗，自然是從經驗得來的，非一般足不出户的可知』，所以也要有豐富的生活經驗的積累。又一則强調決定小説的社會功用主要還在於讀者的接受，即所謂『仁者見仁，智者見智，全視讀者之定識如何耳』。這些見解在當時還是很有砭意義的。

記周君瘦鵑的話

華劍星

有一天，我偕吴君友塵到先施樂園去，在編輯室門首遇見了周君瘦鵑，友塵就代我們兩方介紹了。在那彈子房裏，泡了一壺茶談天，却於無意中漸漸講到小説上去。瘦鵑説，做小説實在是一件很容易的事情，但是有許多人説是很艱難的。這是什麽緣故呢？因爲那試作的人，滿望提起筆來，就做成篇字字珠璣的作品。唉，這是那裏能够呢？所以有的感着困難就擱筆了，有的作了首段自己看看不精采，就把他送到字紙簏裏去了。我想這樣的做法，恐怕終没有成功的日子。我以爲試作的人，無論這篇小説内容的好歹，總要把他凑成了方始住手，如此練習不已，就可慢慢兒造成個小説製造廠了。我當初開始做小説的景况，也是這個樣兒，後來漸漸的被我戰勝了，不知不覺的像信筆寫來并無阻礙了。不過首筆之前，第一要想好了用意妥當與否，然後寫到紙上去，使那滿篇文字，一氣貫串，自然首尾完善，無懈可擊。倘然一曝十寒，頻作頻棄，那麽可以説，一世不會做小説的了。况且小説是改良社會的導綫，能够當堂做那『教育』、『社會』、『兒童』一類有益的小説，功效一定很大。總之做小説不是難事，要有恒心罷了。努力，努力，快到光明的藝術之路去。

（《晨光》一九二二年十二月廿五日第三期）

上海之小説雜志　漢　江

現在上海的小説雜志，風起雲涌，可謂盛極一時矣。惟欲擇其薄負時譽者，亦不過《星期》、《快活》、《半月》、《遊戲世界》等數種耳。

（《晨光》一九二二年十二月廿五日第三期）

小説雜談　李純康

近來小説，以短篇爲時髦，於是一般作家，爲出風頭起見，挖空心思，製成五分鐘三分鐘之短篇。余嘗聞人云，有善説笑話者，呼瞎子至池畔，命之『跪』，彼屈膝而撲通之聲起矣，人成譁笑，因名之曰一字之詼諧家。竊恐再越數年亦將有一字之小説家出見矣。

自《快活林》登集錦小説後，世争效之。但集錦小説之題目，最爲艱難，蓋過狹小則有難以爲繼之慮，過寬大則有收不住之病，非如個人的小説，可以預先肚裏打稿子也。余最喜讀偵探小説，良以偵探小説，或寫離奇之伎倆，或寫神秘之機械，暨不可測度之計謀，無處不須閲者思考，誦讀一過，髣髴橄欖之回味津津也。

熱帶花木，異於寒帶，浙江方言異於江蘇，故小説不宜闡述，良以人情風俗亦如花木方言之互異。小説無處可與人情風俗斷絶關係也。

（《晨光》一九二三年一月廿五日第四期）

談談上期小説　李純康

陳元品的《禮》，我佩服極了，借一個小題目，把依靠資本家擅作威福的敗類底醜態和盤托出。拜讀一過，令我起了『勞動難』的感想，灑了許多的同情淚哩。不過沈仲其一節，似早在閲者意料中，雖説反覆申明，究嫌畫蛇添足了。

徐因時的《兩星期》，也是現社會片段的描寫。小五的懶惰，蔡八的狡獪，都是人類的墮落。再進一步觀，小五爲什麽相信蔡八的詭計呢？是不是買賣式婚姻的罪惡？不過小五果然熱鬧，他的母親未免太冷落了。倘能將她帶出，也可以顯出人情冷暖的怪現象哩。

君豪的《美人黄土》，文筆雅馴，結構亦無脱節重復之病，自是經意之作，不過余有愚見，摘録如下以與君豪及諸同志商榷之：

倘使長明死後，方啓瑞使某甲游説蘊玉，認彼爲義父，則日後奸計，顯明早在伊之心坎中，誅心之論，似更進一層。方視玉爲活招牌，今乃以兼金出售，則其心中，自必經過不少盤算，篇中何未道及？

方奸人也，未必肯悲玉之死而厚葬之。倘使改爲恐玉鬼爲厲，因厚葬之，换之普通人之心理，尤爲吻合。

（《晨光》一九二三年一月廿五日第四期）

小説話

陳元品

一個朋友對我説：『你現在不是在那裏做小説嗎？照你這樣，將來怕不成了一個小説家？』我聽了道：『做小説家恁地容易嗎？』

小説家，非具有學問和經驗二種，決不能成功的。學問并不是空中樓閣，能够亂塗幾句，就可説是學問了。必須曉得歷史、地理和理化、博物，就是那星相、卜筮……也要懂得一二，方才做出來的小説，不致再有那些外行話，好像：

（一）王陽明在那裏和孟夫子談起話來了。

（二）一個人從上海動身，明天就到了柏林。

那可不是要給人家笑掉大牙了嗎？

至於一切人情風俗，自然是從經驗得來的，非一般足不出户的可知。既是這樣，那經驗又是不可少的了。像我這樣既無學問，又無經驗，怎可以叫做小説，不過是在那裏瞎三話四罷了。

我的朋友又道：『那末，當今的小説家，難道一個個都是有學問、經驗的嗎？』

我道：『那我可不敢説。我的大牙已蛀空了，是經不起人家敲的呀！』

（《晨光》一九二三年二月廿五日第四期）

小説之於世道也，其關係殊非淺鮮，得之固足以改造社會，失之則敗壞風俗而有餘，其爲害爲利，正復難言。即以《紅樓》一書觀之，甲者藉之勘破情網，回頭是岸；乙者者反因以墮落欲海，不可救藥。懲淫即所以誨淫，一因二果，實出作者意料之外。雖然，仁者見仁，智者見智，全視讀者之定識如何耳。

（《晨光》一九二三年四月廿五日第六期）

小説雜談

李純康

舊小説除少數有特殊價值（如《紅樓》、《三國》、《水滸》、《儒林外史》、《鏡花緣》等）外，均卑卑不足道矣。論其內容，非『落難公子中狀元私訂終身後花園』，即『來將通上名來咱乃無敵大將軍……也』。文字則非詰屈聱牙，即狗屁勿通，如此而謂之小說，謬矣！

小說最好白描，蓋若濃油赤醬，不特將真義掩沒，且易使閱者厭煩。筆記重考據，小說則否。蓋小說但以喚起人們的同情爲主，并非供考古家之引證。倘詳記月日人名地名，真類畫蛇添足，徒貽『喫力勿討好』之譏（世人每目聊齋爲小說其實謬甚），但是行文有便，偶而帶出，亦屬無妨。

無論何種小說中主人之環境，不得不詳細申明，蓋環境和人生，處處有密切之關係也。誰不知宋江假仁假義，寶玉爲千古情種，但是書中何曾直捷說出？作者僅於各該人之個性中暗示出來耐庵雪芹余崇拜極矣。

文體之白話、文言，實與小說之本身無關。總之，小說爲平民文學之一，并非一二文豪之消遣品，是故過與不及，均不爲佳。林譯小說，文筆非不老練，但失之深奥。市間流行之石印小說（普通的如《笑中緣》、《七劍十三俠》之類，露天書攤所陳列者），非不近乎白話，但失之淺劣。前者尚足供文人之賞鑒，後者直無存在之餘地，然而均不足目之爲小說，以其僅能供少數人之玩賞而已。

談談王西神之《最後的一滴》

君豪

王西神氏所著的《最後的一滴》，是在第一卷第八號《紅雜志》上發表的。這篇是諷刺而兼哀情。

他的文筆，不要在下來恭維他，早已名滿海内了，寫賢婦盡職，丈夫耽嗜麯蘖，自甘墮落，茹苦以歿，真是一字一淚啊。像『我的性命，就在這早晚了。這件衣服，是我嫁粧中最後的一件，也不知費了多少心血，才藏到現在。明天你拿去當了，買幾升米，賸下來的錢，給我買一口薄皮棺材。……』這幾句話，是賢婦對着老媽子説的，多麽悲哀。那裏知道他的丈夫掩在床背後的榻上，聽了這幾句話，非但不感觸，反而一骨碌起來，搶了這件花緞夾襖，往外就跑，典在長生庫裏，又去喫酒了。唉，在賢婦彌留之際，無論什麽人聽了他的説話，都要吊下淚來，那知關着切膚之痛的丈夫，反使這種手段，真是心肝全無，天良淪没的了。收束處尤見緊切，像『你今天喝的酒是最後的一滴了，我這眼淚也是最後的一滴了』。我讀到這裏，再也不忍看下去了。

（《晨光》一九二三年九月廿五日第十一期）

中華民國十一年十二月廿五日（星期一） 晨光 （陰曆壬戌年十一月初八日）（第一版）
晨光
第三期
兩星期
★新舊
貨品式的伊
旅客

★小說雜談
小說魔

小説通義·總論

陳鈞 撰

載於《文哲學報》一九二三年三月第三期。陳鈞，見一九二二年《紅樓夢新評》提要。

本文『藉助於西人之論』，先界定了『小説』的内涵爲『以若干想像之事實蟬聯而下，藉以表現人生』，『結構、人物、環境、對語四項無不具備者也』。以此爲標準，論述了『小説之種類』、『作小説之經歷』、『小説上之必然及或然律』、『文學上之褒貶』、『小説上勸懲』、『何謂最佳之小説』等問題。其值得注意的是，文章在用西人的觀點闡釋這些問題時，結合分析了一些中國古代的小説，有一定的參考價值。

小說之界說

吾國古有十家之說，小說家實居其一。漢張衡《西京賦》謂『小說九百，本自《虞初》』。小說之得名，蓋始於此。漢代而後，作者如林。《搜神》、《述異》、《雜記》、《故事》等書，層見迭出。然多記載見聞，附會神怪。既不足當小說之名，更無由窺其定義。降及後世，自唐宋元明迄今，中國小說事業，乃漸臻發達矣。然其間文人學士，高談文以載道，不齒小說於文學之列。於是小說由來雖久，著作雖多，而歷數千年，至於今從未有能闡明其微旨，與以確當不易之界說者。以視西人之列小說於文學四種之一，誠不可同日語矣。今欲明定其界說，固不得不藉助於西人之論也。

西文中有 Fiction 與 Novel 二語。驟視之，二者皆有小說之意。然審加考慮，則知 Fiction 之意較寬廣，足以包羅 Novel 而有餘。按諸中國成語，則『稗官野史』稍近其義。質言之，即凡 Novel 無不爲 Fiction，而 Fiction 則不盡爲 Novel 也。

兹特假定其界說如下。Fiction 者，以若干想像之事實蟬聯而下，藉以表現人生也。Novel 者，散文成篇之 Fiction，而結構（Plot）、人物（Character）、環境（Setting）、對語（Dialogue）四項無不具備者也。

西人著書，言小說之界說者衆矣。然不失之隘，即失之寬，渾而不析，偏而不全，以其各有門户之見故也。兹不欲博引繁徵，過佔篇幅。上之所舉，係斟酌諸家之成說，貫穿其理而撮其要，詞雖簡而意則盡矣。

小說之種類

Fiction可析而爲二：有以散文成篇者，有以韻語成篇者。而散文成篇者，則包括故事（Tale）、短篇小說（Short Story）、小稗史（Novelette）、與小說（Novel）四種。

故事者，其性簡單質樸，即某人於某地某時行某事之記載也。如云『一人行至轅門橋，忽不慎撲地』；『一學生遺失書籍於會客室中』；或云『昨日張君新購一自由車』；『前日某街火起，焚毀民居若干』。此類事縱極騰挪變化，實皆至爲單純，故一例以故事視之可也。短篇小說則不然。自近世紀以來，短篇小說始有特殊之格式，文字緊湊，情景雋妙。使非深明此中技術（Technique），則不能率爾操觚。較諸短篇故事大相徑庭，故或於Short Story之間，加短畫（Hiphen）以別之。至於小稗史則以義大利作者最佔多數。中土之《今古奇觀》，殆近似之。以當時作者能力薄弱，猶未足成諸美俱備洋洋大觀之小說也。若小說Novel則無美不收，無體不備矣。觀夫中土之《水滸》、《紅樓》，西方之十九世紀名家小說，即知其體大思精矣。

由上所言，可見筆記及《聊齋》之類，不得目爲小說，以其篇幅既短，結構、人物、環境等多不完善，僅供讀者以事實而已也。《燕山外史》亦不得視爲小說，以其通體駢儷無人物之對語也。若以西洋小說言之，如《魯濱孫飄流記》及《海外軒渠録》（一譯爲《紅柳娃》）（*Gulliver's Travels*）二書，批評家多以傳記目之，不齒之於小說之列。蓋小說中必有一主要之人物，他人物則被其影響，如群山之拱泰嶽然。因而發展其結構，演進其事實焉。項國自李查生（Richardson）所著之《潘美拉》（Pamela）始足稱爲小說。故英國小說史以是書出版之年托始（一七四〇年），以其小說之法術程式，自是始臻完備也。

小說與人生

吾人由感官而知人事。然此一切之事實，不過零碎斷片，欲於其中悟出真理，必賴心之作用。恒人耳目所及，僅如許多奇零之事實。而小說家則能於其中尋出人生之原理，潤飾之點綴之，以成不朽之業者，以其目光如炬，能於事物相互之關係處了然於心耳。故其設一境造一事也，不肯劈空而來，往往於若干章回以前，預伏引綫，使人得其蛛絲馬迹而怡然於心也。讀《紅樓夢》者，第知賈母阻撓寶黛婚事，不知作書者已將賈母不滿意黛玉處預伏其前矣。黛玉身體之工愁善病，身體孱弱，在在皆賈母所不喜也。

世人一聞小說二字，輒以爲稗官野史，不過由人杜撰而成，固無若何之價值。不知小說雖由懸想而成，然與虛妄（Falsehood）不同。虛妄則背乎人生真理，小說則處處須切合人生也。

小說與日記不同。日記僅按日記載事實，小說於記事實而外，尤貴能將事實之來去起伏，尋其端緒，銜接無遺，而使讀者明其因果相承之妙。事縱極繁賾，千變萬化之中實有恒古不變之真理，於此可見矣。

小説又與歷史不同。歷史上之事實，過去之事實也，正確而貼切之事實也。其所表現之人生，與小説家之得以運用想像（Imagination）附會經驗者，固自不同。即史家能獨闢蹊徑，冥搜虛辜，造意凌空，敘事警動，然其敘一戰争，則此戰争必極類一過去之戰争也。摹一英雄，則此英雄必曾爲世間所有也。較之小説家之詼奇灑脱無往而不自然者，蓋大相徑庭矣。西洋史家有以司考脱作小説之法而爲史者。吾謂其所作即能酷肖小説，而其歷史之色彩，則必始終都在耳。

夫葡萄既熟而落，事實也。而其落則真理也。常人只見事實，而不能窺測真理。惟科學家哲學家能知真理，文學家能表現真理。描寫人生即所以描寫人生之真理，前已言之矣。小説與詩文戲劇同隸文學。是則小説家之專責，在乎描寫人生矣。然而作一小説必於人生略加點染，使讀者陡增若干興趣，否則，羅列事實，一切皆爲人所經見，便味同嚼蠟矣。昔英國小説大家司考脱描寫西洋中世紀之人生，虛擬造作，不盡符實，然而嗜之者衆，職是故也。

小説家每有費盡心血，虛擬一境，而其後卒以失檢點於微末，將全體之擬境（Whole Illusion）破壞者。是不可不慎也。故小説家當筆際風生十分滿意之時，須將已著墨之事實，無論巨細，悉心考慮，務使處處不與擬境相矛盾。而後能適合人生，無空費心血之虞矣。

作小説之經歷

小説既不能離開人生而言，故下列三種順序，小説家必須親自經驗之。

（一）科學的觀察，所以求現狀（Actuality）也。小説不能憑空杜撰，故構作之先必有一番之觀察，搜集事實，以爲小説之材料。其觀察務真，一如科學家之研究聲光化電然，雖毫釐微末之間，亦必辨析精確。此種科學的精神，小説家所必備也。

（二）哲學的理會，所以求本狀（Reality）也。材料既經搜集，所得者不過許多奇零之事實，又必悉心探討，明其因果相互之關係。然後取其合於小説之材料者用之，其不相關係者則去之。蓋天地間事物紛繁，不盡可入小説，必賴小説家之精審抉擇。猶之曠野間之風景，不盡可入畫圖也。故小説家於搜集事實後，尤貴能以哲學的頭腦，慎思而明辨之，以理會其關係而定其取捨也。

（三）藝術的表現，所以求擬境（Illusion）也。小説家既經上言之工夫，則全書結構，已有成竹在胸，可以放筆爲文矣。然使其文字平庸，叙事失當，則與歷史日記何異。讀者必覺其枯澀寡趣，不啻學校教本。其較佳者，亦不過如筆記之供有以事實而已。是故小説家必具有藝術之手腕，出以驚人之筆。叙一人物則音容宛具，栩栩欲活。叙一事則隱微深曲，犀利俊快。有時且顛倒事實，故露破綻，使讀者撲朔迷離，不忍釋卷。此則藝術之發表，參互錯綜，固無一定之法也。如是則小説臻於完美之域，殆將不脛而走矣。

西哲有言，小説者，人生之蒸餾（Fiction is life distilled）。蓋謂人生歲月綦長，事物繁頤，不盡可爲小説之材料。小説家之所取者，在其趣味濃郁，最有關係之部分。猶之水經蒸餾，然後純潔無雜質耳。

由上而言，則小説家當具有兩種能力。其一即爲選擇（Selection）。繪物言理，屬辭此事，牛溲馬勃，兼收并用，此係乎作者之眼光也。其二即爲修繕（Improvement）。精心結撰，工力深到。行文則調弄詼詭，情節則委婉盡致，此係乎作者之手腕也。

小説上之必然及或然律

小説上之事實，有爲或然者（Probable），有爲必然者（Necessary）。作小説者不能不於此三致意焉。所謂或然之事者，如云一人天性不良，終日不治生業，其後乃轉而爲盜。十之六七，逼近於真。此即或然之事也。然使其人處於生計窮蹙，饑饉薦臻時代，則其流而爲盜，乃爲必然之事矣。一小説中之事實，若以百分計算，則百分之九十五當爲或然之事，而百分之五則爲必然之事。蓋若小説中所述事實，盡爲必然之事，則不啻歷史日記，索然寡味，無足觀矣。然使盡爲或然之事，則處處失真，不能使人信，固失小説之本意，亦使讀者對於書中人物，不能引起其同情也。如《紅樓夢》黛玉之死及寶玉遁入空門，賈府式微，此即屬必然之事，爲全書不可少之結局。讀《紅樓夢》者，雖讀僅及半，使掩卷思索，亦能推及寶黛之結束。此所謂人心中應有之事也。彼《紅樓》卷帙雖巨，而書中事實有躍躍於讀者心目中，興味無窮者，又孰非或然之事使之乎？

所造人物之獨立（Independence of Created Characters）

小說家既拿定主張從事構作，而當其描寫書中人物，如火如荼之際，作者返退處於無權。而書中所創造之人物，即可向作者宣布獨立。此語似覺不經，而作小說者類能言之。彼黛玉之死，以及寶玉寶釵之結婚，作者一路寫來，不得不有此番結束。萬不可亂更情景，致使讀者斥爲荒謬。故曰，小說中之人物，有獨立之傾向也。

連貫之小說（Sequel Novel）《續紅樓》之類，固不足媲美前書，且不能使讀者發生興味。此無他，在前書中，一切已發洩無遺，布景設局，已登峰極。續貂者不啻破壞前書組織，牽强附會，在所不免。此讀《續紅樓》者所以不及數回，便掩卷欲睡也。

小說上之道德問題

讀小說者常以道德眼光批評小說，意以小說中主要人物，必以賢良純潔之人充之。若所寫者純爲娼優盜賊，販夫走卒，則必曰，此爲不道德之小說，不容其傳流世間，貽害子弟矣。不知小說上之道德問題，不係諸小說自身之材料，而實以作者之措手爲斷也。法國小說家小仲馬所著之《茶花女遺事》（*Madame Camellia*）風行全世界，孰不推爲寫情妙手？然茶花女不過一妓，籍隸平康，爲社會上極卑賤之人物。而讀小説者不獨不賤視之，且富於感情之讀者，往往爲書中人灑却無限熱淚，一若茶花女爲一極高尚極純潔之女子，雖求之名門淑媛而不可得者。此無他，仲馬之筆有以致之耳。而曰茶花女爲一不道德之小説，此人不將如聖歎所謂『定墮拔舌地獄者』乎？

至若中國俠義小説内所載之豪傑志士，托名爲盗，殺贓吏土豪，若不經意，人亦不以是而罪之。且曰此英雄，此大俠。是故小説上之道德問題，不在小説人物之自身，而在作者之設施。若彼《金瓶梅》、《新齊諧》、《杏花天》等作，誨淫誨盗，當不可與此同日語也。

且文學家之於文學道德問題，恒以其切近人生真理爲斷。彼托爾斯泰之小説，今人且有以不道德譏之者矣。托爾斯泰放言農夫之歷苦役而入天國，鋪張揚厲，於事理多所矛盾，固不能免於譏也。

文學上之褒貶

文學上之褒貶（Poetic Justice）亦爲小説家所宜知。夫賢者蒙禍，顛沛流離，惡人安居富貴，爲天縱之驕子，本屬人生反常之事，不可挽回者也。小説家描摩人生，須切合事理。其褒貶人物也，不必與賢者以幸福，而加惡者以災禍。名家小説，往往有之。蓋君子與小人遇，君子恒敗，或反受其荼毒，飲恨以没。讀小説者於此無不哀憐君子，欽仰賢者之心於此益盛。其嫉惡如仇之念，亦將更形堅固也。職是以觀，文學上之褒貶，不在鋤惡扶良，而在發揚讀者之同情而已。

中國舊小説作家，多不明此旨。書中所言，賢者則先抑而後伸，小人則初得志而終受創，幾於千篇一律。然揆諸事理，天地間豈得有此痛快人心之事？《紅樓夢》叙述寶玉寶釵結婚，黛玉情場失敗，竟以瘵死。此《紅樓》之所以爲中國第一部小説也。黛玉天性抑鬱，寶釵善迎人意，其狡黠殆十倍之。黛玉之失敗，自屬事理之常，無足怪者。彼傖父不諳此理，妄加評論，以爲曹雪芹寫黛玉結束，未英國小説家高爾士密所著之《威克斐牧師傳》（今某書館譯爲《雙鴛侶》，殊不稱，以此非愛情小説也），爲十八世紀著名小説之一。書中描寫此道德純潔之牧師，始則困於疾病，繼則無辜下獄，曆嘗縲紲之苦。而又毁家失女，顛沛不堪言狀。獨彼無惡不作之桑海爾公子，坐擁名姝，長享温柔豔福。然讀是小説者，無不憐牧師之無告，而痛恨桑海爾公子，且欲食其肉而寢其皮也。文學上褒貶之道，即在於此。

吾將更引一例以闡明之。迭更司（英國感情派小説大家）所著之《塊肉餘生述》（*David Copperfield*）中寫一漁家子漢姆，其未婚妻愛密柳爲一富室公子所誘，雙宿雙飛，去如黄鶴。其後富室公子竟抛其所愛，倦而獨返，途遇颶風，海舟欲覆。公子援桅呼救。此漁家子倉卒間未遑辨其爲仇人，獨奮然赴水救之，然竟以力竭，與舟俱没。蓋迭更司故用此驚人之筆，使讀者瞭然此富家公子之罪，如禹鼎鑄魅，莫可逃避。此文學褒貶之别開生面者也。

小説上之勸懲

作者於閱歷事理而後就其觀察所及，以成一種人生觀。然後製成小説，以寫其所得。斯小説之上乘也。坊間勸善小説以及青年會出版之戒煙酒小説，作者苦口婆心，寓意勸懲。以道德良心方面觀之，誠無間言。而自文學眼光觀之，則可謂絶無價值。偶讀一次，便厭棄不欲再睹矣。蓋此類小説，作者於作書之先，未嘗有一番之觀察。特先有目的而後製成小説，以圖發揮其成見耳。此與小説家觀察在先，著書以繼其後者截然不同矣。又此類作者往往用以對比法(Contrast)以自圓其説。以爲縱嗜欲吸煙酒者，雖其家資巨萬，不難揮霍立盡，終成餓莩。而潔身自好之徒，往往以撙節而成家，聲譽卓著，爲社會上重要人物。不惜精力，强聒讀者，三令五申之，以爲相形之下，必有所感也。不知自論理上窺之，此種造意，不得即視爲真理。世固有沉溺煙酒而并不傾家者，亦有吸煙茹酒以爲消遣法者，何得即以少數之情景而立原理原則耶？此其枯澀無趣，覆瓿當薪，理有固然者矣。

是故問題小説(Problem Novel)從未有聲情激越，百讀不厭者。職是故也。作小説者，成見在先，其屬辭比事，不過爲成見之佐證。其反背小説原理，不能博讀者之欣賞，宜也。譬如中國都市不潔，人民不知公衆衛生，以致死亡率增加。苟小説家於此造意，假設一家庭夫婦子女，其樂融融，未可言喻。然卒以都市不潔，疫癘流行，而此美滿之家庭，無辜受禍，遂致死亡相繼，不久成廢墟矣。此事縱小説家精心結撰，結構蘊藉，哀感動人，足使讀者驚心於都市衛生爲當急之務，因而群策群力，亟起圖之。然吾恐此種小説，不旋踵便埋没無聞，不能發生文學上之價值也。昔余讀某醫學會出版之肺癆病小説，措辭遣意，非不詼詭。然書既卒讀，則束諸高閣，供蠹魚之食矣。

夫稗官野史，有補於世道人心，斯言也，誠無可厚非。然小説貴奇不貴正，宜諧不宜莊。於故意設奇之中，而復能使之感其入情入理。此爲最佳。否則筆筆正義，便嫌腐氣矣。小說之用，在於言外寓勸懲之意。一方面啓發人心，一方面又以娱樂讀者。《儒林外史》描摩社會人物，窮形盡相，足堪發噱。不知吴敬梓未作此書之先，胸中實有無限抑鬱，特假此書以發洩之。意在掀開社會真相，謀社會之改革也。如是則所謂『爲藝術之藝術』(Art For Art's Sake)及『爲人生之藝術』(Art For Human's Sake)，二者即能融會爲一爐矣。

何謂最佳之小說

哈佛大學文學教授 Dr. G. H. Maynadier 之言曰：小說之佳者，必備六事。一、目的正大(Serious Purpose)。二、範圍寬廣(Large Scope)。三、結構嚴緊(Firm Plot)。四、人物生動(Good Characterization)。五、事實豐富(Abundance Of Events)。六、情景逼真(Livelinese Of Scenes)。

按第三、四、五、六四款，後章擬分篇討論，兹不欲亂著蕪詞。惟第一第二兩項所關至巨，此章不能不先闡明之。

（一）昔十九世紀大批評家安諾爾德(Matthew Arnold)，有 High-seriousness 一語，爲文家所盛稱。良以正大(Seriousness)一語，誠小說家觀察人生所必備之才能也。夫種因者必得其果，種樹者必得其實。此語爲千古之定理，不可更易。故苟行一事，可不論其成功利鈍。其成也，要必有其所由成。其敗也，亦必有其所由敗。成敗之因，不在於此，即在於彼。不係乎今時，即係乎往昔。而其種因之良窳，亦由種因者自身當之。其成敗禍福，亦因之直接間接及於其身矣。是故小說家對於人生方面，欲其觀察切當，則不可不於人物行爲舉止之間，尋其因果，以明其成敗之迹。如是以成小說，則能沈著雄厚，不致蹈虛空乏實之弊矣。使黛玉而身體健康，則賈母何得遽行阻婚？黛玉之失敗，自爲之也，於賈母何尤？

（二）小說之佳者，在能内容美備，於人生各方面無所不包。中土《水滸》、《紅樓》，西方之迭更司及沙克雷(W. M. Thackery)之小說，頗足當之。故小說家不欲成一佳作則已，苟欲之，則其先必潛心觀察人生。雖閭里巷談，街坊喧擾，無不能狀其聲音，擬其狀態。更進而社會上各種職業之人物，亦必能明瞭其生活狀況，與其通用之專門名詞。如是則範圍廣闊，得寫實之微旨矣。是故小說家苟欲描寫一學生，則學生之運動遊戲，拍球履冰，當無不知之。如描寫一軍人，則軍營規律，步法習演，亦在宜知之列也。小說家往往於晚年發表名作而垂不朽。此蓋由其晚年閱歷深到，經驗豐富。故能放諸六合，通諸四海，無往而非最佳之作品也。

小說關係人生各方面固也。然作者於普通經驗而外，尤貴能熟悉一二特殊之經驗，以寫其所長。因而標明其小說之列於何等。如小說家於學生狀況，知之最審，則《留東外史》可作也。熟悉政治界之内幕，則《官場現形記》可作也。推之明悉富人貴族之生活者，則可作《紅樓夢》、《品花寶鑑》。明悉中等及下等社會者，則可作《名利場》(*Vanity Fair*)及《塊肉餘生述》。『既確然窺見人生，又睹其全體(See Life Steadily And See It Whole)』，其庶幾乎！

去經驗云者，日常生活，耳聞目睹，無地而非，無時或缺者也。然恒人往往任其流過，未嘗稍稍措意。惟小說家一秉好奇心（Curiosity）與同情心（Sympathy）兩種衝動，故能卓然有得於經驗耳。蓋好奇心爲知識之母。潛思熟考，好問則裕，此經驗所自來也。憂人之憂，樂人之樂，不惜楮墨，不惜精力，爲文以行當世，此經驗之所由發表也。

按：上篇多取資於吴宓先生之講演。　陳鈞識

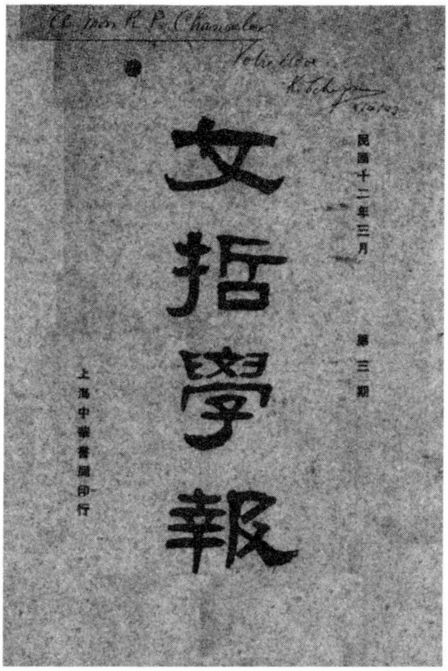

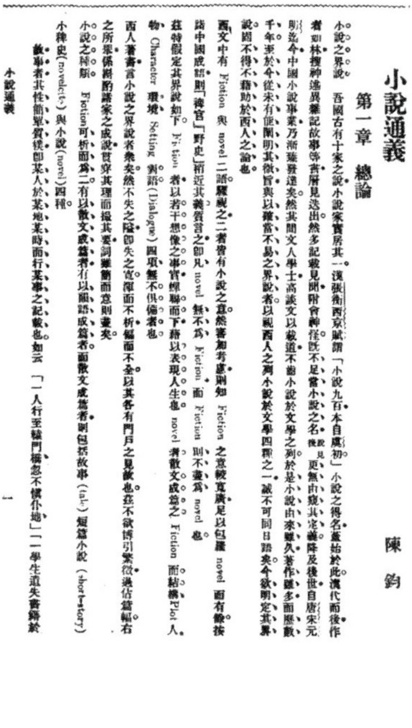

小說通義　陳鈞

第一章　總論

小說之界說　吾國古有十家之說，小說家實居其一。漢張衡西京賦謂「小說九百本自虞初」，小說之得名蓋始於此。漢代而後作者如林，搜神述異，雜記故事，陸賈書層見迭出，然多記載見聞，附會神怪，既不足當小說之名（說見後），更無由窺其定義。降及後世，自唐宋元明迄今，中國小說事業乃漸臻發達矣。然其間文人學士高談文以載道，不齒小說於文學之列，於是小說由來雖久，著作雖多，而歷數千年，至於今從未有能闡明其微旨與以確當不易之界說者。以視西人之列小說於文學四種之一，誠不可同日語矣。今欲明定其界說，固不得不藉助於西人之論也。

西文中有 Fiction 與 novel 二語，驟視之二者皆有小說之意，然審加考慮，則知 Fiction 之意較寬廣，足以包羅 novel 而有餘。按諸中國成語，則「稗官」「野史」，稍近其義。質言之，即凡 novel 無不爲 Fiction，而 Fiction 則不盡爲 novel 也。茲特假定其界說如下：Fiction 者以若干想像之事實，蟬聯而下，藉以表現人生也。novel 者散文成篇之 Fiction，而結構 Plot、人物 Character、環境 Setting、對語（Dialogue）四項無不俱備者也。

西人著書言小說之界說者衆矣，然不失之隘，即失之寬，擇而不析，偏而不全，以其各有門戶之見故也。茲不欲博引繁徵，過佔篇幅，右之所舉，係斟酌諸家之成說，貫穿其理而撮其要，詞雖簡而意則盡矣。

小說之種類　Fiction 可析而爲二：有以散文成篇者，有以韻語成篇者。而散文成篇者，則包括故事（tale）、短篇小說（short-story）、小稗史（novelette）與小說（novel）四種。

敘事者，其性質單簡質樸，即某人於某地某時而行某事之記載也。如云「一人行至轅門，橫忽不慎仆地」「一學生道失書歸於

小說通義　一

王西神歟徐卓呆歟

紅　蕉　撰

載於《新申報》所附《小申報》一九二三年三月十三日。《新申報》是《申報》總經理席子佩被董事長史量才辭退後籌辦的，於一九一六年十一月二十六日正式掛牌，由王鈍根、江紅蕉先後負責其副刊。後因經營不善而輾轉售給軍閥孫傳芳駐上海辦公處長宋雪琴，一九二七年三月自動停刊，同月北伐軍抵滬後將其查封。本文作者紅蕉，即江紅蕉，見一九二六年《論有價值小説》提要。文章講了王西神、徐卓呆兩位小説家與人同名的問題。

王西神、徐卓呆兩位小説家，是赫赫有名的，看報讀小説的人，誰也知道上海小説界有這兩位重要分子咧。

王先生名什麽，徐先生名什麽，不見得誰也知道罷，我來介紹介紹。王先生的大名是藴章，徐先生的大名是傅霖。

廣東護法時代，不是有個財政廳長叫徐傅霖麽？我們當時看了報，都發了一急，原來那時護法政府忽然拿辦徐傅霖，所以代徐卓呆先生一急。

現在蘇社在蘇州留園開大會，請許多名人演説，内中有一位是王藴章博士演講市政，不知是不是王西神先生。

徐卓呆做過一篇小説，説人的姓名，時常雷同，應當排號碼，稱幾萬幾千號，譬如某人挨着五萬八千九百六十二號，便稱他爲五萬八千九百六十二號先生。到了這時都像電車職員一般的叫人，『兩百四十九』、『四百三十六』，這樣的叫着，決没有兩個徐傅霖、兩個王藴章了。

年三月十三日 星期二 新申報第四張

王西神歟徐卓呆歟

王西神徐卓呆兩位小説家。是赫赫有名的。看看報讀讀小説的人。誰也知道上海小説界。有這兩位重要分子咧。王先生名什麽。徐先生名什麽。不見得誰也知道罷。我來介紹介紹。王先生的大名是藴章。徐先生的大名是傅霖。廣東護法時代。不是有個財政廳長叫徐傅霖麽。我們當時看了報。都發了一急。原來那時護法政府忽然拿辦徐傅霖。所以代徐卓呆先生一急。

現在蘇社在蘇州留園開大會。請許多名人演説。内中有一位是王藴章博士演講市政。不知是不是王西神先生。

徐卓呆做過一篇小説。説人的姓名。時常雷同。應當排號碼。稱幾萬幾千號。譬如某人挨着五萬八千九百六十二號。便稱他爲五萬八千九百六十二號先生。到了這時都像電車職員一般的叫人。兩百四十九。四百三十六。這樣的叫着。決没有兩個徐傅霖。兩個王藴章了。

小說叢話

血俠 撰

載於《鴻光》一九二三年三月第二期。《鴻光》是無錫文藝團體弘社於一九二三年二月至一九二四年一月編輯、發行的小説雜志，月刊，共出七期，由張條俗、曹血俠等輪流編輯。第二期即由曹血俠編輯。血俠（一八九六—？），無錫人，「十五講武，廿二提兵」（《三十自述》），曾任江蘇省保安二團團長、江南行署第二行政區督察專員等，兼任過無錫縣縣長。在無錫《轟報》等處發表了不少文章，一時與曹君穆、曹涵美并稱爲「三曹」。本文短短數語，頗中肯綮。看小説要看有「興趣」的，就是講究小説的藝術性，而不是强調「載道」，照搬一些抽象的洋教條。看小説要看「無名小説家」的，因爲這些作品往往貫注着作者的「全副精神』，而不是粗製濫造的應景之作。餘可類推。

看小説，要看有興趣的小説。

看小説，要看無名小説家的小説，因爲他的作品是貫注着全副精神去經營的。

看偵探小説，要審察篇中的布局是否縝密，切不可僅看他事實的離奇。

著作家倘是存着『我的作品没一篇不是好的』，那末他的作品在文藝界一定站不住脚跟。

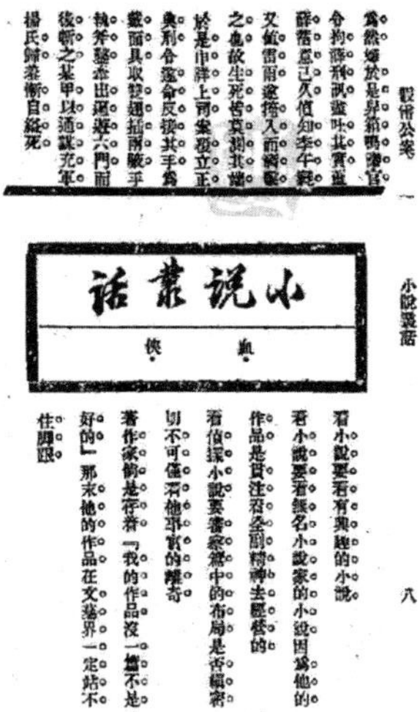
假作公案　一

小説叢話　八

小説叢話

獨　俠

看小説要看有興趣的小説

看小説要看無名小説家的小説因爲他的作品是貫注着全副精神去經營的

看偵探小説要審察篇中的布局是否縝密切不可僅看他事實的離奇

著作家倘是存着『我的作品沒一篇不是好的』那末他的作品在文藝界一定站不住脚跟

小説界滑稽大王

火雪明　撰

載於《新申報》附刊《小申報》一九二三年三月十五日。作者火雪明，不詳。本文就徐卓呆用『卓弗靈』名發表滑稽小説《夢日記》一事，認爲他與影戲界滑稽大王卓别靈有異曲同工之妙，故特送徐一個『小説界滑稽大王』的徽號，『可以和卓别靈并駕齊驅』。

影戲界滑稽大王卓别靈，在演戲的當兒，總是板板六十四，像獃子一般，但是看他戲的人，没有一個不笑的，那是他的本領。前天本報上有位卓弗靈的《夢日記》，做得非常滑稽，令我拜讀後，嘴巴都合不攏了。不過這兩位獃先生，都有使人笑的魔力，也算是異曲同工哩。況且這位卓弗靈是中國人，那位卓别靈是美國人，在中美親善的時候，他倆也遥遥相對起來，真是妙極了。

有人説，卓别靈和卓弗靈恐怕是手足呢，哈哈，錯了，你不看這『卓』字依舊是卓，『弗靈』便是『獃』的解説，那麽卓呆先生而何呢？他的小説，總含着滑稽性質，對於讀者們的衛生上，得益匪淺呢。

我記得第六期第二號的《蘭友報》上，有卓呆先生的賀年片，印着豬頭三式，真是滑稽了。我現在大膽送一個徽號給卓呆先生，叫做『小説界滑稽大王』，一則可以和卓别靈并駕齊驅，二則可以使讀者大笑一番。喂！卓呆先生你可承認没有？

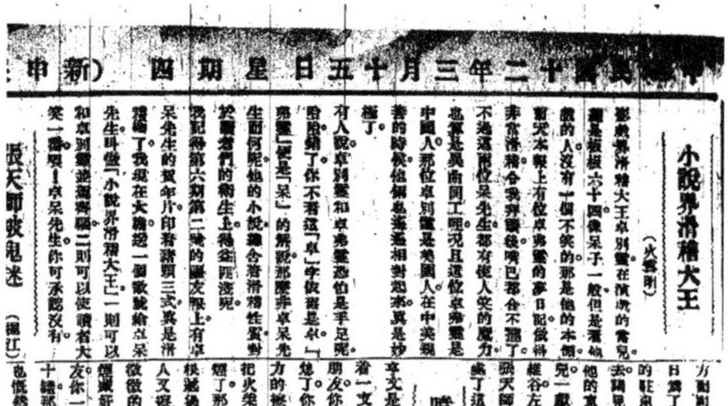
民國十二年三月十五日 星期四

小說界滑稽大王
（火雪明）

噴飯小錄

歸有光的小說文學

胡懷琛 撰

載於《民衆文學》一九二三年第三卷一期。《民衆文學》爲《小說世界》的附刊，主要編輯與作者是胡懷琛、夏華青、胡文煒、劍廬、陳元芳、丘游龍等，讀者對象爲兒童，内容多以淺近通俗的文字描述中國傳統故事或外國童話等。作者胡懷琛，見一九一九年胡季人《小說管見》提要。本文進一步申述歸有光的「古文近於小説」，所以「確是有價值的」。這是由於歸有光學到了《史記》的「神韻」，又「在描寫家庭間瑣瑣碎碎的事情，寫得很真切」。爲此他列舉了《寒花葬志》等多篇作品，分析了歸有光能將人物的「神情態度」寫出來，像「一個活的人立在眼前」，「文筆又非常平淡，而且非常簡潔」，這與西洋文學裏，以爲描寫愈詳細愈好并不相同。最後文章提出三點『希望』作結：（一）希望講新文學的人，能瞭解中國的小説界裏有這樣的作品；（二）希望講舊文學的人，能知道文學的好處，在一真字，不真便不好；（三）希望做小説的人，不要拿普通的小説做頂好的標準，要拿普通所認爲古文裏的小説，做頂好的標準。

一、緒言

歸有光，便是歸震川，是明朝時候一個著名的古文家，他做的文章都是古文，并没有做過小説，我何以忽然説『歸有光的小説文學』呢？這便是古今人對於文學的觀念不同。據我的觀察，古人的文集裏，有許多都是短篇小説，最著名的陶淵明的《桃花源記》便是了。這一層在《中國小説考源》裏早説明白了（參看本刊所載的《中國小説考源》）。已先見得到這一層的人，要算是張山來，他選《虞初新志》，便是這種觀念。不過歸有光的小説文學，和《虞初新志》裏的小説不同。《虞初新志》裏的小説，都是記奇人奇事，文字也講究詞采。歸有光的小説文學都是描寫家庭間瑣碎的事，寫得千真萬確，毫不講究詞采。初看看似很平淡，却是愈讀愈覺得有意味（歸有光文集裏的傳紀及雜記多半如此）。照現在説起來，可算一個是浪漫派，一個是寫實派。歸有光的古文，在這一點上看來，確是有價值的。

但是以前的文學家，拿很頑固的眼光來批評文學，把小説二字看得一文不值。有許多人説歸有光的古文近於小説，一説到『近於小説』，便是無價值了，講究古文的先生們，連正眼也不去看他了。誰知歸有光的古文，確是小説，也確是有價值的文學。

現在講新文學的人，往往以爲既是古文，便都是腐敗不堪的東西，不管甚麽歸有光、歸無光，都做不出甚麽好東西來，那裏還有人去留心他的文集呢？誰知歸有光的古文，雖名爲古文，實是極有價值的小説啊。

新文學家又常常揀著中國幾篇普通的小説和外國名家的小説來比一比，自然覺得中國的不好，這真是一個大誤會。外國的作品，固然有好的，然那拆爛污的確也不少，中國的作品，固然有拆爛污的，真好的又何嘗没有呢？只因種種的關係，真好的作品竟埋没了，無人知道。新文學家便説中國没有好作品，這話真是從那裏説起？

我因爲有了上面所述的一種感想，便把歸有光的小説文學介紹過來，一方面要使新文學家知道中國也有好的小説，一方面要使舊文學家知道古文也便是小説，小説也很有價值。

二、歸有光的小傳

歸有光字熙甫，明朝嘉靖時崑山地方人。九歲時，便會作文，後來考試不第，移居在嘉定安亭江上讀書授徒，人稱他爲震川先生。晚年中了進士，雖做過官，然没有甚麽成績表現，便是一部文集罷。歸有光最喜歡讀《史記》，一部《史記》，拿五彩筆圈點過幾十次，凡是轉折關鍵處，都用特别的記號標明他，他所點的《史記》，共有數十個本子，往往各不相同，後人得了一部便當做很名貴的書籍，現在也有人翻印，但是流傳既久，不免有後人改易，怕不是歸有光的原本了。

他既喜讀《史記》，做文自然有些像《史記》。《史記》本是中國文學界有名的一部書，自從司馬遷而後，能有這樣神韻的，便要算宋朝的歐陽修。歐陽修而後，便是歸有光了。歸有光的好處，并不是專在學《史記》，是在描寫家庭間瑣瑣碎碎的事情，寫得很真切。而且他富於感情，故叙事之中，處處有情，令人讀了他的文字，自然而然的覺著好，著名古文家評論他的話，大都如此。清朝姚姬傳説道：『於不要緊之題，説不要緊之語，却是風韻疏淡，是於太史公有深會處。』吕月滄説道：『有寥寥短筆，而逼真《史記》者，乃其最高淡之處也。』這些話都批評的很當，但是曾國藩嫌他有『質而俚』處，便是嫌他近於小説，這句話完全不對。

歸震川的集子，現在很容易買，不過集子裏只有傳紀及雜記頂好，旁的文章便没有甚麽特色了。

三、歸有光的作品

既然要知道歸有光的文學怎樣好，當然要讀他的作品，我現在便提幾篇出來做個代表，把他抄在這裏，并加下些評語。篇中無精彩的地方，也删節去幾句，讀者試當他是一種紀實的短篇小説看，細細領略他的風味。

寒花葬志

婢，魏孺人媵也。嘉靖丁酉五月四日死，葬虚邱，事我而不卒，命也。夫婢初媵時，年十歲，垂雙鬟，曳深緑布裳。一日天寒，爇火煮荸薺，熟，婢削之盈甌。余自外來取食之，婢持去不與，魏孺人笑之。孺人每令婢倚幾旁飯，即飯，目眶冉冉動，孺人又指余以爲笑。回思是事，奄忽便已十年，吁！可悲也已。

按這篇文章完全是一篇寫情小説，描寫小丫頭的神情態度爲一個活的人立在眼前，確是實情實景，文筆又非常平淡，而且非常簡潔。在西洋文學裏，以爲描寫愈詳細愈好，像這樣未免太疏略了。但是在中國文學裏，只要得了他的神，并不必多叙，這一點確是中西文學不同之處。好像這一篇中間

『婢持去不與』、『目眶冉冉動』各句，將小丫頭多少說不出的情緒完全表現出來，真是傳神之筆，何必在多呢？至於寫他的夫人，也只寫上兩個笑字，但這兩個笑字裏頭，却也含著多少說不出的情緒啊。最後一結，也結得感慨得很。

女二二壙志

……今年余在光福山中，二二不見余，輒常常呼余。一日，余自山中還，見長女能抱其妹，心甚喜。及余出門，二二尚躍入余懷也。既到山數日，日將晡，余方讀《尚書》，舉首忽見家婢在前，驚問曰：『事有乎？』奴不即言，第言他事，徐却立曰：『二二今日四鼓時已死矣。』蓋生三百日而死……

按這篇中間『見長女能抱其妹』數句，確是家庭間一種實形。『奴不即言』數句，寫用人報死信的狀態，也能確肖。

思子亭記

……余既懶出，雙扉晝閉，綠草滿庭，最愛吾兒與諸弟游戲穿走於長廊之間。兒來時九歲，今年十六矣。諸弟少者三歲、六歲、九歲，此余生平樂事也。十二年己酉，攜家西去，余歲不過三四月居城中，兒從行絶少，至是去而不返。每念初八之日，相隨出門，不意足迹隨履而没。悲痛之極，以爲大怪無此事也。蓋吾兒居此七閲寒暑，山池草木，門階户席之間，無處不見吾兒也。葬在縣之東南門，守冢人俞老，薄暮，見兒衣緑衣在亭堂中，吾兒其不死耶……

按這篇前段極力寫兒子没死時家庭間快樂情景，後面説守墓人看見他兒子著了緑衣裳在亭堂中，分明是俞老看見主人思念兒子，故意造出這些活見鬼的話來向主人討好。在歸氏自己，也明知兒子死了，不能復活，但是俞老説這些話，他總是歡喜聽的。世上確有這種情形，這一段文字能描寫出守墓人的神態，也能描寫出父母愛子的癡情。

筠溪翁傳

……余見翁時，歲暮，天風憭栗，野草枯黄，日將晡，余循去徑還家。媪、兒子以遠客至，具酒。見余挾書還，則皆喜。一二年，妻兒皆亡，而翁與余别，每勞人問死生。余雖不見翁，而獨念翁常在宇宙間，視吾家之溘然而逝者，翁殆如千歲人。……

按這一段也是實實在在的情景，隨便寫來，自然入妙。

先妣事略

……一歲，又生有功。有功之生也，孺人比乳他子加健。然數顰蹙顧諸婢曰：『吾爲多子苦。』老嫗以杯水盛二螺，進曰：『飲此後，妊不數矣。』孺人舉之盡，喑不能言。正德八年五月二十三日，孺人卒。諸子見家人泣則隨之泣，然猶以爲母寢也。傷哉！於是家人延畫工畫，出二子，命之曰：『鼻以上畫有光，鼻以下畫大姊。』以二子肖母也。……孺人不憂米鹽，乃勞苦若不謀夕。冬月，爐火炭屑使婢子爲團，累累曝階下，室靡棄物，家無閒人。兒女大者攀衣，小者乳抱，手中紉綴不輟，戶內灑然也。遇僮奴有恩，雖至箠楚，皆不忍有後言。吴家橋歲致魚蟹餅餌，率人人得食（著者按：吴家橋爲歸先生外祖母的住處），家中人聞吴家橋人至，皆喜……

按舊文集裏家傳、墓志等文，好的極少，甚至於人家一見了便覺得可厭。我起初不知道他爲甚麼可厭到如此地步，後來纔明白他的毛病，全在不真二字。頂普通的，曾經拿了一個錢給叫化子，便說他是大慈善家；父母生病，曾經請個醫生看了一看，又親自煎了藥，便要稱他是孝子；鄉下人在路上打架，替他們勸解了，便說是魯仲連；家裏常有幾個朋友往來，間或住一宿、吃一頓飯，便要說是孟嘗君；諸如此類，說不勝說。因此家傳、墓志也都變爲無價值了。你看歸震川這篇文字，何等的真，雖然全篇所寫的都是家庭間不要緊的事，又不是只管說他母親怎樣怎樣好，却是他做的這一類文字至今爲人傳誦。而且拿新文學的眼光看來，仍是很有價值，真可說是好的作品了。也可見真好的作品，是有永久的價值，無論怎樣，總不消滅。雖然有時候人家不會賞鑒、埋沒了一時，但過了幾時，仍是要露出光明來的。

此外，他有名的作品還多，但是限於篇幅不能多舉了，我這第三節便算從此告終罷。

四、我的希望

我做這篇文章，我有三種希望，現在簡單的說說如下：（一）希望講新文學的人，能瞭解中國的小說界裏有這樣的作品。（二）希望講舊文學的人，能知道文學的好處，在一真字，不真便不好。（三）希望做小說的人，不要拿普通的小說做頂好的標準，要拿普通所認爲古文裏的小說，做頂好的標準。我所見到的如此，無妨寫出來和讀者討論討論。到底說得對不對，聽讀者評論便是了。

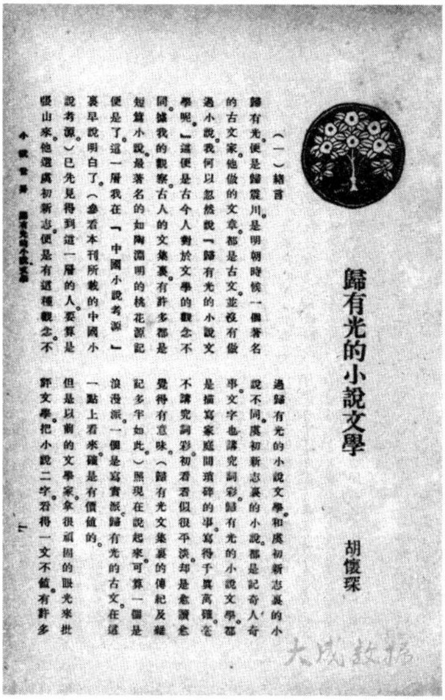

歸有光的小說文學　胡懷琛

（一）緒言

歸有光。便是歸震川。是明朝時候一個著名的古文家。他做的文章。都是古文。並沒有做過小說。我何以忽然說「歸有光的小說文學呢。」這便是古今人對於文學的觀念不同。據我的觀察。古人的文集裏。有許多都是短篇小說。最著名的如陶淵明的桃花源記便是了。這一層我在「中國小說考源」裏早說明白了。（參看本刊所載的中國小說考源。）已先見得到這一層的人。要算是張山來。他選虞初新志。便是有這種觀念。不過歸有光的小說文學。和虞初新志裏的小說不同。虞初新志裏的小說。都是記奇人奇事。文字也講究詞彩。歸有光的小說文學。都是描寫家庭間瑣碎的事。寫得千真萬確。並不講究詞彩。初看看似很平淡。却是愈讀愈覺得有意味。（歸有光文集裏的傳紀及雜記多半如此。）照現在說起來。可算一個是浪漫派。一個是寫實派。歸有光的古文。在這一點上看來。確是有價值的。

但是以前的文學家。拿很頑固的眼光來批評文學。把小說二字。看得一文不值。有許多

小說世界　歸有光的小說文學

評本刊九十五號中的兩篇小説話

P.P.生　撰

載於《婦女旬刊》一九二三年第九十九號。《婦女旬刊》，創刊於一九一七年六月，杭州婦女學社編輯。作者P.P.生，不詳。本文贊揚了徐碧波的《捉拿賞格》與天棲氏的《你懂得什麽》、《肺結核》等一些短篇小説，點到的都是描寫技術上的一些小問題，但較實在。

碧波氏我是向來認識他的，他的作品發現在著作界裏著實不少了，但是他喜歡用文言的，學著林門宗法，樸茂簡峭，很得神似。近來他也兼作白話小說了，像本刊中的《嫁後的消息》和《捉拿賞格》多是呢。講到那篇《捉拿賞格》的題名，簡直是想入非非，任使哪一個多要被這標題喚起注意心來。致内中的結構是一篇懲貪性質的作品，描寫財迷的人，很能入情入理，末後貶巡捕的勢利更是刻畫得入木三分。諸君們但看他『巡捕』、『先生』、『巡捕老爺』三種寶塔式的稱呼，已可表示他一種極不平的諷刺呢。

天棲氏據在下的眼光看來，的確是一個滑稽大家，他那《紅雜志》上的《矛盾詩》做得何等俏皮，不過他這篇《你懂得什麽》表面看是滑稽，骨子裏却含著循環的玄理，并且對於新舊思潮説來很是感慨不盡。在下到此細參起來，似乎他借著滑稽的幌子掩蔽他一腔説不出的傷心呢。因爲我又在《星報》裏看到他一篇《肺結核》的小説，寫小學教員清苦的形狀，簡直使人要掉下淚來。這樣一對照，加著在下神經過敏的猜度起來，那位天棲先生一定是個什麽執著教鞭的教育家了，倘然猜不中，也不過學著金君珏先生猜信口一般，説聲自討没趣罷了。

評本刊九十五號中的兩篇小説話

小説批評會

蔣春木　撰

載於《婦女旬刊》一九二三年第九十九號。作者蔣春木，曾在《申報》上參加『自由談話會』，在《最小報》、《快活》等上發表有《西方釋夢録》、《雙梅新婚記》等。所謂『小説批評會』，即組織大家向本雜志投稿，以對小説提出『真正之批評』。作者提出評判小説的基本原則是『第一須有感觸；第二須有經驗；第三須有暢遠灑脱之筆』，所以與做詩文一樣，『蓋窮而後工』，作者必須『讀書行路』。最後特別指出『做社會小説』，必須要有廣闊的眼光，不能僅『限於娼門之中』，這也就是李涵秋的長篇社會小説所以能得名的基本原因。

春木所發起之小説批評會，既蒙本刊披露，而閲者諸君之贊成與否，春木不敏，未能預知，但求諸君之惠然肯來，踴躍簽名，助成此趣味濃厚、言論無忌之組合，使春木獲多數之文字交，小説得真正之批評，則幸甚。

春木見於出版界之需要，貿然發起斯會，實則腹中空空，弄斧之誚，必不可免。所幸本刊同志對於小説一門，諒多研究，將伯助余，受賜實多。

春木對本會批評之程式以分爲（一）雜評；（二）短篇；（三）長篇，分（甲）以著作人之各小説評之；（乙）以各專刊單行本獨評之。現本會所以著手批評者，先爲第一類。

同志欲入本會者可將批評之稿同寄，不必先報名入會而後再寄批評件，其有先報名而後寄稿件者聽（便）。

做小説，第一須有感觸；第二須有經驗；第三須有暢遠灑脱之筆。蓋窮而後工，與吟詩相合，讀書行路，做文之途徑在焉。而做小説亦然，否則西湖中之白波點點，與坐馬車自閶門直至渭徑泉之妙文章，終爲兩大説家之話柄也。有感觸矣，有經驗矣，而筆不足以達之處，又豈能爲絶妙之小説哉！

做社會小説，何必限於娼門之中？此李涵秋先生之長篇社會小説所以得名也。

參與生產或獲得其結果的男子底地位日益增高了，生產方法的愈多，又從此而發生物典，男子就要支配這個產業，獲很大的利益，因之人各有其的特殊的個人利害，與從來系統的民族共產制度，就不相容了，於是女性的支配權，甚而從前的降上去，而使女性不但不能恢復他們從前的原狀，並且被男子征服了。

（未完）

小說批評會

路黎木

本大會發起之小說批評會，既從本刊徵稿，而同志讀者之贊成與否，尚未可知，未便預定。例如讀者之意見如何，[illegible]，如有高見熱誠發揮。[illegible]之規定，[illegible]，文字之[illegible]，小說作者之批評，[illegible]。

本大會的批評界之[illegible]，我們發起此會，實因現在小說[illegible]，現在本刊所載，對於小說一門，[illegible]。

本大會[illegible]：(一)[illegible]，(二)[illegible]，(三)[illegible]。分(甲)以著作人之各小說評之。

(乙)以各專刊發行本報評之。現本會所以着手批評者，先為第一類。

同志欲入本會者可將批評之稿附寄，不必先報名入會，俟批評寄批評件，其有先報名而後寄稿件者聽。

做小說，第一須有思想，第二須有經驗，第三須有優美靈妙之筆，[illegible]，與吟詩相合。故善作詩，[illegible]，而做小說亦然。[illegible]之妙文章，[illegible]兩大家之新創也，有成績矣，有能發奏，[illegible]不足以達之，[illegible]其絕妙之小說也。

[illegible]會小說，何必限於一門之中，[illegible]之[illegible]小說所以得名也。

評本刊九十五號中的兩篇小說話

[illegible]生

魯彼氏[illegible]向來[illegible]的作品發現在著作界[illegible]次數實不少，但是他就喜用文言的筆調[illegible]小說了[illegible]刊中的「[illegible]的消息」和「提取貨物」[illegible]

[illegible]一種極不中的[illegible]

[illegible]

紅霞小説家談屑

任夢癡　范菊高等　撰

載於《紅霞》一九二三年第一至第四期。《紅霞》，半月刊，一九二三年出版，初在吴江發行，後移至上海刊行。任夢癡編輯。在該小報上陸續發過一些短小的小説話，今匯録成一帙，以編者任夢癡所用的『小説家談屑』爲名。其中未具名的數則，恐也出自夢癡之手。夢癡，見本文范菊高《我友小傳（一）》提要。後爲新南社社員。其餘作者如范菊高，見一九二三年《小説評話》提要；王天恨，見一九二四年年《説海周旋録》提要；蔣吟秋，見一九二二年琴樓等撰《小説雜談》提要；吴門 P.P. 生，不詳。這些談屑，介紹了若干小説家的生平情況，如王天恨、姚賡夔等生年即可據此考證。其中蔣吟秋以不同的味道來評定不同作家作品的風韻也頗中肯。儘管早自鍾嶸就提出以「滋味」來品評詩歌，但實際以「滋味」來品評的實踐并不多，此可謂典型的一例。

社友小録　佚名

金君珏　姚賡夔　范煙橋　范菊高
程木公　戴夢鷗　馬鵑魂　烏一蝶
杜小濱　黄轉陶　周石泓　陳元品
孫忍誹　葛雲祺　儲寒柏　徐碧波
蘇重威　朱望渠　凌莘子　徐因時

（信手寫來不分先後）

（一九二三年年第一期《紅霞》）

我友列傳（一）　范菊高

王天恨

泰州人，年二十一，著有長篇多種，有刊於《新申報》者，有刊於《星期》者，有刊印單行本者。言情、偵探各據其半。文筆老練，情節曲折，誠我黨之健將也。患近視，與余有同病。性甚懶，然日能草數千餘言。去秋，星光照耀於吴天，余與賡夔發行《諍友》，始訂神交，未識荆州，悵何如之。

姚賡夔

蘇州人，年十九，所著小説未曾滿三千字者，愈短愈精，我常稱之爲枕緑第二也。有長篇曰《茶寮春秋》，描寫社會怪狀，入木三分，惜刊於蘇州小報中，未免埋没珠璣矣。字蹟娟秀似出閨中人手，與余編《諍友》，頗有聲。在校時輯紀念刊，以屏棄某君稿，懷怨於人，時相角訟。去年姚君投稿《青光》，爲李涵秋抱不平，某君竟化名舌劍，污言痛詆，小人之志吁可笑也。

徐碧波

蘇州人，著有《紅雨霏屑》都百數則，散刊各雜志報章。君對於各小説家最崇拜朱鴛雛，恒惋惜其天不永年，來信輒稱道朱君不置，竟有『小説家均必夭折之語』。噫！君殆瘋矣乎？朱君九原有知，當認爲知己矣。余與徐君於去秋訂交，今歲始把晤暢談，執事於江西某縣署云。

朱天石

宜興人，著有《情人語録》甚多，足與徐君頡頏，不意我黨中有兩個有情人也。所作理想派劇，頗受歡迎，聞將刊印單行本云。此種文字在我國著作界殆爲朱君所創建者乎！

任夢癡

宜興人，肄業於我鄉之中學，擅運動，所作小説皆含有深意。顧來函以紅墨水書，字殊娟秀。前日來蘇參觀省立運動會，余未之知，致不能一識芝顏。散會下一日，偶徜徉元妙觀中，見君方與姚君偕。惜天色已晚，未能暢談，亦恨事也。

（一九二三年第二期《紅霞》）

我友列傳（二）

范菊高

王受生

君對於小說頗有研究，著《說名閒話》評論小說之題目及與情節之關係，均甚中肯。所作小說雄魄有力。近年來於雜志中不多見其名，想無暇耕硯田矣。

金君珏

與王君爲同鄉，居淮安，作《別號說趣》，文筆流利，詼諧百出，披閱之下令人豔羡其多友不置。君不大作小說，組鶯鳴舊社，譽滿揚子江北。君師程善之，亦著作界老前輩也。

黃轉陶

蘇州人，昨日於吴苑話雨樓中得識其人，年約十七八，組《虎林旬刊》，已出數期，内容甚精美。君嗜瓜子，與余有同癖，惟君喜鹹炒，余喜水炒耳。

范佩萸

我之次兄也。年二十。與余互作《噴飯小録》，其有三百則之多。著《譯參》，半精蟹行文字，所作小說大都含有人種學。

（一九二三年第三期《紅霞》）

小說家號　吴陵王天恨

有一位小說家很怪突，就是徐卓呆。試問這兩字何所取義，我讀他那篇《神經過敏》小說纔始明白。原來他不得意時，常對着桌子獃獃地想，因而取名卓呆，真是匪夷所思。

小說家最幽雅的要算范煙橋，最妩媚的要算程小青，最穩重的要算許指嚴，最可憐的要算周瘦鵑，最博愛的要算施濟群，最老實的要算貢少芹，最撝謙的要算王鈍根，最怪突的就是我上面所說的徐卓呆了。（均就文義而言，是否副實不得而知。）

（一九二三年第四期《紅霞》）

小說家談屑　陽羨任夢癡

鳥中杜鵑爲天下愁種，以怨鳥聞。余崇拜之小說家曰瘦鵑，鵑以多啼而瘦，則其愁怨可知矣。

（一九二三年第四期《紅霞》）

五味與小説家

吴門蔣吟秋

讀包天笑的小説好比吃陳皮梅，甜津津的。
讀沈禹鐘的小説好比吃鮮檸檬，酸溜溜的。
讀徐枕亞的小説好比吃青橄欖，苦澀澀的。
讀向愷然的小説好比吃雪茄煙，辣蓬蓬的。
讀畢倚虹的小説好比吃燻青豆，鹹迷迷的。

（一九二三年第四期《紅霞》）

社友小録

佚名

姚賡夔	馬鵑魂	王天恨	金君珏
毛嘯岑	周石泓	范煙橋	黄轉陶
蘇重威	凌莘子	范菊高	陳玄品
烏一蝶	葛雲祺	潘祖賢	孫忍誹
戴夢鷗	程木公	儲寒柏	范佩萸
王熯威	徐碧波	徐因時	朱望渠

鄭逸梅　唐忍庵　張蝶影　張半泓
楊學信　殷士謨　夏育南　賀益智
詹慰康　王閔第　富鵬　陳福基
王振東　丁國禎　陳福保　程英武
錢養之　李石鶴　侯錫五　項激青
呂君豪

（一九二三年第四期《紅霞》）

聾子口中之小説家

吴門 P. P. 生

一個聾子問我道：『現在可以稱小説大家的有幾位？』

我便道：『馬二先生、程小青、林畏廬、徐枕亞、王鈍根、畢清波、周瘦鵑、施濟群、顧明道、包天笑、范煙橋、江紅蕉、徐大雄、沈禹鐘、惲鐵樵、趙苕狂、張舍我。』

他道：『怎麽你説「螞蟻仙生成小精靈，委伊在枕下，望外滾，變親婆，綯紗絹，試做裙，過明朝，包天笑，鈑面包，剛烘焦，魚大肉，筆與葱，葷素料，纔吃光，漲煞我」。這倒莫名其妙，還要請你先生解釋一下呢。』

（一九二三年第四期《紅霞》）

談談幾位小説家　范菊高

趙苕狂的確很狂，去年聖誕節我同煙橋、賡夔（小青也同行）到上海去和他吃酒。他和煙橋鬥吃，縱談小説、時事，真是名副其實。可惜我記憶力薄弱，不能把他狂言寫出來。

周瘦鵑眉毛頭髮都禿掉，所以不論夏冬總是戴帽子的。那天我們在先施公司的《樂園報》編輯部裏訪他，他正在拿着一隻毛筆蘸了紅墨水改稿。誰説他不用毛筆呢？

包天笑年已四十許了，沈家驤説他像南洋公司登在雜志上的某期廣告，很確。

江紅蕉年紀很輕，今年下半年要和新小説家葉紹鈞的妹子結婚了。

徐卓呆我不曾見面，理想猜測起來他的照會一定不滑稽，因爲程瞻廬、胡寄塵都是很像老實的。他的化名大約有一厚册。

程小青很是直爽，和趙苕狂可凑成一對，大家都是偵探小説家啊。

（這篇快要告終止了，還有一句話。小説家中可有嗜瓜子成癖的，請讀者告訴我，因爲我要拜他做師傅，菊高注。）

（一九二三年第四期《紅霞》）

小説家號

佚名

小説家喜歡用别號，别號最多當推紅蕉與卓呆。若言奇趣，卓呆突過紅蕉。芙孫極反對用别號，不過時常要借着夫人的芳名一用，枕緑亦然。獨鶴號子材，和他的大名楨相貫串的，這樣一本正經的號恐怕知道的很少呢。别號最膾炙人口的要算求幸福齋主人了，因爲他在作品上只署這别號和他的大名。李涵秋似乎没有别的號，如今他死了，可以説是從一而終呢。卓呆的大名是傅霖，一本正經的號是築巖，那麽卓呆原來是諧聲格，却巧卓而不群的獃，有半梅的意思。因此便成就他滑稽事業的好招牌。

倚虹在杭州的時候别號清波，人家都以爲他住在清波門了，那知却是住在涌金門。不過從前别號湖鷹，如今改稱淞鷹，便是移旆淞濱的商標。

（一九二三年第四期《紅霞》）

紅綴
星社半月刊（第四期）
病倩
紅綴光彩
小說家

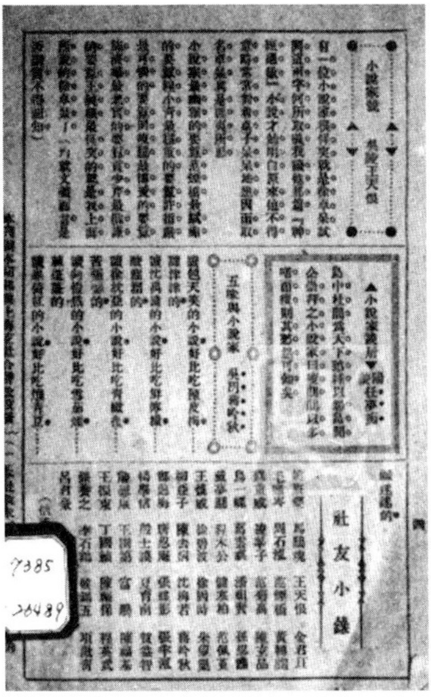
小說家說
五味與小說家
社友小錄

小說叢話

岳璋 撰

載於《浙江兵事雜志》一九二三年三月第一百〇七期。作者岳璋，曾在《浙江兵事雜志》上發表大量軍事論文與小說，幾乎每期一篇，故可能即是本刊編輯。在現存該雜志上，還可見他所寫的偵探小説《電光手槍》等七篇小説。從本篇《小説叢話》來看，作者曾閱讀過不少新舊小説。他雖然較多地關注偵探小説與豔情小説，然認爲學做小説，首重《紅樓夢》、《西廂記》、《水滸傳》、《三國志》、《聊齋志異》這幾部作品。因爲這幾部作品能將人物的性格刻畫得惟妙惟肖，且同時有教育意義，可作爲國文教科書讀。他還認爲，在舊小説中，凡金聖歎評定過的幾部「才子書」，文字有可取之處。在理論上無多新見，惟從接受的角度上云『吾人所喜讀的小説，與吾人的性情相近，所以那一種性格的人，即喜讀那一種小説』，爲前人所不常道。

做小説是一件難事；做艷情小説和偵探小説是一件更難的事。然而艷情小説只要體貼入微，以細膩的思想，便可寫出香艷的情節；若做偵探小説，則非博學多才的人難以執筆。

近見大名鼎鼎的小説家某述一少年寡婦上墳哭夫。寡婦哭夫的一篇詞句固是佳構，但是他的布景頗失檢點。他所述的大旨道，旁觀少年頭上的雨水滴下來，衣服都濕透了；寡婦面上的淚和雨，也分辨不清了。諸位想想，此時的雨勢怎麽樣？然而他繼續説道，紙灰飛來，目爲之迷。諸位再想想，在雨天燒紙，只有狂風初雨時，雨水的重量尚不敵風力，那時還可以飛揚得起。若到額上有雨水滴下來的時候，紙灰還能飛作白蝴蝶麽？

現主滬上某報筆政的大小説家某，他替某某洋行做的廣告小册子，大旨説一個婦人被夫因皮膚粗糙見棄，途遇一人贈他某某化妝品，説到此裏就結束了。我説何不説遇人贈某種化妝品後，此婦人試用若干時日，居然轉醜爲妍？當時我曾去函質問，可惜他未曾給我一個滿意的答復。

俞某和某合做某黨偵探小説，結構尚佳，可惜他離奇過分。而且寫偵探則機變如神，寫黨魁則形同傀儡，如此寫法，我實在不敢恭維。

做偵探小說，文法要寫得忽縱忽擒，若即若離，使讀者揣摩不着。其中情節固要離奇，然不可怪誕不經，對手方不可寫得懦弱無能。須如着棋然，你一着來我一着去，方見佳處。若預定一個局勢，偏重偵探一方面，只怕寫偵探不出色，便竭力鋪張，一氣吐出，毫無波折，便非佳作。

做艷情小說，要案頭焚香；做偵探小說，要多飲佳釀。做偵探小說要膽大，做艷情小說要心細。

學做小說，要多讀《金玉緣》、《西廂記》、《水滸傳》、《三國志》、《聊齋志異》。這幾部書的好處在寫一個人，換一種筆，所以什麼人，什麼身份，什麼口吻，惟妙惟肖。且這幾部書，還可當作國文教科書讀。

《野叟曝言》也算是一部極長的小說，書中人物上中下三等行行俱全，論陳壽《三國志》一段，尤爲中肯。然而算不得一部佳作，爲什麼呢？因爲他的壞處，就是筆到絶地無法回轉時，便請出一個菩薩來解圍。有人說此書下半部不是作者親筆，似乎可信。

好的小說可以驅逐睡魔，但近來的新小說有此魔力的很少。

舊小說中，除去幾部金聖歎評定的才子書還有文字可取外，如《雙鳳飛》、《粉妝樓》、《芙蓉洞》、《三笑》、《八美圖》、《九美圖》、《九松亭》之類，現在看得好比是糟粕，此是現代讀書人知識漸高的原故。所以《笑林廣記》今人讀之，也不致大笑。

誨淫的小說，如《金瓶梅》、《肉蒲團》、《杏花天》、《九尾龜》之類，誤人子弟不少，作者真要永遠淪入阿鼻地獄。

施耐庵若生在現世紀，恐怕社會黨裏要請他去做領袖呢。

喜讀《三國志》、《列國志》的人，必定多機變。

《七俠五義》一類書，確是當時的社會照相片。

《征東》、《征西全傳》、《楊家將全傳》、《岳傳》等書，能寫出當時尚武精神。

《西遊記》裏面的山川事迹雖然是虚構，然閉目静思，在未開化時代却有此種境界。

《封神傳》及其他忠孝節義的舊小説，有功於舊社會不潛。

《白蛇傳》是一部苦情小説。

最簡潔的短篇小説，要推《聊齋志異》爲第一。《今古奇觀》的文字也不弱。

《彭公案》、《施公案》一類書，也算是舊小説中的偵探小説。

《桃花扇》、《琵琶記》、《西厢記》一類書，俗人不會讀，也不喜讀。

近有人用新式標點加在《水滸》、《儒林外史》裏，這兩部書的文字原來很暢達，何必多此一舉呢？

《官場現形記》是寫實派小説的鼻祖。

新小説中我最喜讀的是《福爾摩斯偵探案》和《鮑亦登偵探案》。

近時典喬堂皇旖旎香艷的小説文字，要算《玉梨魂》第一。

近時周刊旬刊的小説，《禮拜六》、《星期》、《半月》、《小語周報》、《快活雜志》、《紅雜志》等，名目繁多。我所看見的，還是《禮拜六》裏面有幾篇佳作。

寫實派小說，如《黑幕大觀》之類，寫得痛快淋灕，煞是好看。然而攻發人家隱私，道德上實在説不過去。

滬上新流行的婦女著作品，十九是冒牌。恐怕他們西瓜大的字還識不滿一兩挑，就在那裏做小説了。

有許多筆記小説，如《小説大觀》之類，令人讀之毫無興味。吾人所喜讀的小説，與吾人的性情相近，所以那一種性格的人，即喜歡讀那一種小説。

我這幾段《小説叢話》，也是一知半解的説話，諸位不要見笑。

兵事雜誌

第一百零七期

十二年三月出版

本期要目

科學的軍備與將來戰爭

最新步兵教育

射擊學之數理研究

戰術問題答解

戰術圖例說明

世界大戰史

法國步兵暫行操典

步兵新常識

The Military Magazine.

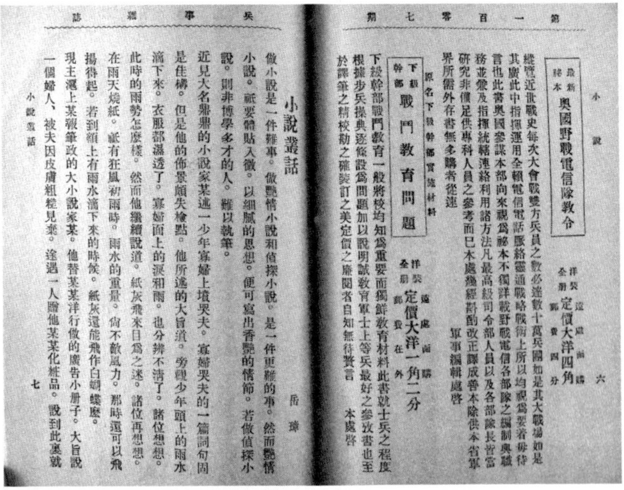

第一百零七期

小說　六

最新譯本 奧國野戰電信隊教令

洋裝全册 定價大洋四角 郵費四分 這這面購

總覽近世戰史每次大會戰雙方兵員之數必達數十萬兵團如是其大戰場如是其廣此中指揮運用全賴電信電話聯絡靈通戰略戰術上所以均視爲要着毋待言也此書奧國參謀本部向來視爲祕本不獨詳載野戰電信各部隊之編制與職務並衆及指揮統轄連絡利用諸方法凡最高級司令部人員以及各部隊長皆當研究非僅足供專科人員之參考而已本處幾經斟酌改正譯成晉本除供本省軍界所需外存書無多購者從速

軍事編輯處啓

原名下級幹部實施材料

下級幹部 戰鬥教育問題

洋裝全册 定價大洋一角二分 郵費在外 遠處函購

下級幹部戰鬥教育一般將校均知爲重要而獨鮮教育材料此書就士兵之程度根據步兵操典逐條設爲問題加以說明誠教育軍士上等兵最好之參攷書也至於譯筆之精校勘之確裝訂之美定價之廉閱者自知無待贅言

本處啓

兵事雜誌

小說叢話

岳璋

做小說是一件難事。做艷情小說和偵探小說。是一件更難的事。然而艷情小說。祇要體貼入微。以細膩的思想。便可寫出香艷的情節。若做偵探小說。則非博學多才的人。難以執筆。

近見大名鼎鼎的小說家某述一少年寡婦上墳哭夫。寡婦哭夫的一篇詞句固是佳構。但是他的佈景頗失檢點。他所述的大旨道。旁觀少年頭上的雨水滴下來。衣服都濕透了。寡婦面上的淚和雨。也分辨不清了。諸位想想。此時的雨勢怎麽樣。然而他繼續說道。紙灰飛來目爲之迷。諸位再想想。在雨天燒紙。祇有狂風初雨時。雨水的重量。尙不敵風力。那時還可以飛揚得起。若到額上有雨水滴下來的時候。紙灰還能飛作白蝴蝶麽。

現主滬上某報筆政的大小說家某。他替某某洋行做的廣告小册子。大旨說一個婦人、被夫因皮膚粗糙見棄。逢遇一人贈他某某化粧品。說到此裏就

小說叢話　七

林黛玉葬花詩考證

胡懷琛 撰

連載於《申報·自由談》一九二三年三月二十至二十四日。作者胡懷琛，見一九一九年胡季人《小說管見》提要。本文在西諦《葬花詞》一文的基礎上，進一步指出《薤露歌》及岑參的《韋員外家花樹歌》、施肩吾的《折楊柳》、袁子才的《祭妹文》等詩文與《葬花詩》也有若干的相近之處。

《紅樓夢》上的林黛玉《葬花詩》，做得很好。近日有人説這首詩的意思，在明朝唐六如早有過了，引了唐六如的《花下酌酒歌》和《葬花詩》相對證，説是曹雪芹這詩是受了唐六如的影響。後來又有人説這首詩的意思在唐朝劉希夷已早有過了，引了劉希夷的《代悲白頭翁》和《花下酌酒歌》相對證，説唐六如是受了劉希夷的影響。

我聽了他們兩人的話，覺得都不錯。但是我以爲將這個意思拿來做詩的人很多，固然不是曹雪芹一人獨倡的，然也不止唐六如、劉希夷二人做過。在劉希夷以前有漢樂府裏的《薤露歌》，大概就是這個意思，不過措詞大不相同罷了。在劉希夷以後，唐六如以前，岑參也有這樣的一首詩，施肩吾也有差不多的一首詩。現在先將劉、唐、曹三首詩照録在下面，以資比較，然後説我的話。

代悲白頭翁

劉希夷

洛陽城東桃李花，飛來飛去落誰家？洛陽女兒好顔色，坐見落花長歎息。今年花落顔色改，明年花開復誰在？已見松柏摧爲薪，更聞桑田變成海。古人無復洛城東，今人還對落花風。年年歲歲花相似，歲歲年年人不同。寄言全盛紅顔子，應憐半死白頭翁。此翁白頭真可憐，伊昔紅顔美少年。公子王孫芳樹下，清歌妙舞落花前。光禄池臺開錦繡，將軍樓閣畫神仙。一朝卧病無相識，三春尋樂在誰邊？宛轉蛾眉能幾時？須臾鶴髮亂如絲。但看古來歌舞地，惟有黄昏鳥雀悲。

花下酌酒歌

唐寅

九十春光一擲梭，花前酌酒唱高歌。枝上花開能幾日，世上人生能幾何？昨朝花勝今朝好，今朝花落成秋草。花前人是去年身，去年來比今年老。今日花開又一枝，明日來看知是誰？明年今日花開否，今日明年誰得知？天時不測多風雨，人事難量多齟齬。天時人事兩不齊，莫把春光付流水。好花難種不長開，少年易老不重來。人生不向花前醉，花笑人生也是獃。

葬花詩

花謝花飛花滿天，紅消香斷有誰憐？遊絲軟繫飄風榭，落絮輕沾撲繡簾。閨中女兒惜春暮，愁緒滿懷無釋處。手把花鋤出繡簾，忍踏落花來復去。柳絲榆莢自芳菲，不管桃飄與李飛。桃李明年能再發，明年閨中知有誰？三月香巢已壘成，梁間燕子太無情。明年花發雖可啄，却不料人去梁空巢亦傾。一年三百六十日，風刀霜劍嚴相逼。明媚鮮妍能幾時？一朝飄泊難尋覓。花開易見落難尋，階前悶殺葬花人。獨把花鋤淚暗灑，灑上空枝見血痕。杜鵑無語正黄昏，荷鋤歸去掩重門。青燈照壁人初睡，冷雨敲窗被未温。怪儂底事倍傷神，半爲憐春半惱春。憐春忽至惱忽去，至又無言去不聞。昨宵庭外悲歌發，知是花魂與鳥魂。花魂鳥魂總難留，鳥自無言花自羞。願儂脅下生雙翼，隨花飛到天盡頭。天盡頭，何處有香丘？未若錦囊收豔骨，一抔净土掩風流。質本潔來還潔去，强於污淖陷渠溝。爾今死去儂收葬，未卜儂身何日喪。儂今葬花人笑癡，他年葬儂知是誰？試看春殘花漸落，便是紅顏老死時。一朝春盡紅顏老，花落人亡兩不知。

我按上面三首詩，全體未必相同，不過一小部分相同罷了。今將相同的小部分摘在下面：

今年花落顏色改，明年花開復誰在？……年年歲歲花相似，歲歲年年人不同。（劉詩）

昨朝花勝今朝好，今朝花落成秋草。花前人似去年身，去年人比今年老。今日花開又一枝，明日來者知是誰？明年今日花開否，今日明年誰得知？（唐詩）

桃李明年能再發，明年閨中知有誰？（《葬花詩》）

這一部分可算是三詩相同的，所以某某兩君有遞相因襲的話。然我以爲《葬花詩》裏的『桃李明年能再發，明年閨中知有誰』二句，實在是和《薤露歌》一樣，《薤露歌》云：

薤上露，何易晞？露晞明朝更復落，人死一去何時歸？

不過一則對於花而興感，一則對於露而興感，表面微有不同，實質可云無二。倘然云：

枝上花，何易稀？ 花落明年更復發，人死一去何時歸？

那便完全和《葬花詩》相同了。

除了《薤露歌》以外，再有岑參、施肩吾的詩，都是一樣的思想，現在照抄在下面：

韋員外家花樹歌　　岑參

今年花似去年好，去年人到今年老。始知人老不如花，可惜落花君莫掃。（下略）

折楊柳　　施肩吾

傷見路旁楊柳春，一枝折盡一重新。今年還折去年處，不送去年離別人。

我以爲這樣的思想，可以説是偶然相同，不能説有意因襲也。不能説後人受了前人的影響，如説受影響，那是家家都受了《薤露歌》的影響。

再者《葬花詩》裏有兩句云：

一年三百六十日，風刀霜劍嚴相逼。

唐六如另有一首詩題爲《一年歌》，起頭四句云：

一年三百六十日，春夏秋冬各九十。冬寒夏熱最難當，寒則如刀熱如炙。

兩詩看起來很相像（一年三百六十日），竟一字不易，尤像因襲。然我以爲此七字乃是成語，人人會説的，似乎不能以此指爲因襲。

又如《葬花詩》末段數句，很與袁子才《祭妹文》相像。或者袁子才是受了《紅樓夢》的影響麼？現在將他相同的地方證明如下：

爾今死去儂收葬，未卜儂身何日喪。儂今葬花人笑癡，他年葬儂知是誰？（《葬花詩》）

汝死我葬，我死誰埋？汝倘有靈，可能告我？（袁子才《祭妹文》）

以上關於《葬花詩》的話説完了。再附考劉希夷的詩。劉希夷這首詩又作宋之問的詩，《全唐詩》中前後兩見，全詩皆同，不過題目不同罷了。又《全唐詩》賈曾的詩裏也有一首完全是截取劉希夷的詩而成的。其全詩如下：

洛陽城東桃李花，飛來飛去落誰家？幽閨女兒愛顏色，坐見落花長歎息。今歲花開君不待，明年花開誰復在？故人不共洛陽東，今來空對落花風。年年歲歲花相似，歲歲年年人不同。

劉希夷、宋之問、賈曾三人都生在差不多的時候，《全唐詩》上雖注明了，説道：或云宋之問奪取劉希夷的詩。然賈曾的詩又何自而來？是賈曾截取劉希夷的詩麼，還是劉希夷延長了賈曾的詩呢？這真不可考了。

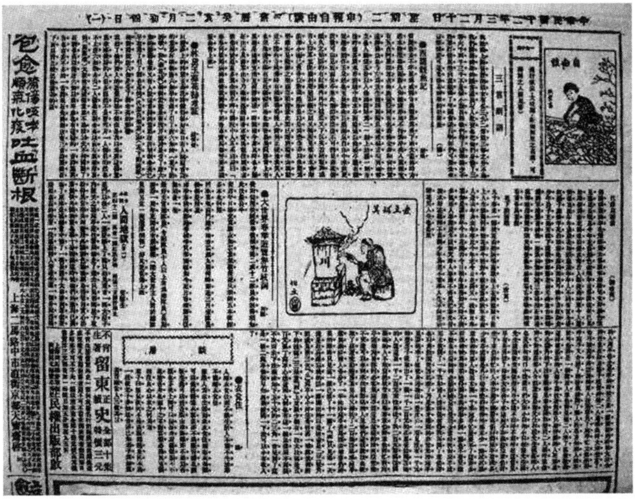

小說世界閒評

呂君豪　撰

載於《餘光》一九二三年第四期。作者呂君豪，曾爲《春》雜志編輯，在《晨光》、《餘光》、《吴江》、《新黎里》等雜志上發表了不少詩話、小説與雜文。本文點評了《民衆文學》第二期、第四期上的一些小説，只是一些感想而已。

第二期胡寄塵的《文王課的代價》，滑稽中含有深意，不是泛泛落筆的。畢倚虹的《獄吏生涯》，把獄吏黑幕和盤託出，確有價值。

芙孫的《橋上》，形容畢肖。我讀了，腦海中至今還深深的刻着一個印象。

舍我的《死的哲學》，非常雋永，確是一篇哲理的作品。

第四期卓呆的《古代奇病》，淳於詼諧，風生四座。

勁風的《深閨夢裏》，是一篇非戰小說，很是沉痛。讀之淚下。（編者曰：余亦淚下。）

勁風的《一個靈魂的價值》，也十分深刻。

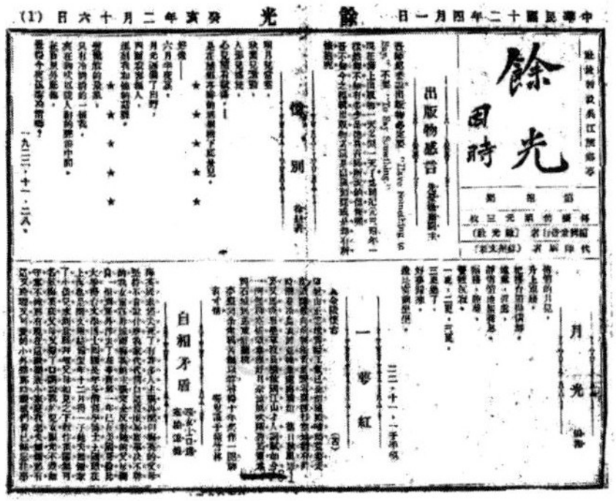
中華民國十二年四月一日 餘光 癸亥年二月十六日 (1)

餘光

出版物感言

別

月光

一夢紅

自相矛盾

著作家的化名表

王錦南　撰

載於《遊戲世界》一九二三年第二十期。作者王錦南，見一九二二年《小説家别傳》提要。本文羅列了五十一個作家的『化名』，然未揭謎底。

性情瀟灑的文人，大概都有幾個化名，什麽作用，我却不能一概斷定。有絶不承認這化名是自己的，也有事後來追認的，有説化名就是别號的，也有説化名與别號完全不相同的。總之，報章和雜志愈多，文人的化名也就層出不窮。稍一留心，便可得化名無數。我曾列了一張化名表，雖没有網羅完全，却已蔚然可觀。如今把來送登在這本《遊戲世界》裏，以便諸位主人翁自去認領，其有雖屬化名已經公布了的，自不在此表範圍以内。或表内所刊之名，原主認爲并非化名者，一經函知當爲公布，倘承稿件交易所中諸位經紀人先生，就本表所刊姓名，一一指示其主人翁之真名姓，俾償夙願，尤所忻盼。

計開：

賣油郎，落華生，鄉愚晚，鄉再晚，西湖人，珍重閣，窟中人，申頭愕，阿木林，漏舟人，老嫖客，詩祖宗，小蘇州，坦腹客，一看客，頂門針。

一笑，乙乙，夭夭，採採，英英，鳥鳥，翩翩，黽黽，阿吹，阿彌，阿一，小少，小飛，青華，紅燕，老飛，老宗，老耶，老匏，諦觀，照妖，獃子，無虛，五郎，乃公，濁流，半虛，叔是，火炭，文丐，妙英，微雨，半塘，天亶，嵩聲。

以上未完，歡迎續作。

游戲世界之游戲性

著作家的化名表

王鈍甯

性情瀟灑的文人，大概都有幾個化名，什麼作用，我却不能一概斷定。有絕不承認這化名是自己的，也有身後來追認的；有說化名就是別號的，也有說化名與別號完全不相同的。總之，報章和雜誌愈多，文人的化名也就層出不窮，稍一留心，便可得化名無數。我曾列了一張化名表，雖沒有網羅完全，却已蔚然可觀。如今把來送登在這本游戲世界裏，以便諸位主人翁自去認領。其有雖屬化名，已經公佈了的，自不在此表範圍以內。或表內所列之名，原主認爲並非化名者，一經函知，當爲公佈。倘承稿件交易所中諸位經紀人先生就本表所列姓名，一一指示其主人翁之眞名姓，俾償夙願，尤所忻盼。

著作家的化名表

讀小說者的心理一斑

無涯 撰

載於《遊戲世界》一九二三年第二十期。作者無涯，即駱無涯，紹興人，別署無涯室主人、靈蘭、碌碌、荒唐生等，曾主筆《越州公報》、《天韻》、《荒唐世界》、《電影畫報》等，并任大東書局編輯。主要作品有《如此上海》、《荒唐夢》等。本文談了一些閱讀心理的問題，可惜没有深入地加以總結。

一本雜志到手，必先看題目和作者名字。題目既好，作者名字又熟，自然先看。次之，作者名字熟而題目不好，或者名字不熟而題目却好，就放在後看。如題目既無可取，而作者名字又不熟，那就好比没有這篇小説了。然而，還有指望：一種是在舟車中的時候，作者名字熟，題目好的小説都看光了，就少不得也看他一看；一種是悶得慌的時候，隨手翻開來，或者就輪到他。

名字不熟，題目不好的小説，除非確有過人之處，總難得終篇。

看大部偵探小説，看到一半就要翻到末幾頁，去看一看到底什麽結果。也有一半人看到一半頭上，却先掩卷猜一猜結果再看下去。

看長篇社會小説，明明曉得情節平淡得緊，又是肚裏所曉得的，但是總要看完了方肯甘休。

看長篇社會小説，往往歡喜猜想書中人物是影射什麽人，但是猜着以後，又不覺得什麽有趣了。

諸君看到《世界談話會》，看見了我這篇題目，必定要想看完，然而，看完了却也不覺得什麽了。

世界談話會

讀小說者的心理一斑　無涯

一本雜誌到手必先看題目和作者名字題目既好作者名字又熟自然先看次之作者名字熟而題目不好或作者名字不熟而題目却好就放在後看如題目既無可取而作者名字又不熟那就好比沒有這篇小說了然而還有指望一種是在舟車中的時候作者名字熟題目好的小說都看光了就少不得也看他一看一種是悶得慌的時候隨手翻開來或者就輪到他

名字不熟題目不好的小說除非確有過人之處總難得終篇

看大部偵探小說看到一半就要翻到末幾頁去看一看到底什麼結果也有一半人看到一半頭上却先掩卷猜一猜結果再看下去

看長篇社會小說明明曉得情節平淡得緊又是肚裏所曉得的但是總要看完了方肯罷休

看長篇社會小說往往歡喜猜想書中人物是影射什麼人但是猜着以後又不覺得什麼有

讀小說者的心理一斑　一

小説觀賞上應注意之要點

卓呆 撰

載於《遊戲世界》一九二三年第二十一期。作者卓呆，見一九二三年《小説無題録》提要。作者認爲觀賞小説要注意將生活中的『模岱爾』（模特兒）與小説分開，『既經成了小説，就與實際的事件及人物完全是另一東西了。小説是單獨的，自成一個世界』。其次，對於新小説同樣要關注勸善懲惡。『舊小説的勸善懲惡是世間道德的常套，新小説的勸善懲惡是注目在世間道德的進步改良上的。』同時，作者認爲，『只是重議論的小説，斷不能稱好小説』，『小説無論怎麽樣，非有趣不可』。當然，趣有好趣與惡趣之辨，『好的小説，是把好的趣味教給人』。最後，還要注意小説的真實性問題，不是説小説與『模岱爾』非常吻合，便是好小說，要能夠辨別作者是否真能捉到『實在』後在那裏描寫。這些都接觸到了鑑賞文學的一些基本的問題。

一

我們所做的小說，即普通稱爲創作的小說，應當怎麼樣的觀賞他呢，這一個問題常常遇到的，現在且來談談。

但是老實説，這個問題是一個很難的問題。爲什麼呢？你説『要怎麼怎麼的注意』，那在不明小説好歹的人，因此就成了一種偏見。在明白小説的人，又因著這要點，太容易成爲概念，也難贊同了。其實在多數情形，往往小説的觀賞法，倒很難明白，那小説的好歹竟還是不懂的，但是真的小説觀賞法，那小説的氣味和氣氛，换一句説就是嘗那裏頭詩的滋味之微妙感覺與感情，讀者非先有了此物不可啊。做小説的人自然要有這天分，讀小説的人也須有這天分，所以無論如何偉大的人物，不合他那性格的時候，雖别的小説很能明白，往往會單單這一篇小説不能明白的。但是真的好批評家，那是無論什麼香氣的小説，他一嗅便知道。這種能力不外乎他的天分了。因着有這種原因，所以决不能一一説『要怎麽怎麽的注意』了。真要曉得小説的好歹，那一定要比我現在所記的，更須深深研究纔是。我現在所記，真不過是一種最初的門徑，是對於一班文學界以外的人時常詢問着的回答罷了。

二

最容易被人問的是『你那小説中的事情是真的麽』，從這一層看來，可見他們對於『模岱爾』問題很有興味。把那些人的説話一聽，竟是『模岱爾』事件的批評，與這小説的批評混在一起的，然而這明明是誤謬。

無論用着何種『模岱爾』，既經成了小説，就與實際的事件及人物完全是另一東西了。小説是單獨的，自成一個世界，因此對他的批評，非在這一個世界内下批評不可啊。

還有談那勸善懲惡的咧，從前的小説和戲劇，都不可不用勸善懲惡的，那麽現在的小説怎樣呢？現在因爲有人以爲小説中没有這件事，便時時有意外的非難了。實際上，現在的小説當真没有麽？不然。現在的小説決非没有勸善懲惡，不過與從前與那些攻擊的人，那善惡的内容變動得多了。并且還有一層，這辦法又不同咧。古時的勸善懲惡，就在那小説或戲劇的事件中明明白白實現着，現在的小説雖不一定如此，事實上也很有叫人避惡就善等意思。

那善惡的内容，有變動一語，不妨來説明一下。這些攻擊者的善惡觀念，差不多被世間常識的道德束縛着我們。現在的小說不一定與世間道德相一致，這是從作者實感上生出來的作者理性的主張。那些通俗小說，那是善惡便是一般常識的善惡，在新的小說對於這善惡是經過作者批評的。舊小說的勸善懲惡是世間道德的常套，新小說的勸善懲惡是注目在世間道德的進步改良上的。

三

上段我單單論着道德與小說，這麽一看，人家不是要以爲小說這件東西是件很難的事情了麽？這是誤解了。小說之道決不是單單這麽艱苦的，不然小說一物雖成立在艱苦的道德批評上，在讀的時候要使人覺得有艱苦之感的，到底不是好小說，只是重議論的小說，斷不能稱好小說。

小說無論怎麽樣，非有趣不可。那麽怎麽樣纔有趣呢？就是有趣了，這有趣之中，還有好趣與惡趣。好的小說，是把好的趣味教給人，教人下劣趣味的小說便不是好小說。然而下劣趣味的小說，也不能稱惡小說，問題就在否定他與不否定他了。

四

那麽小說單單是道德的、把人改善的麽？不對的，這種事情却是有的決不止此。拿美來教人，把人類生活上造成很有餘裕，道德譬如像飯，那麼小説是菜肴了。菜肴滋味不佳，雖不會立刻受窘，不過只是吃着滋味不佳的菜肴，此人就要瘦得没有精力。不懂好小説（這裏與其稱小説不如稱藝術）的人，與只會講道德的教育家，不能當真造成生活有餘裕的人啊。菜肴務求多吃滋味好的東西，所以好的小説在道德以外，一定有詩的趣味，不可不細細辨别啊。

把人改善，那是道德比着法律更是積極的東西。但是小説中（他種藝術同）詩的趣味，比着道德更能積極的將人改善啊。

非注意在這一層不可，萬不可因着没有道德的主張，就説壞這小説的。

五

以上僅舉其大概，可是還有一句話漏掉了，且來補述一下，上面不是説過『模岱爾』與小説是各歸各的麼，并不是與『模岱爾』非常吻合，便是好小説。還有一層，不過又是另一問題，讀者讀這種小説時，第一要能够辨别是作者真能捉到實在在那裏描寫，還是任意在那裏加鹽加醬的胡説，若能如此，便成了一個適當的批評家了。

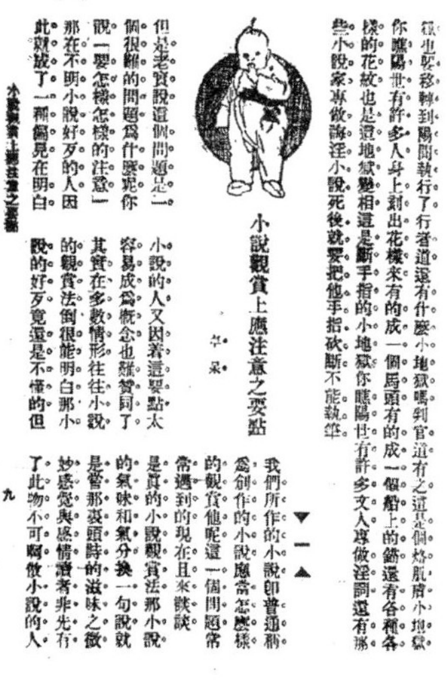
樣也要移轉到陽間執行了行者道還有什麼小地獄嗎判官道有之這是個烙肌膚小地獄你瞧陽世有許多人身上刻出花樣來有的成一個馬頭有的成一個船上的錨還有各種各樣的花紋也是這地獄變相這是斷手指的小地獄你瞧陽世有許多文人專做淫詞還有那些小說家專做誨淫小說死後就要把他手指砍斷不能執笔

小說觀賞上應注意之要點

▼一▲

我們所作的小說即普通稱爲創作的小說應當怎麼樣的觀賞他呢這一個問題常常遇到的現在且來談談是真的小說觀賞法那小說的氣味和氣分換一句說就是管那裏頭時的滋味之微妙感覺與感情讀者非先有了此物不可啊做小說的人

小說的人又因着這要點太容易成爲概念也就贊同了其實在多數情形往往小說的觀賞法倒很能明白那小說的好歹竟還是不懂的但

但是老實說這個問題是一個很難的問題爲什麼呢你說一要怎樣怎樣的注意」那在不明小說好歹的人因此就成了一種偏見在明白

小說觀賞上應注意之要點　九

小說家姓名別號表補

鄭逸梅 撰

載於《遊戲世界》一九二三年四月第二十二期。作者鄭逸梅，見一九一九年《小說瑣談》提要。本文繼《遊戲世界》第十六期王錦南的《小說家姓名別號表》後，補充四十八位小說家的别號，計有：袁寒雲、張丹斧、徐枕亞、吴雙熱、李涵秋、王瀛洲、許指嚴、李定夷、江紅蕉、范君博、徐天嘯、吴綺緣、張枕綠、趙眠雲、范煙橋、朱楓隱、鄭正秋、顧明道、王大覺、孫臞蝯、俞牖雲、朱天目、鄧鈍鐵、俞天憤、唐忍庵、朱天石、戚飯牛、周由廑、張引平、蔣著超、尤玄甫、吴東園、王均卿、姚民哀、平襟霞、陸澹廠、沈禹鐘、許瘦蝶、印味岑、姜可生、華吟水、陳倦鶴、何海鳴、包獨醒、汪卒公、吴靈園、張冥飛、龐獨笑。這些名號，有的是在原列的名號中加以增補，也有不少是新增的名號，其中相當一些小說家今人已不太熟悉了。

《游戲世界》第十六期，王錦南造了《小說家姓名別號表》，有趣極了，不過尚有遺漏的地方，待我把他補出來，也是隨手寫來，不分先後的。

袁寒雲　龜盦主人
張丹斧　後樂笑翁　無厄道人
徐枕亞　覺　枕霞閣主　眉子　子玖　跨美
吳雙熱　恤　漢魂
李涵秋　閣主　沁香
王瀛洲　蒨士
許指嚴　蘭陵王　子年　志毅
李定夷　定彝
江紅蕉　鑄　雪芳　翩翩
范君博　汜　子寬　春風少年

徐天嘯　秋魂室主　青陵一蝶
吴綺緣　卹　儷渠室主
張枕緑　鳳
趙眠雲　紹昌　復初　斐庵　怡紅院　再世濁玉
范煙橋　鏞　蘇僑　味韶
朱楓隱　迪生　滌心　䱐漁
鄭正秋　藥風
顧明道　景程　正誼齋主
王大覺　德鍾　神州酒帝
孫臞蝯　老孫　花果山人
俞牖雲　藏園　悟我軒主　花佛生
朱天目　不死先生
鄧鈍鐵　一龕主人
俞天憤　綵生
唐忍庵　奇　惹雲
朱天石　鵝湖生

戚飯牛　牛伯伯

周由廑　之棟

張引平　崖松

蔣著超　子旌　蔽廬主人

尤玄甫　翔　黑子

吴東園　承烜

王均卿　新舊廢物

姚民哀　肖堯　小妖　老匏　天亶

平襟霞　衿瑕閣主

陸澹廠　瓊華館主

沈禹鐘　德鏞

許瘦蝶　太和

印味岑　水心　鸞章

姜可生　杏癡

華吟水　祖沐　滄浪孺子

陳倦鶴　匪石

何海鳴　阿福
包獨醒　挹雲
汪率公　品人
吴靈園　人麟
張冥飛　濤
龐獨笑　樹松

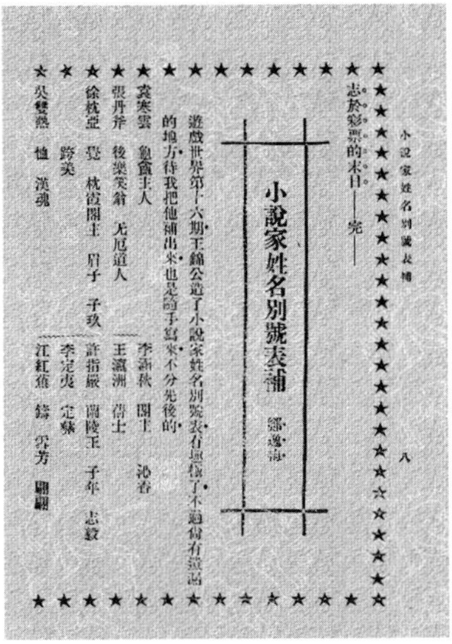

志於彩票的末日——完——

小說家姓名別號表補　鄒邈海

遊戲世界第十六期王鎔公造了小說家姓名別號表·有些漏了·不過尚有遺漏的地方·待我把他補出來·也是隨手寫來·不分先後的·

龔寒雲　龜齋主人
張丹斧　後樂笑翁　无厄道人
徐枕亞　覺　枕霞閣主　眉子　子玖　跨美
吳雙熱　恤　漢魂
李涵秋　闌王　沁香
王瀛洲　蒔士
許指嚴　蘭陵王　子年　志毅
李定夷　定彝
江紅蕉　鑄　霽芳　[illegible]

兩部《廣陵潮》

報癖 撰

載於《遊戲世界》一九二三年第二十三期。作者報癖，見一九〇六年新庵等《説小説》介紹。本文介紹了大家熟知的李涵秋的《廣陵潮》之外，貢少芹也有過一部《廣陵潮》，而且兩位作家都是江都人，先登載在漢口的報紙然後纔印單行本，又同把版權賣給震亞社。

現今文學界中誰不知社會小説《廣陵潮》，是李涵秋先生的結構嗎？可是列位們只知其一，不知其二。原來貢少芹先生也曾著過一部《廣陵潮》呢，要明真相，待我説來。

《過渡鏡》與《廣陵潮》，涵秋著的，在漢口《公論報》登了好久，原名本叫做《過渡鏡》，直到震亞社印單行本的時候，纔改做《廣陵潮》呢。

《廣陵潮》與《蠢衆生》，少芹著的，曾經登過漢口的《中西報》，後來又改印單頁，隨報附送，因爲和涵秋的書名雷同，所以換上個《蠢衆生》的名詞，却也把版權賣給震亞社了。

哈哈，這個《廣陵潮》的名兒，偏一先一後的發現，兩位著作家又都是江都人，又一般預登過漢口的報紙纔印單行，又同把版權賣給震亞社了，這樣看來豈不是奇而又奇，無獨有偶麽？

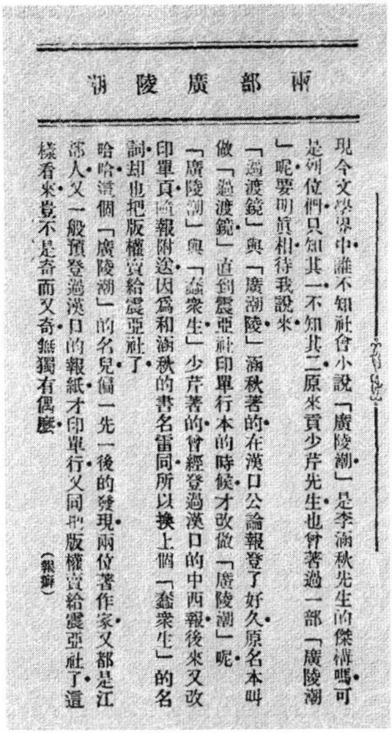
兩部廣陵潮

現今文學界中•誰不知社會小說「廣陵潮•」是李涵秋先生的傑構嗎•可是列位們只知其一•不知其二•原來貢少芹先生也曾著過一部「廣陵潮」呢•要明眞相•待我說來•

「過渡鏡」與「廣潮陵•」涵秋著的•在漢口公論報登了好久•原名本叫做「過渡鏡•」直到震亞社印單行本的時候•才改做「廣陵潮」呢•

「廣陵潮」與「蠢衆生•」少芹著的•曾經登過漢口的中西報•後來又改印單頁•隨報附送•因爲和涵秋的書名雷同•所以換上個「蠢衆生」的名詞•却也把版權賣給震亞社了•

哈哈•這個「廣陵潮」的名兒•偏一先一後的發現•兩位著作家•又都是江都人•又一般預登過漢口的報紙•才印單行•又同把版權賣給震亞社了•這樣看來•豈不是奇而又奇•無獨有偶麽•

（報癖）

賀制軍之小説迷

報癖 撰

載於《遊戲世界》一九二三年第二十三期。作者報癖，見一九〇六年新庵等《説小説》提要。本文介紹了清代『品學政績彪炳當時』的一位名宦幼時讀《石頭記》時所受的感動之情景，説明了像《石頭記》這樣的『情文兼至之作』具有極大的藝術感染力。

曹雪芹《石頭記》一書，魔力絶大，其感人也較他種説部爲最深，一般讀者人人心腦中莫不印有寶、黛之幻影，甚至欲化爲書中人物而始快，故癡情率自詡爲賈、薄命多比擬於林焉。湘西賀耦耕制軍，係有清一代名宦，品學政績彪炳當時。相傳公幼時在家塾肄業，一日課畢，竟伏案大哭，師驚詢其故，公拭淚對曰：『先生、先生，林黛玉死了。』師趨視之，則公方偷閱《石頭記》，其卷數正九十八回，使顰卿泉下有靈，當引公爲知己，於以知情文兼至之作，其動人有如此者。

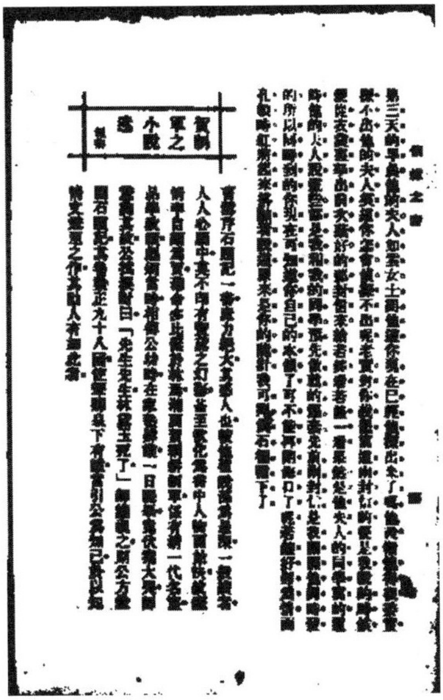

短篇小説概説

胡懷琛 編

連載於《最小》一九二三年第三卷第八十一期至第三卷第一五八期。胡懷琛，見一九一九年《小説管見》提要。本文從中國的小説史談起，辨析了中國古代的『小説』與『稗史』、『寓言』、『神話』，以及『形式』上不同的『記載體』、『演義體』、『詩歌體』的不同特點與演變歷史。在這基礎上，他指出了短篇小説的特點，并就『叙事與描寫』、『取材與選材』、『長篇與短篇』等問題展開討論。文章儘管没有寫完，有的材料的選取還有局限，後面的部分愈顯粗糙，但畢竟這是一篇試圖梳理中國古代小説、特別是短篇小説史上一些基本問題的文章，實屬難得。胡懷琛後來循着這條道路，在中國小説史的研究中不斷地取得成績，且保持着他的鮮明的重視中國傳統的特色。

一

第一章　甚麽是小説

現在所講的，是短篇小説。短篇小説是小説裏的一部分，因爲他篇幅很短，故稱爲短篇小説。這個名詞，出現於中國也不多幾時，至多不到二十年。但是在中國，短篇小説早已有了，不過不叫做短篇小説，甚至於不叫做小説，多混雜在文集裏面。因此我們要研究短篇小説，不得不把全體的小説先説一下。在中國的文學裏，甚麽是小説，甚麽不是小説，以前的人因爲觀念不同，把這個問題都弄錯了。也有許多人，只在西洋小説輸入中國以後説起，以前的事，都丢開不講。其實中國自有中國的小説，即如短篇小説的名詞，可説是從西洋小説輸入中國以後，纔發現的。然短篇小説的作品，實在早已有了。所以我從中國小説的根源説起，從根源上尋出他的變化來。在中國人談中國小説，如此説來，似乎容易明白一些。

中國小說二字，第一次在《漢書·藝文志》上看見。他說的『小說者流，出於稗官』便是。稗字作小字解，便是說古時候有種小官，周巡民間，採訪民間瑣屑事，報告於政府，可以藉此以觀治亂得失。古時本也有一種採詩官，採訪民間的歌謡，報告於政府，也是藉此以觀治亂得失。採小說與採詩用意相同，不過詩本體是文學，小說在這時候，還没有成爲文學。這時候的小說，恍惚和現代報紙上的本埠新聞差不多。或者可說與現代的本埠新聞毫没分别。只取事實確實，不要文字做得好。這種小說，以後世又稱爲稗史，因爲是稗官所採訪而來的。又稱爲野史，因爲野是對朝而言的。古時中國的政體，是專制的，處處拿朝廷做主體，民間的事，以爲很不重要。歷史所紀，都是一姓的興亡成敗，和一朝的典章制度。民間的風俗人情等等，一字不説起。有些書記載民間的事情，或是宫廷間極瑣碎的事情，叫他是野史。

照此看來，我們可以得到幾個結果：

（一）最早的小說，就是民間的歷史，在今日看起來，極爲重要。

（二）在最早的時候，小說還没有混入文學的範圍以内。

（三）後來的小說，千流萬派，然有一大部分，是從此變化出來的。後代的小說，派别甚多，有許多是由稗史裏變出來的。而且有許多并不是稗史，只是稗史發生頂早，而且可算小說的正宗。如今已將稗史說明白了，再說非稗史的小說，且爲便於觀覽起見，將全體的小說，在實質上區分爲三大類，在形式上也區分爲三大類，説起來容易明白些。

實質上的分類：一　稗史　二　寓言　三　神話

形式上的分類：一　記載體　二　演義體　三　詩歌體

（一九二三年第三卷第八十一期）

二

第二章　何謂稗史

稗史的起源，在前面已經説明白了。這一類的作品，據《漢書·藝文志》所載，有《周紀》、《周考》、《虞初周説》等書。然不過只存了一個書名，書是早已失傳了。或謂《虞初》爲漢武帝小吏，衣黄乘輜，悉訪天下異傳聞云云。照此看來，《虞初周説》是漢武帝時的作品，也説不定。名爲《周説》，因爲他説的事是周的事，故以此爲名。總之書已失傳，無從稽考。現在所流傳的書，如《漢武故事》、

《西京雜記》、《飛燕外傳》等等，都是西漢的稗史。作品雖存（在《漢魏叢書》內），但作者的姓名已不可考，大概至早也不過是東漢的手筆。魏晉六朝以後，作者乃更多了，變化也多了。大抵稗史從發生以來，以至今日，差不多經過四時期（專就實質而言，形式的變化，待下文另論），説明如下。

第一時期。此時期所紀的，人事皆真。不過係民間之事，或宫廷瑣事。紀民間之事，如劉向《列女傳》。紀宫廷瑣事，如《漢武故事》、《飛燕外傳》，便是。

第二時期。此時期所紀的，往往人真事假。因爲要鼓動讀者的興味，便捏造些事實以動人聽聞。如唐人張説做的《虬髯客傳》，李衛公及太原公子，固實有其人，然虬髯客食人心肝，入扶餘國爲王等等，恐非實事。不過要如此説來，纔覺得好看。又如《三國演義》中曹操、劉備、諸葛亮，固實有其人，然桃園結義、孔明借東風，也非實事。然而離開野史，還没有十分遠。

第三時期。此時期的作品，往往影射人名。便是描寫某人，隱了他的真姓名，所紀的事，也隱隱約約，虚實參半。因爲作者所記，多是同時人的事，恐怕招人怨謗，所以用一種影射之法。如《紅樓夢》一書，某人指某人，某事指某事，説者紛紛。近人是著了許多索隱的專書，此言甚長，這裏不能多引，想讀者也都知道的。此外如《儒林外史》中的匡超人，便是汪容甫。《品花寶鑑》中的田春舫，便是畢秋帆。（畢字去頭，便是田字。春舫從對面影射秋帆。假造姓名之法，大概如此。）史南湘，便是蔣苕生。屈道翁，便是張船山。又如近所撰的《孽海花》裏的主人翁，也都是真人，而每人替他造一個假名字。然這種風氣，由來已久，不是從清人起，明人已有了。

第四時期。此時期的作品，往往人事皆假。這種小説，近來人做的很多。既然名爲稗史，自當以寫實做標準。憑空揑造，而又没有深意寄托其間。（有了寄托，便是算寓言。）試問價值在那裏。近人所作的『某生』、『某女士』的小説，便是如此。（某生某女士，不是絶對不可做，果然是確實的事，也算稗史。）

（一九二三年第三卷第八十二期《最小》）

三

第三章　何謂寓言

寓言兩字，見於《莊子》，《莊子》有寓言篇，説道『寓言十九，重言十七』。宣穎注云：『寄寓之言，十居其九。引重之言，十居其七。』按言在此而意在彼，名爲寓言。托爲古人之事，而爲後世所重，名爲重言。總而言之，寓言重言，性質差不多。都是憑空造出事實來，而有深意存乎其間。這一類的寓言，周秦諸子，大概都有的，而以《莊子》、《孟子》、《列子》、《韓非子》爲最多。《國策》裏也不少。（列子的書，後人以爲非當時人的著作，是晉人假托的。）現在各舉一二例如下。

昔者海鳥止於魯郊，魯侯御而觴之於廟。奏九韶以爲樂，具太牢以爲膳。鳥乃眩視憂悲，不敢食一臠，不敢飲一杯。三日而死。此以己養養鳥也，非以鳥養養鳥也。（《莊子》）

莊子行於山中，見大木，枝葉盛茂。伐木者止其旁而不取也。問其故，曰：『無所可用。』莊子曰：『此木以不材得終其天年。』夫子出於山，舍於故人之家。故人喜，命豎子殺雁而烹之。豎子請曰：『其一能鳴，其一不能鳴，請奚殺？』主人曰：『殺不能鳴者。』明日，弟子問於莊子曰：『昨日山中之木，以不材得終其天年。今主人之雁，以不材死。先生將何處？』莊子笑曰：『固將處夫材與不材之間。』（《莊子》）

宋人有憫其苗之不長而揠之者。芒芒然歸，謂其人曰：『今日病矣，余助苗長矣。』其子趨而往視之，則苗槁矣。天下之不助苗長者寡矣，以爲無益而捨之者，不耘苗者也；助之長者，揠苗者也。非徒無益，而又害之。（《孟子》）

齊人有一妻一妾而處室者。其良人出，則必饜酒肉而後反。其妻問所與飲食者，則盡富貴也。其妻告其妾曰：『良人出，則必饜酒肉而後反。問其與飲食者，盡富貴也。而未嘗有顯者來。吾將瞷良人之所之也。』蚤起，施從良人之所之，遍國中無與立談者。卒之東郭墦間，之祭者乞其餘，不足，又顧而之他。此其爲饜足之道也。其妻歸，告其妾曰：『良人者，所仰望而終身也，今若此。』與其妾訕其良人，而相泣於中庭。而良人未之知也，施施從外來，驕其妻妾。由君子觀之，則人之所以求富貴利達者，其妻妾不羞也，而不相泣者，幾希矣。（《孟子》）

海上之人，有好漚鳥者，每旦之海上，從漚鳥遊。漚鳥之至者，百住而不止。其父曰：『吾聞漚鳥皆從汝遊，汝取來，吾玩之。』明日之海上，漚鳥舞而不下也。（《列子》）

楊朱之弟曰布，衣素衣而出。天雨，解素衣，衣緇衣而返。其狗不知，迎而吠之。楊布怒，將撲之。楊朱曰：『子無撲矣，子亦猶是也。嚮者，使汝狗白而往，黑而來，豈能無怪哉？』（《列子》）

鄭縣人乙子妻之市，買鼈以歸。過潁水，以爲渴也，因縱而飲之，遂亡其鼈。（《韓非子》）

宋人有耕於田者，田中有株，兔走觸株，折頸而死。因釋其耒而守株，冀復得兔。兔不可復得，而身爲宋國笑。（《韓非子》）

有兩虎爭人而鬥者，管莊子將刺之。管與止之曰：『虎者戾蟲，人者甘餌也。今兩虎爭人而鬥，小者必死，大者必傷。子待傷虎而刺之，則是一舉而兼兩虎也。（《秦策》）

楚有祠者，賜其舍人卮酒，舍人相謂曰：『數人飲之不足，一人飲之有餘。請畫地爲蛇，先成者飲酒。』一人蛇先成，引酒且飲之。乃左手持卮，右手畫蛇曰：『吾能爲之足。』未成，一人之蛇成，奪其卮曰：『蛇固無足，子安能爲之足。』遂飲其酒。爲蛇足者，終亡其酒。（《秦策》）

以上是周秦諸子及《戰國策》裏的寓言，後來的小說，有一部分是從此脱胎而出來的。因爲在這時候，還没有獨立成篇，不過零零碎碎，雜見於論文中。周秦以後，遞經變化，到《桃花源記》，乃完全成爲一種短篇小說。唐朝有《南柯記》、《枕中記》，尤爲著名。（這幾篇略近神話，實則别有寄託，并非專以神怪駭人。故我以爲是寓言，不是神話。）此後作者更多，不能偏舉了。

（一九二三年第三卷第八十三期）

四

第四章　何謂神話

神話裏所說的，都是荒唐怪誕的話，無論何國文學裏都有的。在中國小說裏也佔一大部份。考他發生的時候，應該比稗史寓言更早。因爲初民時代，人民智識淺薄，對於一切不解的事，都謂爲神怪，自然而然生出許多神話來。然這不過口頭相傳罷了，寫在文字裏的神話，第一在《莊子》裏看見。莊子云：

齊諧者，志怪者也。諧之言也，鵬之徙於南冥也，水擊三千里，摶扶摇而上者九萬里。去以六月息也。

齊諧二字，有人説是人名，有人説是書名，今不可考。總而言之，齊諧所説的，都是神怪的話，像這裏所引的，便是説神鳥。他既爲莊子所引，可知他在莊子以前。

以外文學作品中説到神鬼的，便算是楚辭，《離騷》云：

吾令羲和弭節兮，望崦嵫而勿迫。路漫漫其修遠兮，吾將上下而求索。……前望舒使先驅兮，後飛廉使奔屬。鸞皇爲余先戒兮，雷師告余以未具。吾令鳳鳥飛騰兮，繼之以日夜。飄風屯其相離兮，帥雲霓而來御。紛總總其離合兮，班陸離其上下。吾令帝閽開關兮，倚閶闔而望予。

又云：

吾令豐隆乘雲兮，求宓妃之所在。

又云：

望瑶臺偃蹇兮，見有娀之佚女。

按羲和謂司日之神，望舒爲月御，飛廉爲風伯，彷彿是後世《封神傳》裏的話了。至於雷師、帝閽等等名詞，也都是神話。宓妃、有娀之女，都是神女的名字。屈原雖然是意不在此，别有寄托，然在表面上看，不得不説他是神話。好像《聊齋誌異》，也可説是著書的人，别有寄托，意不在此。

至如《九歌》，更是爲着祀神而做的。《九歌》名目，甚麽東皇太一，甚麽雲中君，甚麽湘君，甚麽湘夫人，都是楚神之名。甚麽山鬼，甚麽國殤，便是鬼了。王逸曰：『九歌者，屈原之所作也。昔楚國南郢之邑，沅湘之間，其俗信鬼而好祠，其祠必作樂歌鼓舞以樂諸神。屈原放逐，竄伏其域，懷憂苦毒，愁思沸鬱，出見俗人祭祀之禮，歌舞之禮，歌舞之樂，其詞鄙陋，因爲作九歌之曲。』這便是説《九歌》乃爲着祀神而做的。

照此看來，後世文學中的神話，都是從《莊子》、《楚辭》裏蔓延出來的。《莊子》、《楚辭》以前的文學，没有神話。《詩經》裏的頌，是爲着祭祖宗而做的，他雖關於鬼，然和《楚辭》裏的《九歌》略有不同。因爲從祖宗一方面變化不出許許多多的神狐鬼怪來。從東皇太一、雲中君等方面，推廣出來，便有許多神話可説了。

莊子、屈原，皆南方人，因此可知文學裏的神話發生於南方。北方没有。也不是没有，不過口頭傳説，不曾見諸文字。《論語》云：『子不語怪力亂神。』照此看來，可知孔子不語神怪。當時另有一班語神説怪，這可反證當時傳説，離不了神怪。不過至莊周、屈原後，纔將神話雜入文學中罷了。

大約從《楚辭》一方面，演成後世的神怪詩歌。從《莊子》一方面，演成後世的神怪小説。何謂神怪的詩歌？ 如曹子建的《洛神賦》，便是個代表了。 神怪小説，《莊子》而後，直到晉朝纔大發達，如《列子》中的周穆皇西方化人等等（《列子》是晉人假托的，不是周朝人的作品），是從《莊子》演繹而來的。 再演便爲《穆天子傳》、《山海經》等書。（《穆天子傳》、《山海經》皆不知何人作。 或以爲《山海經》係禹做，完全不足信。 大概都是晉人的作品。）三演便爲《搜神記》、《續齊諧記》等書，於是神話乃成爲小説中一大部分。 經過唐宋直到清朝，益愈發達。 如今談小説的人，無不知道《聊齋誌異》、《閱微草堂筆記》、《封神傳》、《西遊記》幾部書，可想見神話在小説界中的勢力了。

（一九二三年第三卷第八十四期）

五

第五章　何謂記載體

中國的小説，在宋以前，没有演義體。 除了詩歌體以外，其他散文的作品，都是記載體。 拿人人所知的小説來説，《聊齋誌異》是記載體。《三國演義》、《水滸》、《紅樓夢》是演義體。 何謂演義，在下章詳細的説明白，今但説記載。 記載，便是記一件事的意思。 記的是真事，便算是稗史。 記的是假事而有深意寄託其間，便算是寓言。 記的是荒唐怪誕的事，便算是神話。

普通以爲這一類的小説，在漢魏時纔有，到了晉唐以後，纔盛行起來。然我以爲在前人所指爲經史子集之中，莫不有這樣的小説夾在裏頭。譬如《孟子》中的寓言，便是經類中的小説了。《史記》中的刺客遊俠等傳和《戰國策》，便是史類中的小説了。莊周寓言，便是子類中的小説了。陶淵明的《桃花源記》和柳宗元的《種樹郭橐駝傳》等，便是集類中的小説了。大抵集類中頂多，而且能成爲一篇短篇的形式。

孟子及莊列的寓言，已見前章。其他篇幅較長，此處不能多引，略舉這幾篇題目，讀者可以自去尋出原文來參考。好在這幾篇文章，都是常見的，不難尋找。

不過前人將這種小説，都夾雜在經史子集之中，不承認他是小説。其在集類中的，叫他是古文，所以許多的小説，都被古文的勢力奪去了。人人只知有古文，不知有小説。甚至於先生禁止學生讀小説，却不知他天天拿來教學生的便是小説。我們將這一個界説弄清楚了，可以從古人文集中發現出許多好的小説作品來。

這話不是我特創的，在二百多年前，張山來已首先發明了。山來是前清初年的人，他選了一部《虞初新志》。《虞初新志》，分明是個小説的名目，但是他所有的材料，都是從清初名人文集中取來的。拿古文當小説看，可算是他的特別的眼光。繼《新志》而做的有《虞初續志》，最近襲用這個名字的更多，可見得他這種發明是很有價值的了。

總之，或成一篇短篇的格局，或不成爲一篇，只不過寥寥數行，我們都叫他是記載體。

有人誤以爲用文言寫的是記載體，用白話寫的是演義體，這語不對。參看下章何謂演義，便明白了。

自漢魏至前清的記載體的小説，種類甚多，不及偏舉。有商務印書館出版的《舊小説》一書，可供參考。（但有此書，已可見其大略，且容易購得。）

（一九二三年第三卷第八十五期）

六

第六章　何謂演義

演義是小説裏的一種，也有些人，以爲演義便是小説，小説便是演義。再有一種人，以爲白話是演義，文言是筆記。

這兩種説法，都未免有些誤會。第一説不用多辯，大概知道此説不對的人很多。現在單辯第二説。

我們先問演義二字，作何解釋。原來演便是演説之演，義便是講義之義。同是一件事，在演説家口裏説出來，總要添些花色。同是一章書，在教員口裏講出來，總比原文格外明白些，説不定也加些節外生枝的話。而且演字本和衍字相通，所以古人解經的文字，也叫衍義（如《大學衍義》）。可見演義又等於講義。

照此説來，演義不必限於白話，白話未必即是演義。譬如《三國志》，是一部史，《三國演義》，是一部小説。《三國演義》和《三國志》不同的地方，是在加了許多節外生枝的話，并不是拿《三國志》上的事，一件一件翻譯出白話來。再寬一些説，《春秋》可以算是史，《左傳》可以算是演義。爲甚麽呢？你試看外國的歷史，他都是死板板的記一件事，并没有像《左傳》和《史記》一樣，將書中人的舉止言語，描寫得活靈活現。便如近日的歷史教科書，也是這樣。照此看來，《左傳》有幾分像演義，這句話總不算是瞎説罷。也許左丘明做《左傳》的時候，由著自己説了些節外生枝的假話，不過後人都信以爲真罷了。照此看來，白話史不是演義，演義不必是白話，很明白了。

再從演義的歷史上説來，演義發生，是在宋仁宗時，據説『天聖嘉祐之間，國家閒暇，朝臣日進以奇怪之事以娱之』。云云（見《七修類稿》）。當時朝臣進此，以供仁宗娱樂，不是寫在紙，乃是説在口裏，故後人又稱説書。直至今日，茶館裏尚有説書先生。因爲説在口裏，所以叫演義。但在宋仁宗時不名演義，只名平話。平話之名，今日尚存，不過訛作評話罷了。何謂平話？大約平是平坦的意思，也就是淺顯容易懂的意思。

總之，演義小説離不了演的人，猶之乎劇本離不了扮戲的人。戲的好不好，固然在乎戲本，却也在乎扮的人。演義的好不好，固然在乎小説的稿本，然也在乎説書的人。就今日而論，同是《岳傳》，各説書人説得不同，便分出此長彼短來。

明末清初，有個著名的説書人，名叫柳敬亭，想是大家都知道的。據《桃花扇》上所記，他説書的時候，是拿《論語》上的事實來做材料，又可見會説的人無所不可了。也可以知道獃板的事，一經演義者的點綴，無不是小説了。

這一類的小説，始於宋而盛於元，現在所存最古的一部，便是《宣和遺事》，是宋人的作品。最著名的《三國演義》、《水滸》、《西遊記》等書，都是元明人的作品。《紅樓夢》、《儒林外史》是清人的作品。然《紅樓》、《儒林》二書，離演義已稍遠。爲甚麽呢？因在著這二書的時候，已只注意寫在紙上，不注意説在口裏了。試看《三國》、《水滸》，現在還有説書先生在茶館裏演，這是一直相沿下來的。《紅樓》、《儒林》，説書的先生從來不演，這便可見《紅樓》、《儒林》重在寫而不重在演了。

（一九二三年第三卷第八十六期）

七

第七章　何謂詩歌體

何謂詩歌體？詩歌體便是能彀唱的小説。包括紀事詩及戲曲、彈詞，不過紀事詩前人不把他當小説看，只放在詩集裏。而戲曲須在舞臺上扮演，又應該離開小説的範圍而獨立自成一格，但是至少和小説有連帶的關係。現在分别説明如下。

頂早的紀事詩，要算漢樂府裏的《陌上桑》、《相逢行》及漢詩中的《上山採蘼蕪》等詩。這些詩雖完全是紀事，然篇猶不很長。頂長的紀事詩，要算漢末的《孔雀東南飛》一詩。此詩題曰：『古詩爲焦仲卿妻作。』因漢末焦仲卿妻劉氏，爲仲卿母所棄，發誓不改嫁，投水自殺。仲卿痛妻，自己吊死在樹上。時人哀之，作《孔雀東南飛》一詩，記其事。全詩共一千七百四十五字，可算是一首長篇的紀事詩。後來南北朝人的《木蘭詩》，白居易的《長恨歌》、《琵琶行》，也是很著名的紀事詩。《孔雀東南飛》和《木蘭詩》，皆見《古詩源》。《長恨歌》及《琵琶行》，《唐詩三百首》也有，都很容易看見。今因篇幅過長，不能備録，但録《陌上桑》一首如下。

陌上桑（一曰豔歌羅敷行）

日出東南隅，照我秦氏樓。秦氏有好女，自名爲羅敷。羅敷善蠶桑，採桑城南隅。青絲爲籠繫，桂枝爲籠鈎。頭上倭墮髻，耳中明月珠。緗綺爲下裙，紫綺爲上襦。行者見羅敷，下擔捋髭鬚。少年見羅敷，脱帽著帩頭。耕者忘其犁，鋤者忘其鋤。來歸相怨怒，但坐觀羅敷。

使君從南來，五馬立踟躕。使君遣吏往，問是誰家姝？『秦氏有好女，自名爲羅敷。』『羅敷年幾何？』『二十尚不足，十五頗有餘』。使君謝羅敷：『寧可共載不？』羅敷前致詞：『使君一何愚！使君自有婦，羅敷自有夫。東方千餘騎，夫婿居上頭。何用識夫婿？白馬從驪駒；

青絲繫馬尾，黄金絡馬頭；腰中鹿盧劍，可値千萬餘。十五府小吏，二十朝大夫，三十侍中郎，四十專城居。爲人潔白晳，鬑鬑頗有鬚。盈盈公府步，冉冉府中趨。坐中數千人，皆言夫婿殊。』

説到戲曲的源流，是很遠的。古時有歌，有舞。有單純之歌及表演事實之歌。有單純之舞及表演事實之舞。（按表演事實之歌，即紀事詩。）有歌而不舞的，有舞而不歌的，有且歌且舞，而歌舞中不能表演事實的。由表演事實之歌及表演事實之舞兩相連絡，而又助以化妝，佐以音樂，乃成爲戲曲。故戲曲的源流極遠，而戲曲的内容又極複雜。自有單純之歌及單純之舞以來，不知經過多少變遷。至金元時，乃完全成立。

戲曲的名目，也不一致。有的叫雜劇，有的叫院本，有的叫傳奇，有的叫崑曲。最近又有西皮二黄梆子等等。考雜劇的名目，始於宋時。院本的名目，始於金時。傳奇的名目，始於唐時。（不過傳奇二字在那時候不是戲曲，凡是記奇人奇事的文字都叫傳奇。）元朝集前代之大成，而推爲中國戲曲極盛的一個時代，又統稱爲元曲。如《元曲選》中所載的一百種，可以算元朝戲曲的大觀了。（《元曲選》商務印書館有翻印本。）元曲到了元末，又分爲二派，一爲北曲，一爲南曲。北曲以董解元所作的《西厢記》爲始。（不是通行本《西厢記》，《董西厢》掃葉山房有翻印本。）南曲，爲元末永嘉人高明所創。高明因北曲是北音，南方人聽不懂，所以創作南曲。高明所作的《琵琶記》，爲南曲之始。到了明朝，崑山人魏良輔又由南曲而改爲崑曲。崑曲至今還盛行。明末清初人的戲曲，和元人的戲曲不同。元曲的齣數少，明清人的戲曲齣數多。又不稱爲院本或雜劇，而稱爲傳奇。其中最著名的一部《桃花扇》，便可以做個代表了。（傳奇之名，雖始於唐人，但元人的戲曲不稱傳奇，直至明人方稱傳奇。）至於西皮二黄梆子，到前清中葉纔産生。以上便是戲曲變遷的大略了，以下再述戲曲和小説的關係。

（本章待續）

（一九二三年第三卷第八十七期）

八

第七章　何謂詩歌體（續）

記載是寫在紙上，給人家看的。演義是演在口上，給人家聽的。戲曲是扮演在舞臺上，給人家看的。照這個系統説來，記載變演義，爲進一步，演義變戲曲，又進一步，乃是一路蜕變而來的。本來是一物，不過愈變愈複雜罷了。所以有許多人把《西廂記》、《桃花扇》，仍放在小説的範圍以内。

我的意見，記載是小説，戲曲應該脱去小説的範圍而獨立，便叫戲曲。演義乃介乎小説與戲曲之間。這話很長，下文再説。

彈詞和戲曲又有些不同，大概是專在口裏唱，而不能在舞臺上扮演的。説他能𣪊唱，像紀事詩，但是中間又有説白，又像是演義，可知他是由演義及紀事詩混合而成的。他也分爲兩派，一派是直叙的，專是唱的人的口吻，不入書中主人翁的口氣。一派和傳奇差不多，一樣入書中主人翁的口氣，一樣於文前標明爲生旦丑末等等。但彈詞的文字，大概以七字一句爲主，夾以説白，比傳奇爲淺顯易解，此體始於元朝楊維楨的《四遊記》。《四遊記》的名目，見於朱竹垞《静志居詩話》，竹垞但聞其名，未見其書。當時既未見其書，今日更無從見其書了。今日所能見的彈詞，以明朝楊慎所作的《二十一史彈詞》爲古。（此書近來有翻印本，很容易看見。）最著名的彈詞，爲《天雨花》、《筆生花》等書，流傳於婦女社會中，很爲普徧。今日的灘簧，大概是由彈詞變化而來的。

（一九二三年第三卷第八十八期）

第八章　何謂短篇小説

何謂短篇小説？短篇是對於長篇而言的，所以像《三國演義》及《紅樓夢》一類的小説，全部書一氣到底，這不能算是短篇小説。而像《荆楚歲時記》及《西京雜記》、《列仙傳》等極短的稗史與神話，也不能算是短篇小説。現在各録一則如下，以資研究。

鄭人有欲買履者，先自度其足，而置之其坐，至之市而忘操之。已得履，乃曰：『吾忘持度。』反歸取之。及反，市罷。遂不得履。人曰：『何不試之以足？』曰：『寧信度，無自信也。』（《韓非子》）

按這是一段寓言，雖有小說的意味，而不能成爲短篇小說。

正月十五日，作豆靡，加油膏其上，以祠門户。先以楊枝插門，隨楊枝所指，仍以酒脯飲食，及豆粥，插箸而祭之。（《荆楚歲時記》）

按這是一段記風俗的稗史，雖有小說的意味，而不能成爲短篇小說。

宣帝被收繫郡邸獄，臂上猶帶史良娣合采婉轉絲繩，繫身毒國寶鏡一枚，大如八銖錢。舊傳此鏡見妖魅，得佩之者，爲天神所福。故宣帝從危獲濟。及即大位，每持此鏡，感咽移辰。常以琥珀笥盛之，緘以戚里織成錦，一曰斜文錦。帝崩，不知所在。（《西京雜記》）

按這是一段記宮廷瑣事的稗史，雖有小說意味，而不能成爲短篇小說。

簫史者，秦穆公時人也，善吹簫，能致孔雀白鶴於庭。穆公有女，字弄玉，好之，公遂以女妻焉。日教弄玉作鳳鳴。居數年，吹似鳳聲。鳳凰來，止其屋。公爲作鳳臺，夫婦止其上，不下數年，一旦皆隨鳳凰飛去。故秦人爲作鳳女祠於雍宫中，時有簫聲而已。（《列仙傳》）

按這是一段神話，雖有小説的意味，而不能成爲短篇小説。

（本章待續）

（一九二三年第三卷第八十八期）

九

第八章　何謂短篇小説（續）

以上各則，爲什麽不能成爲一篇短篇小説呢，因爲他只是一篇小説的大意，或是一篇小説中的點綴品。如前面所引『鄭人買履』及《荆楚歲時記》二則，皆是小説中的點綴品，他很難獨立成爲一篇短篇小説。漢宣帝佩身毒寶鏡一則，便是一篇短篇小説的大意，可以演成短篇小説。如將寶鏡之若何照見妖魅，他人若何害宣帝，天神若何救護宣帝之處，多描寫一些，便是一篇短篇小説了。簫史一則，也是一篇短篇小説的材料，可以演成短篇小説。如將鳳凰飛來，及簫史、弄玉隨鳳凰飛去時的情形，多描寫一些，便是一篇短篇小説了。（本章待續）

（一九二三年第三卷第八十九期）

十

第八章　何謂短篇小説（續）

欲知短篇小説與非短篇小説的分别，看《檀弓上》『孔子過泰山側』一節及柳子厚《捕蛇者説》便可知道。今把他們照録在下面，以資比較。

檀弓·孔子過泰山側

孔子過泰山側，有婦人哭於墓者而哀。夫子式而聽之，使子路問之，曰：『子之哭也，壹似重有憂者！』而曰：『然。昔者吾舅死於虎，吾夫又死焉。今吾子又死焉。』夫子曰：『何爲不去也？』曰：『無苛政。』夫子曰：『小子識之，苛政猛於虎也！』

柳宗元捕蛇者説

永州之野産異蛇，黑質而白章；觸草木，盡死；以齧人，無禦之者。然得而臘之以爲餌，可以已大風、攣踠、瘻、癘，去死肌，殺三蟲。其始，太醫以王命聚之，歲賦其二，募有能捕之者，當其租入。永之人争奔走焉。

有蔣氏者，專其利三世矣。問之，則曰：『吾祖死於是，吾父死於是。今吾嗣爲之十二年，幾死者數矣。』言之，貌若甚戚者。

余悲之，且曰：『若毒之乎？余將告於蒞事者，更若役，復若賦，則何如？』

蔣氏大戚，汪然出涕曰：『君將哀而生之乎？則吾斯役之不幸，未若復吾賦不幸之甚也。嚮吾不爲斯役，則久已病矣。自吾氏三世居是鄉，積於今六十歲矣，而鄉鄰之生日蹙，殫其地之出，竭其廬之入，號呼而轉徙，飢渴而頓踣，觸風雨，犯寒暑，呼嘘毒癘，往往而死者相藉也。曩與吾祖居者，今其室十無一焉；與吾父居者，今其室十無二三焉；與吾居十二年者，今其室十無四五焉。非死則徙爾。而吾以捕蛇獨存。悍吏之來吾鄉，叫囂乎東西，隳突乎南北，譁然而駭者，雖雞狗不得寧焉。吾恂恂而起，視其缶，而吾蛇尚存，則弛然而卧。謹食之，時而獻焉。退而甘食其土之有，以盡吾齒。蓋一歲之犯死者二焉；其餘，則熙熙而樂。豈若吾鄉鄰之旦旦有是哉！今雖死乎此，比吾鄉鄰之死則已後矣，又安敢毒耶？』

余聞而愈悲。孔子曰：『苛政猛於虎也。』吾嘗疑乎是，今以蔣氏觀之，猶信。嗚呼！孰知賦斂之毒有甚是蛇者乎！故爲之説，以俟夫觀人風者得焉。

按柳宗元這篇《捕蛇者説》，他的思想，是從《檀弓》上脱胎來的。不過《檀弓》只是寥寥三五行，不能成爲一篇短篇小説的格局。若柳文描寫得詳細一些，便粗具短篇小説的規模了。

（一九二三年第三卷第九十一期）

十一

第九章　現代的短篇小説

以上所説的，可説都是中國古代的短篇小説。他們的實質是稗史、寓言、神話。他們的形式是記載體、演義體、詩歌體。而稗史之中，大概又包括兩項，其一是記奇人異事；其二是描寫人生的斷片。記奇人異事的居十分之八九，描寫人生之斷片的不多見。只不過古文中歸有光的《思子亭記》、《項脊軒志》等篇，有些像描寫人生之斷片的小説。（我另有一篇《歸有光的小説文學》，載在《小説世界》二卷一期内，可以參考。）這是古代小説大概的形情。

若拿現代的眼光看，便有些不同了。先拿實質説，稗史中的兩項，記奇人奇事，不佔重要的位置。而描寫人生之斷片，却佔重要的位置。因爲奇人異事，容易聳動人家的聽聞，只求事奇，不求文好，容易使作者造出如做夢一般的事情來，充小説的材料。其實曲折離奇的事實，和文學毫無關係。若説到描寫人生之斷片，便是描寫眼前一件很尋常的事，或是一個很尋常的人，寫得非常確切，看是平淡，實有至味。但是做這樣的小説，比記奇人異事，要難得多。古人有一句話説道：『畫鬼怪易，畫人難。』明白這兩句話的意思，便可知道描寫人生之片斷的小説不容易做，也可知道他的價值比記奇人異事更可貴了。

寓言，有人把他提出來，獨立成爲一部份，不放在小説的範圍以内，如《伊索寓言》便是了。然照我的意見，不能成爲一篇短篇的格局，只是三行五行，不能算是短篇小説。倘然成了一篇短篇的格局，便要算是短篇小説了。譬如要借一件事，説明某種主義，這件事當然是造出來的，并不是實事，這就叫做寓言。如俄國泰來夏甫的《决鬥》（譯文見胡適之譯的短篇小説），他是借這小説來説明决鬥不合人道，書中的主人翁，未必實有其人，可説是一篇寓言小説。所以在現代小説界内，寓言仍是佔重要的位置。

神話，倘然他没有寄托，完全是説些荒唐無稽的話，應該讓他獨立自成一部分，便叫做神話。倘然有些寄託，雖然涉及神怪，那也算寓言。不過這一類的小説，在現代小説中恐怕不多見，我們也不必去做這樣帶神怪色彩的寓言。（本章待續）

（一九二三年第三卷第九十二期）

第九章　現代的短篇小說（續）

再說形式，大概都是介乎記載與演義之間。因爲比記載體要描寫得詳細些，并不是記其大略，却又不是在口裏講的，仍舊是在紙上寫的，所以說介乎記載與演義之間。然通是白話，沒有文言。白話文言是時代的關係，不是記載和演義的分別，前面已說過了。（間或也可用文言，如胡適之譯的短篇小說《百愁門》、《柏林之圍》，都是文言。）

詩歌體中的紀事詩，讓他歸入詩的範圍以內，或便算是詩的一部份，就叫紀事詩。詩歌體中的戲曲，現在已經獨立，和小說不相干，人人都知道的了。

所以現代短篇小說的實質和形式如下：

實質
- （一）稗史
  - （甲）描寫人生的斷片（佔重要的位置）
  - （乙）記奇人異事（不佔重要的位置）
- （二）寓言

形式　白話文。介乎記載與演義之間。

所謂現代的短篇小説，出現於中國，實在是不多幾時。雖則在吴趼人那時候，已有短篇小説的名目，但是實質上重在記奇人異事，形式上完全是記載。這樣的短篇小説，在中國風行了十來年，纔有現在的短篇小説出現。

有許多人以爲自從新文化盛行以來，纔有這樣的小説出來，其實也不盡然。自從瘦鵑所譯的《歐美名家短篇小説叢刻》出版以後一二年内，已慢慢的發生變化了。瘦鵑的書，是民國六年二月，由中華書局出版的，但是其中有一二篇，已先見於《小説大觀》。我記得有一篇美國馬克吐温所著的《妻》，曾載在《小説大觀》上。（便是瘦鵑譯的。先載《小説大觀》，後編入《歐美名家短篇小説叢刻》。）我當時讀了，覺得非常的感動，對於小説的觀念，便變了許多。當時我便試做這樣小説，有一篇名叫《淑媛感遇記》，載在民國五年的《婦女雜志》上。一篇名叫《桐陰綺語》，載在民國五年的《小説新報》上。皆在歐美名家短篇小説出版以前。我又有一篇名叫《淚》，載在民國七年的《小説月報》上，在歐美名家短篇小説出版後一年。

不過當時讀者的眼光，和這樣的小説，還不大對。倘然出自歐美名人的手筆，震於西人之名，也許説他好。所以這樣的小説竟没人肯作。（也許《小説大觀》及《小説畫報》中有的，不過我在當時，不曾細看。現在又無暇重翻，不能决定他有没有。）今將上面我所述所做的三篇，照録如下，以表明我個人觀念之變遷。至於他人所做的，因限於見聞，不能多舉了。

（一九二三年第三卷第九十三期）

十三

第九章　現代的短篇小說（續）

淑媛感遇記

有一天是星期日，女學堂裏照例停了功課。有幾個走讀的自然不上學，有幾個住讀的也是閒著無事。清晨早起，在校園裏散一回步，呼吸新鮮空氣。這時候曉霧散，朝曦微明，雖然是新秋天氣，群芳猶未凋謝。況在清晨，尤覺清氣撲人眉宇。這個境界，本是極快樂的。却不料這幾個女學生中，有一位名喚陳家璧的，忽然發起感慨來，向他的同學亞男、可青兩女士道：『我如今要説句敗興的話，諸君不要見怪。古人説「人生如寄」，這話真不錯。你看上學期我的大姊二姊，都在這裏讀書，大家相聚，好不快樂。誰知不多幾時，大姊遠嫁去了，二姊一病，竟至不起。回思當時同筆硯的光景，猶在目前。曾幾何時，校園裏的風景依然，他兩人却不可見了。我們今日攜手於旭日光中，明日不知又是怎樣。人生聚散無常，生死難測，總而言之，百年的光陰，不過如電光石火罷了。想到這裏，未免令我生出種種悲觀來。』

亞男聞言說道：『吾姊這話不錯，我們今日在這裏，明日又不知那裏。像今日這種良辰美景，賞心樂事，真不易得。我們不如同拍一張照片，留個紀念。』

可青家璧聞言，齊聲稱是。亞男又道：『離學堂不多遠，便有一家照相館，我們先向那邊去走一遭。或是叫照相人攜了器具往學堂裏來拍，或是便在他館裏拍，均無不可。』

三人議定，便攜手出門，往照相館裏去。蠻靴橐橐，走了幾步便已走到。只見一間半新半舊的房子，門上懸掛照相館的牌子，牌子被雨打風吹，金字都剥落盡了。兩扇玻璃窗上，堆滿了塵灰。這便是他生意不佳的代表。三人舉首先看他壁上所懸的照片，這照片也不知是好幾十年前拍的，片上的人影兒，都淡得看不見。這種光景，在他人看了，不過道這照相館生意不佳罷了。這三人看了，却别是一種感觸。可青先道：『家璧姊姊，我們今天來照相，豈不是要留個紀念，永永不磨滅麽？你看這壁上掛的許多相，不到幾年片上的人都逃得没蹤影了。照此看來，照相也是無用的。』

家璧道：『這話也不錯，但被你這一說，我們也無庸再走進去，老實回校罷了。』

三人至此興味都已索然，那裏再有興照相，仍尋歸路回校。途中寂寞，可青忽想起一件事來，說道：『我見了這旭日的和光，好叫我記起我的母親來。記得我方六七歲的時候，嚴冬天氣，母親每晨攜著我在日光中取暖，一面說故事給我聽。這個情形，也如在眼前。誰知倏忽之間，便已過了十幾年。我也大了，我母親也别我長眠去了。』言罷淒然不樂。

亞男道：『可青姊，我又要多話了，人生終有一死，便照片也留不住。只有慈母的遺愛，令他的子女一世不忘。可見父母遺愛，是永永不磨滅的了。』

可青道：『説雖如此説，但我身一日不死，此事一日不忘，便是我母親一日不歿。待我一旦死了，再没第二個人記得他，豈不是也如電光石火一般？』

這時三人一面説，一面已走回校中。仍在花園裏玩耍一回，却把前事都丢開不提。正在這時，忽聽見丁丁的一陣鈴聲，遠遠地隨風送來。三人知道是早餐時候到了，先後走入餐室裏去。這天是星期日，在校中吃早飯的人不多，除了陳家璧等三人而外，疏疏落落的不過三五個人。這是閒話不提，且説陳家璧等走入餐室，猛見壁上掛著一幅小像，這像不是别人，乃是一位西洋婦人，上面寫的字是『發見太陽黑斑者伊蘭賽夫人小像』。

（本章待續）

（一九二三年第三卷第九十四期）

十四

第九章　現代的短篇小説（續）

旁邊又掛一幅大圖，乃是太陽黑斑之圖，圖下注的字，便是這圖的説明書，和伊蘭賽夫人的歷史。這是陳家璧等平日見慣了的，也不留意，不料在今日一見這圖，便另出一種感觸來。可青呼著亞男説道：『亞男姊，你不見這伊蘭賽夫人的小像麽，他是永永不磨滅的了。他自從發明了關於太陽的學理，已死去好幾百年，我們見了他的小像，猶如親見了他一般。況他的遺像，人人要臨摹一幅，懸在室中，豈不是永久不泯滅麽！照此看來，凡事都如電光石火，只有學問能永遠生存罷。』

家璧亞男，齊聲説道：『可青姊的話不錯，我們從今當知道這個道理，努力向學，庶幾不和草木同腐了。』

此時三人早餐已畢，仍往日光中散步去，却是心中抱著樂觀，和從前鬱鬱不歡的景象不同了。

以上所叙的係三個女學生談的一席話，雖然尋常言語，却有微妙的道理，含在其中。在下不憚煩瑣，把他記出來，做篇小說，也有些自勉勉人的意思。讀者諸君，不要把他草草看過，便算做書人的大幸了。

桐陰綺語

話説有一天，是個秋初夏末的天氣。新雨之後，暑氣退了，一陣陣的晚風，吹到身上好不涼爽。一角斜陽，淡淡的照著一排梧桐樹，樹上的葉子，剛經著雨，還是未乾，映著夕陽，便發出一種回光來，燦爛炫目。樹蔭中嘒嘒的蟬聲，拚命價催著那夕陽西下。梧桐樹之外，便是一道短墻，約略有五尺多高，梧桐却高出牆頭，便是他的影子，一半落在牆外，還有一半，却是落在牆裏。墻裏面是個誰家的院落，却不知道。牆外面乃是一片曠地，這時有個風致翩翩的少年，獃獃的立在短墻外桐陰之下，聽那樹上的蟬聲。好像這個地方的景致，便是天生的詩料，只待想個法子替他寫出來，便是絶妙的好詞了。聽了一回，蟬聲漸漸歇了，却是微風起處，從墻裏面送出一片清脆的聲音來。凝神聽時，乃是女子的歌聲。前半段已被晚風吹亂，聽不清楚，只聽得中間有兩句是詞非詞，是詩非詩的道：

亂頭粗服惹人嘲，便妝飾，又教人妬。

纔歌了兩句，却又停了。牆外的少年，暗暗叫好，便抖擻精神，聽他的下文。誰知待了好一會，竟不唱了。只聽得有女子聲氣説道：『蘋香，今天不是立秋麼？』便有一個女孩子的聲氣答道：『小姐，立秋已一個禮拜，小姐竟忘記了麼？ 我知道了，小姐是慮日子過的快，恨不得一年做兩年過，這可愛的光陰，便不至匆匆的放他過去了。』

女子叱他道：『休得胡說。 什麼一年做兩年過兩年做一年過，我只不過錯記了陽曆罷，他們說初六立秋，我只記得陽曆今天是初六，却不知陰曆今天是甚麼日子了。』

蘋香道：『小姐這句話，落實說的好，真教人没的辯駁。 只是小姐的心事，丫頭還有不知道的麼？ 何苦要瞞著我。』

女子道：『蘋香，你總算是我的貼心丫頭，自從我親娘死了，一家子的人還算你和我最親熱。 我的性子，你也是知道的，雖然有時候罵著你，心裏終竟是疼惜你。 便是親姊妹也不過如此。 你服侍我，也算是盡心的了。 只有一事，我却憎怒你。』

蘋香道：『是甚麼事？』

女子道：『凡是我做的事，我說的話，没有他人知道，只有你知道的。 偏偏你嘴巴不謹慎，却要讓姨太太知道了。』

蘋香道：『這事也是有的，但是他們用著計騙我說出來，并不是我喜歡多話。』

（本章待續）

（一九二三年第三卷第九十五期）

十五

第九章　現代的短篇小説(續)

女子道:「我也知道不是你多話,然我還望你謹慎些,不要中了他們的計。任便他們怎樣騙你,你總説我的事你不知道,豈不是好?」

蘋香道:『在姨太太面前,我總是如此説。他拿話來恐嚇我,説道:「你若不講真話,夜裏便將你吊起來,不許睡覺。」我也拿定主意,仍是抵死的不説,他到底也不敢無故將我吊起來。只是他懷恨在心,將來不湊巧,有了甚麼過失,他便要借題目做文章了。』

女子道:『如此你只事事小心些,便不要緊。』

蘋香道:『姨太太還不過是拿話嚇我,我最怕的便是蘭香。』

女子道:『蘭香有甚麼可怕?』

蘋香道:『蘭香專門趁我不防備的時候和我談談笑笑,便探了我的口氣去。他又是聰明人,只聽説上半句,他便知道了下半句。小姐你試想蘭香的耳朵,便是姨太太的耳朵。蘭香的眼睛，便是姨太太的眼睛。凡是一句話一件事，倘被蘭香知道了，姨太太那有不知道的麼？』

女子道：『蘋香，我且問你，今天是我母親的忌辰，我躲在房裏哭了一回，連你也没有知道，怎麼姨太太却知道了？』

蘋香道：『這有甚麼難知。小姐哭了，雖然没人看見，那兩隻眼睛邊的紅暈，便是哭的記號。姨太太看見，那有不知道的麼！』

女子道：『不必說了，倘然我的親娘不死，我也不至過到這種日子。』

蘋香道：『小姐這句話，雖然說得不錯，然而據丫頭看來，小姐在娘家的日子，究竟不多。將來嫁了姑爺，難道姨太太也管得你著麼？』

蘋香說了這話，却不聽見女子的回音，想他是羞答答不肯把頭抬了。停了一回，蘋香又道：『我看老爺和姨太太都没心血來料理小姐的婚姻，還是小姐自己打算的好。況現在的人，都說是婚姻應該自由的，便是有親生娘在，也是要自己做主。況親娘已經死了，只管靠著姨娘，還望他替你揀得到一個好人家麼？』

女子道：『這一番話，你不須說了，我是老早打定主意不嫁的。你須知世上的男子，有幾個好的！』

蘋香道：『好的儘管有，只是小姐的眼睛太高了罷。』

女子道：『我不是說品貌没有好的，也不是說學問没有好的。』

蘋香道：『是品貌學問難兼罷了。』

女子道：『也不是，只是難得有真情的。你看世上多少夫婦，在那蜜月的時候，沒有一個不親熱的。待同居共處的過了十年二十年，也沒有一個不反目的。雖然今天反目，明天又和好了，究竟是勉强的多，自然的少。若要找一個自始至終沒有一言半語的，你可找得到麼？』

蘋香道：『這夫婦不和的事，却也專怪不得男子，也有些事是女子不肯原諒。』

女子道：『蘋香，你總算是肯原諒人家的了，還沒有嫁人，便先要替人家開脱。只是你還要謹慎些，不可草草的誤了終身大事。你不要心急，我將來是要替你揀一個好人家的，斷不像姨太太待我這麼樣。』

蘋香道：『小姐不必照管著我，還是自己照管自己罷。』

剛説到這裏，又有一個女孩子的聲音道：『蘋香，小姐也在這裏麼？姨太太偏處尋過了，都尋不到。你看這是甚麼時候了，還不回去，累得我也要受駡。』

蘋香道：『蘭香，我們是在這裏納著凉，姨太太尋著小姐，不知有甚麼事？你先去回覆姨太太，我們立刻便回去了。』

説到這裏，那墻裏面便寂寂的没有聲音。牆外的少年聽了這一席話，好像是著了電氣一般，四肢不能動彈，直停了一頓飯的時候，他纔能慢慢的活動起來。抬頭一看，只見滿天星斗，一輪明月，這時候約略是二更以後了。匆匆的尋了歸路回去，一夜便没有睡覺。

（一九二三年第三卷第九十六期）

（本章待續）

十六

第九章　現代的短篇小説（續）

明天一早起來，修飾了半天，吃過午飯，便出門去找昨夜那地方，到底是個甚麼人家。只是曲曲折折的穿過了好幾條街巷，畢竟尋不著這個地方。心裏好生奇怪，怏怏而歸，便將昨夜的情形，説與一位最密的朋友聽，問他可知道這是誰家。他朋友問個明白，便笑著説道：『這個人家，我不但曉得清楚，便是那位女士，我也是認識的。你如要去見他，我可寫個信替你介紹。』

少年道：『如此便好極了，只不知道他姓甚名誰？』

他朋友道：『姓甚名誰，你不必問，你到了那邊，自然知道。』説罷，便走入裏面去。停了片刻，果然拿出一封信來，遞給少年。少年接著看時，信面上却是不著一字，心裏便有些疑惑。正要問時，朋友先説道：『你到了那家門首，只將這信遞與看門的，他自然會替你傳進去。信面上没有字，你可不要管。待見了那位女士，你也切不可多説話，只看他如何説，你便如何答。』

少年一一稱是。他的朋友又細細的告訴了往那家去的路徑，少年一一記在心裏。一路走去，果然尋著了，喜得心花怒開。從昨夜立的地方，循著短墻，向東轉了一個彎，便看見梧桐樹陰中，露出兩扇門來。再走近一步，只見門上懸著一塊黑底白字的漆牌子，牌子上七個大字，便是『青年新劇傳習所』。少年看了，獃獃立著説不出話來。想道：『原來是個新劇傳習所。昨夜聽見的一席話，便是他們練習戲文了。我却當他真有這位女子，豈不是笑話麽！便是我的朋友，也是有意侮弄我的。』便將那封信撕開來一看，原來并不是信，只是一首七言絶詩。那詩道：

桐陰絮絮話秋涼，也使魂銷也斷腸。
悟得色空空色理，將空作色亦何妨。

淚

劉月如女士，獨坐在他精緻的妝樓上，對著菱花鏡子，只管拿羅巾揩眼淚。偏是那眼淚如斷綫的珍珠一般，不住的滚下，越是揩，越是多，可憐把一方羅巾濕透了，他的眼淚還是没乾。這時候他身邊立著一個伶俐的丫頭，見月如這樣，禁不住也替他心酸，幾乎要陪著他哭一場。

畢竟月如爲着什麽事要哭，那丫頭還没有知道。只見他問道：『太太何必這樣傷心，畢竟有甚麽事不如意，不妨和丫頭説了，丫頭也好替你想些法子。』

月如道：『林擒，你那裏知道我的事，你還是少説話的好。』

林擒道：『我本來不敢多説話，只因看見你哭得傷心不過，便不得不説話了。……我知道了，昨天你和老爺在洋貨店裏，看見他陳列的新式手表，你的意思要想買一隻，老爺却不曾替你買，你因此不高興，便氣得哭麽？』

月如道：『不是不是。這樣的手表，我家裏也不知道有多少，我正用得厭煩不過。將他帶在臂上，恍惚和罪人帶了手銬一般。他人説是好看，我説是難過。』

林檎又道：『我知道了，老爺這幾天，似乎和你疏遠了好些，不似從前的親熱了。因此你便氣得哭麽？』

月如道：『更不對了，你不看見老爺昨天還和我同坐馬車，往洋貨店裏買東西麽？我説要甚麽，他便買了甚麽，只要合我的意，便不問價錢低昂。他還説是今天晚上，和我一塊去聽戲的。爲甚麽却説和我疏遠了。』

林擒道：『太太的心事，丫頭真猜不出了。像我們老爺這樣的人，真算是天下少有，世上絶無的了。他年紀不過二十多歲，便做了總統府的秘書。論他家産，雖然敵不過王侯，却也是擁貲十萬。他的才學是在京城裏數一數二的，他的品貌又生得十分秀美。』

（一九二三年第三卷第九十七期）

（本章待續）

十八

第九章　現代的短篇小説（續）

『你想女子以色事人，他人越是愛我，便越是輕我了，教我那得不生氣。何況我是過蕭閒疏散的日子過慣了的，一旦做了秘書官的夫人，處處被禮節所拘，把我天生一種高尚優美的性質，磨滅盡了。又况他既然是愛我的色，將來年老色衰，難保他不厭棄我麼？如此想來，好叫我那得不哭。可憐我自己薄命罷了，何必多怪他人，我説是如此説，你只休得告訴老爺便了。』

林擒聞得這言，真是莫名其妙，暗想太太這一派話，好像是瘋了一般。却也不敢多説話，只管他下樓去了。

林擒去後的事，按下不提，且説春凡第二天午後從總統府裏回來，向月如道：『月如，我如今已辭職了。』

月如驚道：『辭職做甚？』

春凡道：『我是昨天在窗外聽見你的一番教訓，使我心有所感，不得不辭職了。』

月如道：『昨天的話，却被你竊聽去麽？　却是與你何干，何必要你辭職。』

春凡道：『我的事你還不知道麽，我當初也不過是一個學生，只仗著兩首詩文，蒙總統相知，便得了秘書之職。不是也和你嫁我是一般麽，我以藝事人，不是也和你以色事人是一般的麽？　若説拘束，那我比你更甚了。若説磨滅了本性，那我比你更不如了。我被你一言説破，再不辭職做甚？　從今後擺脱韁鎖，攜手歸去，你畫你的畫，我做我的詩文，清閒度日，豈不是好。』

月如聞言笑道：『這樣説，你便真知我的心了，我的眼淚從此可以不須再流了。』

林擒在旁説道：『咳，自我到這裏來，前後兩載，看見太太開笑臉這還是第一次哩！』

爲厭繁華愛率真，人生頑性懶於雲。

自知此意難言説，故托柔毫寫美人。

蕭條江上耐秋寒，身世佳人一例看。

此豈尋常能解識，傷心人别有悲歡。

第十章　小説與作者的個性①

在現代小説中，再有一件很重要的事，就是小説在乎能表現作者的個性。據一般人的眼光，以爲不能表現個性的，便不是有價值的小説。這個問題，要分開説，不能含混的説。因爲小説的實質不同，所以有一大部分應該要表現個性，然有一小部分又可以不必。譬如在現代的小説中，他的實質的大部分是如下。（參看第二章至四章及第九章。）

記奇人異事

稗史　描寫人生的斷片

寓言　寓言是各人思想的代表，自然有個性表現出來。在中國的古代，譬如《莊子》裏的寓言，能表現莊子的個性。《列子》的寓言，能表現列子的個性。在外國，譬如托爾斯泰的寓言小説，能表現托爾斯泰的個性。太戈兒的寓言小説，能表現太戈兒的個性。所以寓言爲實質的小説，而不能表現個性，便無價值。

（一九二三年第三卷第九十九期）

①原文第十章標題如此，與下文『十九第十章』標題矛盾，似『十九』的標題有誤。

十九

第十章　現代的短篇小說(續)

若說到稗史，却又不同。稗史中的記奇人異事，因爲在現代小說中，不佔重要的位置，姑且不論。單說描寫人生的斷片。又須分爲兩部分，一部分是描寫自己的斷片，一部分是描寫人家的斷片(或稱描寫社會的斷片)。描寫自己的斷片，其間悲歡哀樂，都是自己的事，所以自然而然的變了一篇發揮自己感情的文章，當然是能表現個性了。描寫人家的斷片，又分爲兩個小部份。其一是以主觀的眼光去看人家的事，其二是以客觀的眼光，去看人家的事。用主觀的眼光去看人家的事，這便有自己的『人生觀』在裏面，也當然是能表現個性。用客觀的眼光去看人家的事，這便是寫實。只將實在的情形一筆一筆的描寫出來，毫不將自己的見解參在裏面。這樣還有什麽個性可表現呢？照此看來，能表現個性的，雖佔了八分之七，然不能表現個性的却也佔八分之一。列表如下：

- 稗史　描寫人生的斷片
  - 描寫自己的斷片（佔全體八分之二）
    - 以客觀的眼光描寫（佔全體八分之一）
    - 以主觀的眼光描寫（佔全體八分之一）
  - 描寫人家的斷片
- 寓言　（佔全體八分之四）

（一九二三年第三卷第一〇〇期）

二十

第十章　小說與作者的個性

以上所列『以客觀的眼光描寫人家的斷片』，是不能表現個性的。其餘都要能彀表現個性纔算好。『表現個性』與『客觀的眼光』兩個名詞，是相衝突的。現在有許多人，一回說表現個性，一回又說須用客觀的眼光，往往弄得自己也糊塗了。不知怎樣兩個相衝突的主張，能够并存。我想聽了我這一番話，當可恍然大悟了。

（本章完）

（一九二三年第三卷第一〇一期）

廿一

第十一章　叙述與描寫

叙述與描寫，也是現代小説中一個很重要的問題。甚麽叫叙述呢？便是拿作者的口吻，叙述一個人，帶一些議論的口氣，説他是一個怎樣怎樣的人。甚麽叫描寫呢？便是只寫那個人的舉止動静，不著一點議論，使讀者讀了，自然知道他是個怎樣怎樣的人。

在現代小説裏，重在描寫。以爲只知叙述而不會描寫的，便不是好的小説。究竟叙述和描寫的分别，恐怕讀者但聽了我前面所説的一番話，還不十分明白。如今再舉例説明如下：

他本是一個富家子弟，舉止闊綽。近來却又要博一個節儉的美名，衣服都是很樸素的。但是他奢侈的習慣終究掩不掉，有時候不期然而然的要流露出來。（這樣的説來，便是叙述。）

他這一天，往一個布衣會裏去赴會。著一件新做的竹布長衫，五粒鈕子，都是金的。到了會場，有人稱贊他是富家子弟而能穀節儉，然也有幾位女會員將眼尖注在他的金鈕子上。（這樣的説來，便是描寫。）

他的鴉片煙癮很深，每天差不多要有三四點鐘的工夫，卧在煙榻上。（這樣的説來，便是叙述。）

我那天去訪他，走到他家裏，正是下午三時。我問他傭人道：『你家主人起身没有？』傭人不做聲，做著手勢給我看，我知道他是卧在煙榻上吸煙。傭人招呼我坐在客廳裏等他，等了一回，他不出來。再等一回，他還不出來。我覺著沉悶極了，隨手翻著一本小説看看。看完了半本小説，忽然覺著時候不早了，拿出時表來一看，短針在六點，長針在十一點。想一想，我坐在這裏已經三個小時了。便問他的傭人道：『主人呢？』傭人打了一呵欠説道：『先生，他還在那裏吸煙，没有吸好，請你再等一回罷。』（這樣的説來，便是描寫。）

讀者讀了這兩種説法，便可以知道描寫的價值了。不過描寫比叙述實在難得多。我以前做過一篇短篇，名叫《富家賬簿之一頁》，從富翁的一筆賬目之中，表現出他的人格來。他是何等之人，不必更有一句説明，讀者已可以完全知道。現在照録如下，以供參考。

某處城裏失了火，燒了一家姓王的富翁。有人從劫灰堆裏，拾起一頁燒殘的賬簿來，只見上面寫的是：

八月一號，收張阿毛付還本錢洋三十元。收張阿毛付來利錢洋十五元。又三號，支洋一元施與張阿毛買棺材。

又十一號，支洋四十元買丫頭來喜。

又十六號，收洋一百六十元，嫁來喜給李老四爲妻。

又二十二號，收劉老五取贖押地本利洋一百二十元。

又二十九號，支洋一百元買劉老五之地。

九月三號，支洋二百元買米屯積。

九月十三號，收買米洋四百八十元。（由東京匯來。）

以下被火燒了，看不清了。

（一九二三年第三卷第一〇二期）

第十一章　叙述與描寫(續)

上面這一篇,篇幅太簡短了。我雖然當他是一篇短篇小説,好像也有些不能成爲一篇,也不過是長篇中一段點綴。如今再録一篇《熱心的校長》,是我托名春夢,在《世界畫報》上登載的。全篇只從主人翁的舉止静默描寫出他們是怎樣怎樣的人來。

熱心的校長(上)

一間很精緻的課堂,收拾得極整潔。此時正是下午兩點鐘上英文課的時候,課堂中坐了幾十個似乎富家女兒的女學生,再有一位英文女教員,立在講壇上,如瓶瀉水一般的講演。這課堂的陳設,這女學生的裝飾,和這女教員的神情態度可以表現得出來,這學校多少帶一些貴族氣味。

課堂的玻璃窗都關緊了,但是那位翩翩佳公子式的校長立在玻璃窗外面,静悄悄的望著裏頭,監督著功課。裏面的學生溜著眼睛看見校長在外面,自然做出静心聽講的樣子來。而教員看見校長在外面，也格外的提起精神教得起勁：It is a boy. No，It is not a boy. It is a dog. 這樣的教了一回。校長在玻璃窗外面點點頭，表示贊成的意思。而兩隻烏黑的眼睛，盯在女教員的面上，足足的盯了三刻鐘。

光陰過得快，叮叮叮鈴聲一響，已散課了。女學生們看見校長在外面，走出課堂門時，格外循規蹈矩的走。學生如魚貫一般的走出來了，最後那位女教員也走出來。校長趁著他剛跨出課堂門檻時，連忙對他鞠了一個躬説道：『Miss Li 辛苦了，休息休息罷。』

於是許多的學生聽見，衆口一聲的稱贊這一位校長，稱贊他熱心監督功課，慰勞教員，好一個熱心的校長啊。

（下）

一間半新半舊的客廳，坐著一個中年婦人和一個鄉村中的老學究。就兩人的妝飾看起來，分明是十八世紀的人物，不用聽他們開口，已知道他們的腦筋霉腐到無藥可醫。何況他們還絮絮叨叨的談論不休呢。

老學究道：『親家母，今天上你家門，并無别事，不過爲着我家小狗已經十八歲了，做老子娘，總巴不得早一天完了他們終身大事……』

中年婦人道：『可不是麽。我家阿囡也有十七歲了，今年我本不讓他出去當什麽英文教員，他自己硬要去，我也管不得他。只好將他送出門來，將來請親母重重管他罷。』

老學究道：『唉，親家母，誰教你當初給他念洋書……』

老學究說到這裏，便沒有下文，只舉起他的旱煙管來吸煙，靜聽中年婦人的回話。

正在這時候，只見那熱心的校長衣冠楚楚的走進門來，一見中年婦人便呼道：『李太太，你好麼？我今天來向你老人家作最後的要求了。』

中年婦人一聽這話，惡狠狠的立起身來，罵道：『叫他化子殺壞流氓，滾出去！瘋狗，快快……』

校長聞言，返身便向外奔。這裏老學究慢慢的問中年婦人道：『親家母，甚麼事，甚麼事？』

校長一口氣跑到校裏，纔透了一口氣，說道：『唉，我空做了一回熱心的校長。』

（一九二三年第三卷第一〇六期）

廿三

第十二章　取材

材料便是小說的實質，必先有了材料，而後能做小說。必先有了實質，而後拿文字寫出來，成爲形式。有人說，這種材料，是只可以偶然得到的，不可勉强去尋。倘然偶然得到了一種好材料，隨便寫出來，自然成爲一篇好小說。倘然在没有材料的時候，硬去尋找，固然尋不到。便是尋到了，也不會好。拿他來做成一篇小說，便是一篇無聊的小説，有甚麽價值呢！照這樣説來，取材二字，可以算不成問題了。

但是我以爲不然，爲甚麽呢？材料隨處都有，不留心的人看見，便當面錯過了。留心的人，把他看在眼裏，便可做絶妙的小說材料。譬如社會上種種的事，如叫化子討飯，流氓賭博，富人的奢侈，窮人的苦惱，以及其他種種，都可以做小說材料。不過在不會取材的人，便要當面錯過。在會取材的人，看在眼裏，或是把他照樣描寫出來，或是因他發生出一種甚麽感想，將感想和事實一齊寫出來。只須寫得好，便是好小說。材料充塞於宇宙之間，却有人會取，有人不會取，那麽取材又成問題了。

取材既然成了問題，那麽便有討論的必要。討論分兩層，其一是材料如何取法。其二是材料如何選擇法。因爲材料雖然取了來，但其中也有好的，也有壞的，也有適用的，也有不適用的。所以在採取了以後，先説取材，取從甚麽地方取呢？其一是從社會上取，其二是從書本子裏取。關於描寫人生之斷片的小説，其材多自社會上取來。關於托物寓意的小説，其材有的從社會上取來，有的從書本子上取來。譬如我們讀托爾斯泰或是太戈兒的哲學書，得到一種人生觀，將這種人生觀，假造一件事情表演出來，那麽這種材料可以算從書本子上得來的。譬如我們讀杜威的教育哲學，得到一種教育原理，我們將他的原理拿事實寫出來，題名爲《理想之學校》或《幾年後之學校》，做成一篇理想小説，那麽這種材料可以説從書本子上得來的。有人誤會了，以爲抄襲歷史上的故事，或抄襲遊記裏的人情風俗，算是從書本子上取材，這是不對的。

至如從社會上取材，容易明白，不必多説。

既然曉得材料所在的地方，只須在平時涉足社會的時候，和社會上種種人接觸的時候，或是讀書的時候，略爲留一點心。將種種事實或理論，看在眼裏，放在心裏，這便是採取了。儲藏在腦子裏，等到要用的時候，便可以拿出來用。

（一九二三年第三卷第一一四期）

廿四

第十二章　取材(續)

再舉實例證明,像下面一篇《貧富階級》,可算描寫社會之斷片。他的材料,不過是社會一件很尋常的事,現在將他細細的描寫下來,便是一篇小說。

貧富階級

這篇小説的材料,是一個朋友的母親向我説的。事雖平淡無奇,然描寫世態炎凉,歷歷如繪。我知道非親身經歷過的人,决不能道。我便把他的話照寫出來,做篇小説。以下都是這位老伯母的話了。

在三年前,我住在滬北,隔壁住的是個前清官僚,自入民國以來,他久没得官做了。但是身邊還有十幾萬銀子的蓄積,存在銀行裏,按年收著利錢度日,倒還可以過得去。這人姓柳,年紀約有四十多歲了。他的夫人年紀反比他大十來歲,看起來差不多像他的娘,但是他家用人稱呼他們做柳老爺和柳太太。他們身邊没有兒子,據説兒子在北京做宦,但也不知道是真是假。除了他們夫婦而外，還有一個女兒，十七八歲了，他家用人呼他做柳小姐。僱用了一個揚州老媽子，姓潘，呼做潘媽媽，年紀已有五十多歲了。爲人很是忠厚，可憐的很。

柳太太爲人，對於鄰舍倒很和氣，但是對於用人，非常的苛刻。他女兒柳小姐的性子，完全像著他的母親，一味的虐待用人。

他家僱用老媽子，進門的時候，必先訂了三個條約，第一是不准用人的家族或親戚，到主人家來探訪。第二是倘然用人生了病，一天不能做事，便須扣除一天的工錢。如病了三天不好，便須逼迫他出門。第三是僱用的婦人，無論老少，非奉了柳太太的命，不准和柳老爺説話。因此人家都不願意替他做用人。只有潘媽年紀又老了，爲人又忠厚，所以纔在他家做了一年半的用人。然而鬧出來的笑話已不少了。

有一天，我坐在家裏，聽見隔壁柳太太和潘媽又争吵起來，吵得很厲害。柳太太道：『叫你拿三個銀角子買肉，你却吞没了一個。你這樣的行爲，試問你已是犯了何等之罪。』

潘媽道：『太太，我實在没有這一回事。而且我那裏敢做這種事！』

柳太太不由分説，拍著桌子亂嚷亂罵，又説道：『小姐親眼看見你的事，你還要抵賴嗎？』

這時候潘媽却氣哺哺的説道：『太太不信，可往賣肉的店裏去問問，便明白了。』

正在這時候，柳小姐忽然插嘴道：『媽媽不要和他去問，他和肉店裏串通作弊的。』

柳太太聞言，越發大怒，接接連連，把桌子幾乎都拍穿了。潘媽媽也不説話了。這件事情，後來不知怎樣解决，我們鄰人，雖然説柳太太性子過暴，似爲潘媽落錢，或者也真有其事。

又過了幾天，纔知道潘媽是冤屈，據潘自已告訴别人道：『柳太太叫我出去買東西時，常常暗中叫小姐但跟著我走，防我作弊。這回買肉，也是如此。却不料剛走出門，小姐便問我道：「潘媽，我們何妨買二角錢，那麽落下來的一角，我和你平分便是了。」我當時不敢做這勾當，回絶了小姐，却不料小姐懷恨，反而誣我。挨他駡還是小事，我辛苦賺來的工錢，已被他扣去一角了。』這是他家主僕争吵的一段笑話。

又有一天，柳太太從外面看戲回來，已是夜裏十二點鐘了，敲門敲了好久，纔敲開來。柳太太禁不住大怒，大聲駡著潘媽道：『你睡死了麽？爲甚麽敲了這半天，總不聽見！』

（待續）

（一九二三年第三卷第一一六期）

第十二章　取材（續）

潘媽陪著笑容說道：『太太，我年紀老了，耳朵又有些聾，所以没有聽見。』

柳太太道：『哼，年紀老了嗎？和人家軋起姘頭來便不老了，你的事我還不知道嗎？恐怕我敲門的時候，你正和那老東西（指柳老爺）睡覺罷。』

潘媽聞言，慌忙分辯。但是柳太太念嚷個不住，說出許多不好聽的話來。柳老爺也不敢分辯。後來還是柳小姐出來證明了没有這事，這個問題，纔算解决了。這又是他家主僕爭吵的一段笑話。

又有一天，是舊曆臘月二十四了，柳太太請了幾位女朋友吃年飯。他也請了我（記者按：即前文所述朋友的母親），我却没有去。不知他們爲甚麼事，潘媽又得罪了柳太太，柳太太逼著潘媽出去。潘媽說，人家都過年了，往那裏去呢？便向柳太太求情。柳太太那裏肯，潘媽没法，來託我轉向柳太太講情。柳太太看我的面，纔答應了，許潘媽仍舊在他家當老媽子。聞說這回潘媽得罪柳太太的原因，是柳太太請客的日子，潘媽自己穿了很漂亮的衣裳，客人中有一位覺得可厭，柳太太便罵潘媽。潘媽回說窮人没有好的衣服穿，柳太太越是氣，便要趕他出門。這又是他主僕争吵的一段笑話。

其他類此的事很多，説也不勝説。且説我同柳姓做了幾時鄰舍，彼此都算是熟人了，没事也常相來往，柳太太待鄰舍也不壞。再過了幾時，我家從滬北遷到斜橋來居住，和柳家相隔甚遠，他家的事，我便不知道了。

忽忽過了兩年，柳太太因爲遊龍華賞桃花，便道到我家來看看我。鄰舍的交情，還是一般，柳太太的容顔却已老了許多。柳太太和我談談家常，知道他坐吃山空，境况也不及兩年前好了。

柳太太臨去的時候，約我往他家去玩玩，我爲着當年的交誼，這回他又來看了我，我也趁著往滬北之便，到當年居住的老地方，訪訪柳太太。走進門時，只見他家老媽子已不用了，只是柳小姐幫助柳太太料理家務。柳小姐見我來了，很是歡喜的，趁著柳太太和我談話的空閒時候，也和我談些家常，語言之間，很有些埋怨柳太太不是。大約柳小姐第一件不稱心的事，便是自己這麽大了，他母親不曾替他打算終身之事，只拿他當丫頭用。

坐了一回，柳太太吩咐柳小姐出去叫麵，給我當點心。我方回説不要，柳小姐已飛奔出去了。大約還不曾走出弄子，又飛奔的跑轉來，一面説道：『媽媽，潘奶奶來了。』柳太太聞説，便丢了我往外走，正是這時，柳小姐和潘奶奶已走進門來了。我看那潘奶奶時，年紀五十多歲，是一個大胖子，穿了很新很大的花緞襖，裙底下一雙大腳，頭上戴滿了金飾。只是他一副容顏，絶和當年的潘媽相同，分明是一人不是二人。只不過肥瘦不同，和衣裳有別罷了。我心裏實在懷疑，却是說不出。潘奶奶見了我，也不招呼，只是和柳太太說了幾句話，便要去。說的話大約是金錢關係，詳情我也没有聽清楚。潘奶奶一面要去，柳太太一面吩咐柳小姐多叫一碗麵，讓潘奶奶吃。潘奶奶道：『麵我是不吃了，只讓我看看柳老爺罷。』

柳太太道：『老爺剛出去了，你奶奶早來一刻鐘，他還在家哩。』潘奶奶道：『這樣我隔天再來罷。』說著便走。

柳太太送他出門去了，柳小姐低聲向我道：『這位潘奶奶，你知道是誰麼？便是當年在我家做老媽子的潘媽。如今他好了，他買彩票，連得了兩個頭彩。如今他不叫潘媽，叫潘奶奶了。』

我聞言纔知詳情，暗暗好笑。片刻，柳太太送客回來了，他向我說道：『這位潘奶奶，便是我們將來的親家母。』

（一九二三年第三卷第一一七期）

（待續）

廿六

第十二章　取材（續）

『我家老爺，剛打算把小姐嫁給他做媳婦哩！　唉，小女孩子，太不懂事，這樣好人家，他還左不願，右不願。我不知他看中了那個。……』

柳太太説到這裏，我不能回答。只默默的不發一言，辭别他歸去了。

（一九二三年第三卷第一一八期）

廿七

第十二章　取材（續）

上面一篇，是從社會上取來的材料。如今再説從書本子上取來的材料。歐陽修的《畫眉鳥》詩云：

百囀千聲隨意唱，山花紅紫樹高低。
始知鎖向金籠聽，不及林間自在啼。

我當時讀了他這一首詩，發生了一種感觸，便拿他這個意思，寫成了一篇小説，名叫《秋燈蟲語》。現在照録如下，以資比較。（原見《小説月報》九卷十二號）讀者觀此，可以知道從書本子上取材了。

秋燈蟲語

話説這時是個晚秋天氣，黄昏時候，新雨之後，越發覺得凉氣侵人。四壁蟲聲，啾啾唧唧的叫個不住。百葉窗裏面的電燈，剛剛紅了，却被凉氣所逼，淡淡的不像夏夜那般炎熱。窗下坐著三人，一個是五十多歲的老翁，一個是五十上下的老太太，還有一個便是個十七八歲的女郎。這女郎生得花容月貌，不消說了。便是他身後邊站著一個丫頭，也豐韻楚楚，可憐不過的。看官，這所在不消說便是一個快樂的家庭，老翁和老太太便是一對老夫婦，這女郎便是他們的令媛了。這時候女郎背著燈拿著一個蟋蟀盆，在那裏喂養蟋蟀，一面喂時，一面吩咐他丫頭道：『玫瑰，快把我書架上的蟋蟀盆，一個個都拿下來。這幾天我生了病，你們便沒那個給他的水和食，可憐他們多半是餓死了。』玫瑰聞言，領命而去。

（本章待續）

（一九二三年第三卷第一一九期）

廿八

第十二章　取材（續）

這裏老翁便笑著向老太太道：『嫻華今年也有十八歲了，只是鎮日的玩著蟋蟀，針綫也不作，當家理事，更不消說了。轉眼嫁給人家去，看他如何做媳婦。將來被人家說父母没有教訓，看你做娘的面上，有甚麽好看。』

老太太接著笑道：『人家說父母没有教訓，我做娘的面上，固然不好看，難道你做老子的面上又好看麽？嫻華的性情，都是你慣出來的，這回却又埋怨我。待我來管束他，你又不由我做主。這真是教我爲難了。』

老翁說道：『不是這樣說，管束兒子，是爲父的責任，管束女兒，是爲母的責任。』

老太太不待老翁說完，便含怒說道：『這樣說更不對了，難道女兒只是我一人生的，你没有份麽？』

老翁被他一問，問得没話回。默默的呼了一回氣，這裏玫瑰却從外面走進來，慌慌張張的說道：『小姐，那邊楷籠裏關的紡織娘，不知幾時逃走了一隻。』

嫻華喂蟋蟀的時候，他們父母所說的話他都不留心，這回聽見玫瑰說紡織娘逃了，他便丢下蟋蟀盆，抬頭問玫瑰道：『玫瑰，逃的是那一隻？是青的還是黄的？』

玫瑰道：『便是前天小姐親自在絲瓜架下捕捉的那一隻青的。』

嫻華聞言說道：『死丫頭，這是我最愛的，你竟放他逃了麽！』

玫瑰忙分辯道：『他自己逃，不是我放他逃的。』

嫻華道：『死丫頭，你還要說謊話麽？』

説著氣得面上改了色，不料他這一句話，又觸老太太。老太太氣勃勃的説道：『嫻華，你真是眼中没父母了。你這紡織娘，便是我放他逃的，你駡玫瑰的，便是駡了我。』

嫻華聞言，滿腔的冤屈無處可説，禁不住流出兩行淚來，却又不得不裝著笑容，在他犯了母親面前賠了不是。

（本章待續）

（一九二三年第三卷第一二〇期）

廿九

第十二章　取材（續）

這時老太太氣還没平，咬著牙齒向嫻華道：『老實告訴你罷，前天林將軍府上，要想討你做媳婦，這般姻緣再好也没有了。你却不願意，説他家少爺是個俗人，不會捕捉秋蟲。咳，這是你錯了，他家少爺，有斬將殺敵的本領，難道一隻蟲也不會捉麽？你説那個能捉得一隻紡織娘，像你自己捉得這般好，你便嫁他。難道鄉下挑糞的老兒，放牛的孩子，他能捉得這隻蟲，你也嫁他麼？』

這一席話說得老翁和玫瑰都笑了起來。老太太接著說道：『因此我恨你不過，便把你所愛的紡織娘放他逃了，看你又怎樣！』

嫻華聞言，只是氣得說不出話來。老太太却還不肯休歇，還要說話，玫瑰見事不了，便丟個眼色給老翁，是仿佛教他想個法子解圍的意思。老翁會意，立起來在房裏踱了幾步，劃著自來火，吸了雪茄煙，却也一時没有主意。停一會兒，忽然計上心來。便走向窗前，高聲呼著傭婦道：『黄媽，這時候已八點鐘了，怎麽還不開飯？』

黄媽聞聲從厨房裏走出來，説道：『晚飯早已備好了，只是老爺没有吩咐，不敢送上來。』

老翁怒道：『更胡説了。難道我到十二點鐘不吩咐，你便到十二點鐘也不開麼？』

黄媽答應曉得，片刻送上飯來。嫻華賭氣，不肯吃飯是不消説了，便老太太也只吃了半碗飯，便已放下。

一夕無話，明天嫻華小姐便病卧在床上，不能起身。老太太雖然和他女兒争氣，却是心裏仍是疼愛他的，這回見他生病，便慌了，忙請醫生給他診脈。醫生問明病源，開了個調和氣血的方子，却還向老太太説：『小姐要怎樣，只得依他怎樣，不可違拗他的性子。』

老太太奉了醫生的命令，自然是百般的依著嫻華了，他要怎樣，便是怎樣。又叫玫瑰四處的捕捉蟋蟀、紡織娘、叫哥哥、□兒，供他玩耍。床頭案尾，没一處不是放的秋蟲盒子。玫瑰更是往來伺候喂水喂食，忙個不了。唧唧啾啾，一夜叫到天亮。伴著那半簾殘月，三徑秋風，將一個閨房，變做那豆棚瓜架荒煙蔓草的所在。這個情景，好不清幽。嫻華的病，雖因此略好些，却因昨天他母親提起婚姻的問題，且又搶白了他幾句，他心中終覺得鬱鬱不樂。俯仰身世，百感交集，忽忽過了幾天，病勢還没十分輕減。

且説他有一位朋友，姓邢名静安，三年前和嫻華同學。兩人的性情，是很相近的。這回静安聽説嫻華卧病，少不得要走過來看他。二人先談些閒話，後來説到嫻華母親鬥氣的事，嫻華便執著静安的手，嗚嗚的哭。

静安道：『妹子不要悲傷，將來定要得一個知己的夫婿。令堂便是固執些，但他們老人家見識，總是如此，你也不可過於執拗。』嫻華聞言，只是嗚嗚的抽了一口氣，雙淚便又流下來了。

静安道：『我也知道妹子的性情孤僻，志節清高，斷不能隨俗俯仰。然而這麽大的世界，難道天只生了你一個孤僻清高的人，便没生第二個麽？』

嫻華聞言，微微抬眼一望，然後説道：『第二個是有的……』話還未完，静安急急的説道：『既然知道有的……』嫻華轉口道：『這人不是他人，便是你了。你我二人可算得知己，此外恐怕便没有了。』

這一句話，説得静安笑了起來，含笑答道：『只恐怕我没有這福分，却又怎樣？』

這話説得嫻華滿面通紅，玫瑰在旁見事不了，又來替他小姐解圍，説道：『小姐，你臉上這般紅，豈不是發燒麼？你宜安睡一刻，不可勞神了。』

嫻華道：『我是發燒，但我這時候，要和邢小姐談談，你不要管我的閒事。』

靜安道：『你還是安睡吧，我不敢勞你的神了。』話罷立起來欲走，嫻華一把將他拉住，説道：『姊姊不要走，我還有話和你説。你看我好蓄秋蟲，你只當我和小孩子一般，將他玩耍麼？誰知我别有懷抱？』

（本章待續）

（一九二三年第三卷第一二一期）

三十

第十二章　取材（續）

靜安道：『怎麼樣懷抱？倒要領教。』

嫻華道：『也没甚旁的懷抱，只不過我的性情，也和秋蟲一般，避炎趨凉，惡囂喜静，因此我便把他當做知己。秋蟲有這般的好處，可惜世人没有一個知他。我生成這般的性情，也不肯求人家知道，我只得同秋蟲結個知己罷。姊姊，你道可憐不可憐。』

静安聞言，剛待回答，玫瑰忽報外面醫生來了，静安聞言避去。這裏醫生診脈開方不必細叙。且説第二天静安來看嫻華，這時候很早，嫻華還没起身，静安便將他盒子裏所蓄的秋蟲，都搬到花園裏去，一個一個的開盒子放了。這些秋蟲久縶籠中，一旦被放，自然是拚命跳入亂草叢裏去了。片刻之間，早已無蹤無迹。剛在這時候，玫瑰忽然走過來，看見這情形，只急得雙腳亂跳，口裏不住的喊道：『邢家小姐你做甚麽，邢家小姐你做甚麽？你不是要送我小姐的性命麽？』

静安聞言，慢慢的答道：『你不要管，你家小姐問起這事來，自然有我回答他。』

玫瑰道：『他正是在那裏詢問了，你快去回答他。』

静安便同玫瑰走入嫻華房裏。玫瑰一路替他擔心，静安却像没事一般慢慢的走到嫻華身邊，説道：『妹子，你不是很愛惜這些秋蟲麽，我都替你放他去了。』

嫻華心裏，早已氣得半死，却因静安是他的好朋友，他不便説甚麽，只是默默的生氣。静安這麽説，他一聲也不響。静安低聲低氣的説道：『妹子，你不要生氣，你且聽我説明這個原由。你既然愛惜秋蟲，你應該要使他快樂，斷不可教他受苦。他們在豆棚瓜架裏度日子，自然有一種天然的快樂。自然被你捕捉回來，閉置籠中，便是罪人入牢獄一般，生趣都盡了。他們鎮夜唧唧的叫，你説是好聽，安見得他們不是叫苦呼痛飲泣悲歌麼！如此你還是你和他們知己，只怕他們視你如惡鬼魔皇了。你既然和他們稱知己，既然愛惜他們，應該使他們飲食男女，各得其所，自由自在，無束無拘。這便是真愛惜，這纔算是真知己。』

嫻華聞言，禁不住忙爬起來，向靜安深深的一拜説道：『姊姊高論，叫我只知感激，不知佩服。』

靜安笑道：『自然有秋蟲感激我，你也要感激我麼？』

嫻華道：『我是替秋蟲感激的。』説著雙手抱住靜安的頸，不肯放鬆。靜安却推開他説道：『你不應該感激我，你應該另外感激一個人。』

嫻華道：『這又奇了，這話我不懂，你快快明白説了罷，不要累我急死了。』

靜安道：『你要我説麼？我便説剛纔這一番高論，并不是我的議論，我不過代他人傳話罷了。』靜安説到這裏，嫻華知話裏有因，早羞得滿面通紅，抬不起頭來。

靜安接著説道：『這番議論，是我表兄發的，你要感激我，你不如感激我的表兄。』嫻華聞言，越發害羞，一句話也説不出，早已抛開靜安逃向外面去了。

看官，嫻華病卧數日，不能出門，這回却笑吟吟的走了出來，他那老太太和老翁看見，喜出意外，都説他們請的這位醫生，果然高明，纔服三劑藥，便已好了。這是閒話不叙，且説那天夜裏，嫻華背燈獨坐，私問著玫瑰道：『剛纔邢小姐説起他的表兄，你可知道他姓甚名誰？』

玫瑰道：『邢小姐的表兄麼，我知道的。原來不是他人，便是前天太太所説林將軍的少爺。』

嫻華聞言，一句話也不能説。他心裏是一種甚麼感觸，不但做書的人説不出來，便是嫻華自己也説不出來，只好不説罷了。

光陰迅速，忽忽過了一年，又是晚秋時候，有一對新婚夫婦，并坐在籬豆花下，聽著那籬根牆角的秋蟲，自由自在，吟風唱月。忽然後面有個絶色佳人，走過來笑道：『嫻華妹子，你記得去年今日，和你老太太鬥氣麼？』

（本章待續）

（一九二三年第三卷第一二二期）

三十一

第十二章　取材（續）

上面一篇小説的意思，是從歐陽修的詩裏化出來的。其實歐陽修的詩，也有來歷，他是從什麼地方來的呢？《莊子》裏有一節云：

昔者海鳥止於魯郊，魯侯御而觴之於廟。奏九韶以爲樂，具太牢以爲膳。鳥乃眩視憂悲，不敢食一臠，不敢飲一杯。三日而死。此以己養養鳥也，非以鳥養養鳥也。

照此看來，歐陽修的詩意，豈不是從《莊子》裏化出來的麽？兩三行《莊子》，可化爲一首詩，又可化爲一篇小説。如此説來，做詩或做小説的人，只要會得取材，多讀一本書或一頁書，即能得一本書或一頁書的益處。書讀得越多，材料越豐富。而且可以拿幾種不同的書裏的材料，融會貫通，自成爲一種思想。或者拿他人的思想，和自己的思想融會貫通起來，自成爲一種思想。更可以讀他人的書，以啓發自己的思想。（這些很難舉例説明。）

袁子才的詩道：『但肯尋詩便有詩，靈犀一點是吾師。夕陽芳草尋常物，解用都爲絶妙詞。』這首詩説得很透徹。明白了這個道理，可以做詩，可以做小説。以上關於取材的方法説完了，下章再説選材。

（一九二三年第三卷第一二三期）

三十二

第十三章　選材

前章已説明白了取材，既知取材，便不怕材料缺乏了。然但知採取，而不加選擇，材料雖然豐富，用之不當，也不能做成好小説。所以選材也是一件要緊的事。

不過選材二字，很要注意。不是在採的時候選，是在用的時候選。我何以要説這句話呢？因爲材料的好不好，材料的適用不適用，并没有一定的標準。往往同是一件材料，用在這個地方不好，用在那個地方却好。或用在這個地方好，用在那個地方却又不好。所以説不是在採取的時候選，要在用的時候選。採取時只管博採旁搜，多多益善，等到一旦臨文，揀適用的拿出來用。倘不預先採取儲蓄，等到一旦應用，便没有可用。臨時採取，也來不及了。

也有人説，應該先有意思，然後去做小説，這篇小説纔好。倘然先打定主意要做小説，然後四處去搜羅材料，這樣的小説，便不是好小説。照這樣看來，先有好材料，而後可做小説。倘無好材料，便不必做小説。材料既然好，便是天然的好材料，也無所謂選不選了。故選材二字，不成問題。

我道，這番話固然不錯，然也只有一方面的理由。爲甚麼呢？我可分開來做兩起説。

其一，偶然得到好材料，拿來做小説，固然是用不著選。然照一件實事，老老實實，記載下來，必不能成爲一篇好小説。一定要經過一番剪裁布置的工夫，纔能成爲一篇好小説。這種剪裁布置，便是將所有的材料，審查審查，或去或留，或增或減。這種去留增減的手續，便是我所謂選材了。

（一九二三年第三卷第一二四期）

三十三

第十三章　選材（續）

那麼人家又要問，既然是一件好材料，爲甚麼又是剪裁布置呢？我道，好材料，不過就大概而言。決不是將好材料照樣記載下來，便能成爲一篇好小説。其原因大抵如下：

（甲）實在的事，是縱横兼佔的。寫在小説上來，是有縱的地位，没有横的地位，所以不能不變動。甚麼叫縱横兼佔呢？譬如有某事發生，經過三天或四天的時間，這是佔著縱的地位。又如有三人或四人同時説話，這是佔著横的地位。寫在小説上來，縱的可以照寫，横的不能照寫，至少要將三人或四人的話，一個一個挨次記下來，這就是變動。因爲變動，將横的改爲縱的，那縱的便加長了。嫌他嚕蘇不得不揀無關係的删去。有時候因爲縱横改變，形情不能明瞭，須加入説明語或加添事實，使他充分的明白。這些手續，便是叫做剪裁布置，也便是叫做選材。

（乙）實在的事，是複雜的，寫在小説上來，不能不將其中無關係的人及無關係的事盡行删去，只存一件或兩件簡單的事，以清眉目。這也是叫做選材。

（丙）實在的事是没系統的，零零碎碎，斷斷續續的。寫在小説上來，大多數要替他整理一下子。使他有系統，然後纔能看得明白。這也是叫做選材。

其二，是先欲做小説，而後將所儲的材料拿來用。這一層，雖不是做小説者唯一的方法，然做小説者，往往要用到這個法子。

（下期待續）

（一九二三年第三卷第一二五期）

三十三

第十三章　選材（續）

根據前面的話，先有了可做小説的材料，然後做小説。這句話是不錯的。然有時也須用第二種法子來補助。譬如我已經得了一件材料，其中的主人翁，有一個是可憐的妓女，在本材料裏却没有鴇母。做小説的人，所預儲的材料之中，倘然有關於表現鴇母凶惡的材料，可以拿來在這裏用。然材料未必盡適用，適用的用，不適用的只好不用。斟酌情形，運用得宜，這就是選材了。

總之，選材的問題，所包甚廣，不能一一分別舉例證明。現在只好統舉兩個例子，以備讀者參考。舉一反三，全在於善讀的人了。

（一九二三年第三卷第一二六期）

三十四

第十三章　選材（續）

可憐的同胞

有一回我從大馬路乘電車，往北火車站。匆匆的跳上頭等車廂，摸出三個銅元來買票。賣票人便退還我兩個，説道：『打旗的不要。』（打旗的指民國紀念幣。）我再從身邊摸了一摸，摸出三個銅元來，只有一個是龍，以外都是打旗的。我方在揀來揀去，賣票人不由分説，便惡狠狠的推我往三等車廂裏去。我説：『三等車廂是我坐慣了的，但要我自由去坐，决不受你的强迫。我寧可下車去。』一面走上月臺，拉繩打了一打鈴。開車的理也不理，管他開得如飛一般的走。

正在這時，忽見一位至好的朋友，坐在後面拖車裏。我舉手招呼，問他借了一個銅元，買了票，纔算無事。我坐在車裏，只覺得這賣票人極其可憐。

停一回，一個臃腫不堪的白髮的西人走上車來，賣票人要他買票，他理也不理。賣票人又低下頭去説，那西人舉起腳來踢了一腳，賣票人彎著身子摸摸膝蓋，便走開了。這時車中人有含笑的，有含怒的。但我覺得這賣票人更可憐，覺得這西人也是可憐。

停了一回，已到北火車站了，我跳下車來。走了幾步，已到寶山路口，喚黃包車往寶興路去。車夫如蜂擁一般的上前争生意，你扯我拉，好不自在。我向最先來的一部車子，説明了十個銅元，拉到寶興路中間。片刻到了寶興路口，他便停了下來不拉了。我道：『再走十來步不能彀麼？因爲天下雨，你拉我到門口便是了。』車夫盛怒道：『那麽要再加五個銅板。』我爲勢所挾，只得答應了他，但是覺得他實在可憐。

走不多遠，撲通一聲，警察的棍子，打到車上來了。警察口裏説道：『照會，照會。』我知事不妙，忙跳下車來，付了車夫十五個銅板。車夫偷偷摸摸的拿出一塊洋錢，遞與警察，警察便放他走了。但是我覺得這車夫更可憐，覺得這警察也可憐。

我在寶興路，會了朋友，回到家中，已是黃昏時候了。躺在椅子上昏昏沉沉的睡著了，眼睛裏忽然看見剛纔那電車賣票人，那臃腫不堪的西人，那黃包車夫，那警察先生，都拉著我，手攜手的在月光下跳舞，口裏説道：『我們都是同胞。』

咳，可憐的同胞啊！

按這篇小説，包括四件事：（一）是電車賣票人與乘客的交涉。（二）是電車賣票人與外國人的交涉。（三）是人力車夫與乘客的交涉。（四）是人力車夫與警察的交涉。這四件事雖是實事，雖然是作者眼睛裏所看下來的，然仍是今天看一件，明天看一件，看下來的。并不是同日看下來的。現在將幾天的事，并在一天寫，纔覺得連貫。否則便不聯絡。四件事是天然的材料，拿這四件事併在一起寫，便是選材法。

（一九二三年第三卷第一三〇期）

三十五

第十三章　選材（續）

兵　艦

看官諸君，我這篇小説，那兵艦二字做題目，諸君聽了，一定以爲是一篇軍事小説，主人翁一定是甚麼海軍總司令等。而所叙的事，大概是國際交涉的事。誰知大大不然，我這篇小説裏所説的事，乃是小孩子的玩意兒。

閒話表過不提，且説我家有兩個小孩子，大的十歲，小的五歲，他們乃是兩兄弟。有一天，我帶他們往一家書館裏去。我分給他們十角小洋，兩人均分，每人五角，聽便他們自己喜買甚麼東西，便買甚麼東西。那十歲的哥哥，性子很沉静，喜歡讀書，他接到五角小洋，便拿來買了幾本兒歌兒童小説等書。又買了一本習字簿和一枝鉛筆，五角小洋已用完了。那五歲的弟弟，性子粗躁好動，他接到五角小洋，便拿來買了兩隻洋鐵製成的兒童玩的兵艦，五角小洋也用完了。

停一回，我帶了他們回到家中。可不好了，那五歲的小弟弟，有了兩隻兵艦，他便以爲可以逞他的强權了，拿兩隻兵艦在房間裏的地板上，駛來駛去，横衝直撞没人敢阻擋他。這一片很安静的地板，立時變了海軍示威的太平洋。他不但在他自己的境界内耀武揚威，有時還要硬衝入他人的境界裏去。他以爲恃著强權，侵略他人，乃是應該的事，算不得甚麼稀奇。

這時候他的哥哥正在拿著一本兒歌，坐在他自己的座位上，一心只管讀書。不堤防他弟弟的兵艦忽然衝來，剛衝在他的脚上。那很堅利的艦首，將哥哥的脚背觸痛了，哥哥便大哭起來，和弟弟争論。弟弟不但不理會，而且開了第二隻兵艦，向哥哥那邊衝去。這時候他哥哥俯伏在地板上，兵艦開足了機關，猛然衝去，又衝傷了哥哥的手，衝得鮮血長流。忙拿著手裏的兒歌來抵抗兵艦，可憐好好的一本書，又被兵艦破了一個大洞，哥哥更是哭個不止。

（本章待續）

（一九二三年第三卷第一三三期）

三十六

第十三章　選材（續）

這時候我很看得不平，便勸弟弟不要如此逞强權，况且大家原是兄弟，更不能這樣的欺人。然弟弟在得意的時候，那裏肯聽我的話。

這時候弟弟又開足了兵艦的機關，預備衝人。誰知開得太過了，訇的一聲，機關壞了，那兵艦肚裏的發條彈起來，把弟弟的中指頭，削去了半個。弟弟立刻大哭起來，而那隻已壞的兵艦，放在地上，再也不走了。弟弟自成喫了這一次虧，還有那一隻未壞的軍艦，他也不敢再駛。

看官諸君，兵艦的威風，不過如此。諸位小朋友們，你們讀了我這篇小説，應該覺悟，切不要再蹈我家小弟弟的覆轍。

按這是篇寓言小說，我在民國十二年夏天，某國的兵艦撞入湖南時做的。（在某國地震之前。）做這篇小說的動機，是感觸著某國對於我國的侵略，有些不平，借這一件將我不平之感寫出來。至於篇中的事實，乃是在平日看在眼裏的，這時候拿他來應用罷了。倘然平日看了這件事，不大留心，等到今天，我便要寫我胸中的感慨，也只好老實寫幾句『兵猶火也，不戢將自焚也』的話。然這種材料，也要剛遇到這種感觸時，纔爲適用，并不是隨便甚麼時候都適用。現在這篇小說，可表明一種選材的方法。

（一九二三年第三卷第一三四期）

三十七

第十四章　長篇與短篇

以前所講的各章，差不多兼指長篇及短篇而言。現在因爲我這書的題目叫做短篇小說概說，當然是限於短篇，不講長篇。所以現在把範圍縮小，專講短篇。

甚麽叫長篇呢？甚麽叫短篇呢？當然是以字數的多少，來區别他。不過短篇却有兩種，一種是長篇的節本，一種是長篇的縮本。

長篇的節本，是長篇中的一段。譬如記一個人，只記這人某日的一件事，并不是要從這個人有生以來，一直叙到他死。譬如記一件事，只記這事的中間一部分，并不是從這件事發生以來，一直叙到他結束了爲止。長篇是有始有終有頭有尾的，現在從這長篇中節下一段有精彩的地方來，做成一個短篇，不必有始有終，不必有頭有尾，只要這一段是有精彩的地方就是了。

長篇的縮本，是將長篇縮小，成爲一個短篇。譬如記一個人，也從他有生以來直叙到他死。譬如記一件事，也從他發生以來直叙到他結束爲止。完全和長篇相同，有始有終，有頭有尾。他所以和長篇不同的地方，不過是略叙大概，而不詳細的描寫，因此字數便減少了。譬如有一本長篇小説，有人替他做一個提要，這個提要，可算是這個長篇小説的縮本。

這兩種比較起來，自然節本比縮本好。因爲節本取了一段有精彩的地方，其他没精彩的可以不要了。縮本可以知道全體的大概，却没有一處容易有精彩。

中國古代所有的短篇小説，大概都是縮本，不是節本。譬如前人文集裏所謂傳記（現在當他小説看），叙一人，叙一事，豈不都是有頭有尾麽。然而篇幅却極短，往往不到一千字，甚至於只有五六百字。這樣可説是長篇的縮本了。因爲將他細細的描寫起來，可以放大幾十倍，便成了長篇。直到最近，纔有節本的短篇小説出現。這是小説界的一種變化，也是一種進步。縮本和節本現在再舉兩例說明於下。

（本章待續）

（一九二三年第三卷第一四〇期）

三十八

第十四章　長篇與短篇（續）

《老殘遊記》是一部長篇小說，現在將他中間的一段摘出來，便是一篇短篇小說了。便是長篇的節本了。

老殘動身上車，一路秋山紅葉，老圃黄花，頗不寂寞。到了濟南府，進得城來，家家泉水，户户垂楊，比那江南風景，覺得更爲有趣。

到了小布政司街，覓了一家客店，名叫高升店，將行李卸下。午後便步行至鵲華橋邊，僱了一隻小船，蕩起雙槳，朝北不遠，便到歷下亭前。下船進去，入了大門，便是一個亭子。油漆已大半剥蝕，亭子上懸了一副對聯，寫的是：海右此亭古，濟南名士多。上寫著杜工部句，下寫著道州何紹基書。亭子旁邊，雖有幾間房屋，也没有什麽意思。

復行下船，向西蕩去不甚遠，又到了鐵公祠畔。你道鐵公是誰？就是明初燕王爲難時那個鐵玄。後人敬他的忠義，所以至今春秋時節，土人尚不斷的來此進香。到了鐵公祠前，朝南一望，只見對面千佛山上，梵宇僧樓，與那蒼松翠柏，高下相間。紅的大紅，白的雪白，青的靛青，緑的碧緑，更有那一株半株的丹楓，夾在裏面。彷佛宋人趙千里的一幅大畫，做了一架數十里長的屏風。

正在歎賞不絶，忽聽一聲漁唱。低頭看去，誰知那明湖業已澄净的同鏡子一般，那千佛山的倒影映在湖裏，顯得明明白白。那樓臺樹木，格外光彩。覺得比上頭的千佛山，還要好看，還要清楚。

這湖的南岸上去，便是街市。却有一層蘆葦，密密遮住，現在正是開花的時候，一片白花映著。帶水氣的斜陽，好似一條粉紅絨毯，做了上下兩個山的墊子，實在奇絶。

（本章待續）

（一九二三年第三卷第一四一期）

三十九

第十四章　長篇與短篇（續）

老殘心裏想道：『如此佳景，爲何没有什麽遊人？』看了一會兒，回轉身來，看那大門裏面，楹柱上有副對聯，寫的是：『四面荷花三面柳，一城山色半城湖。』暗暗點頭道：『真真不錯！』進了大門，正面便是鐵公享堂，朝東便是一個荷池。繞著曲折的回廊，到了荷池東面，就是個圓門。圓門東邊有三間舊房，有個破匾，上題『古水仙祠』四個字。祠前一副破舊對聯，寫的是：『一盞寒泉薦秋菊，三更畫船穿藕花。』

過了水仙祠，仍舊上了船，蕩到歷下亭的後面，兩邊荷葉荷花，將船夾住。那荷葉初枯，擦的船嗤嗤價響。那水鳥被人驚起，格格價飛。那已老的蓮蓬，不斷的綳到船窗裏面來。老殘隨手摘了幾個蓮蓬，一面吃著，一面船已到了鵲華橋畔了。

上面一篇短篇小説，是《老殘遊記》中的一段。第一句説，老殘動身上車，是從甚麽地方動身，也不知道。最後一句説，一面船已到了鵲華橋畔了，到了鵲華橋畔以後的事如何，也不知道。然讀者正不必知道，只賞鑒他寫大明湖的一段文字便是了。所以這一段可以從全部書中摘出來，獨立成爲一篇。便名《大明湖遊記》，亦無不可。

（本章待續）

（一九二三年第三卷第一四二期）

四十

第十四章　長篇與短篇（續）

我們倘然將全部《老殘遊記》縮小，做成一篇短篇小說，那麼這一段當然也要縮小了。縮小了是什麼樣呢？試看下面：

老殘動身上了車，到了濟南府。進得城來，在小布政司街一家高升店住下。午後信步走到鵲華橋，僱了一隻小船，蕩到歷下亭。進去徘徊一回，重行下船，到了鐵公祠前。原來鐵公祠便是明初燕王爲難時那個鐵玄的祠堂。在此朝南一望，看見對面的千佛山，樓臺樹木，好像是畫屏一般。正在賞鑒風光的時候，忽聽得一聲漁唱。低頭看時，只見水平如鏡，千佛山倒影湖中，原來已至大明湖深處了。湖南便是街市，却有一層蘆葦遮隔了，蘆花映著斜陽，煞是好看。老殘進了鐵公祠，只見正面是享堂，朝東是荷花池。繞過荷池，就是一洞圓門。門東邊有三間舊屋，匾上題著『古水仙祠』四字。過了水仙祠，仍舊上船，從半死的荷葉中，一直蕩到鵲華橋畔。

按將原文一大段，可以縮小成了上面二百多個字，却是原文中所有的故事都叙到了。由此類推，一部《老殘遊記》，全拿來縮小，是甚麼樣子，可以想見了。

以上節本和縮本都説明白了，不過我再有兩句話要説。其一，現代短篇小説的作者，應該只做節本，勿做縮本。因爲縮本不能充分的描寫，没有意思。其二，并不是先有了長篇的材料，而後節下來做短篇。是偶然得到長篇的材料中之一小部份，拿來做短篇。現代的短篇小説，可舉兩篇做標準如下。

（本章待續）

（一九二三年第三卷第一四三期）

四十一

第十四章　長篇與短篇（續）

決鬥　（俄國）泰來夏甫著　胡適之譯

一日早晨，烏拉得米（名）·克拉都諾夫（姓）同一軍官決鬥。克拉都諾夫也是一位少年軍官，身長面秀，年方二十二歲，髮鬈可愛。身穿軍服，脚踏騎馬長靴，却没有戴帽子，也没穿外套。他直立在那雪遮没的草地之上，圓睜着兩眼，望着他的敵手，兩人相距不過三十步，他的敵手正在舉起手槍，對準了克拉都諾夫。

克拉都諾夫把雙手抱胸，手中也拿着手槍，正等候他的敵手先放，他的臉上没有平常的光彩，却没有一毫畏懼之色。

他自己的危險，敵人的決心，兩邊副手的擔心，和死期的接近，這種種嚴肅的思想，把這一分鐘都變化成了一片慘怛肅殺的氣象。

他們來這裏解決一件關於名譽的問題。人人都覺得這問題關係很大，他們越不懂得他們自己幹的甚事，便越覺得這時候的莊嚴可怕。

（一九二三年第三卷第一四七期）

四十二

第十四章　長篇與短篇（續）

決鬥（二）　（俄國）泰來夏甫著　胡適之譯

轟然一響，手槍放了，人人打一個寒噤。克拉都諾夫兩手一鬆，兩膝一彎，倒在雪地上，（彈）子〔彈〕打在頭腦裏，血流不住。他臉上、髮上，雪地上，都是血跡。兩邊的副手跑向前把他扶起，同來的醫生驗過了，説是死了。

這件關於名譽的問題算解決了。

如今剩下兩事，第一須報告本營軍人，第二須報知死者的母親。他的母親所生只有一子，如今死了，更無他人可靠。他們没有決鬥之先，誰也没想到這老母親。如今他兒子死了，他們纔都想起他老人家怎樣可愛、怎樣可憐。他們都説，這事不可陡然叫他老母知道，只可慢慢地把死信透露與他。他們議定了，公舉一位精細的伊凡古奴本科，去辦這件最不好辦的事。

斐拉吉亞夫人（即烏拉得米克拉夫都諾之母）纔起床不久，正在預備早茶。看見伊凡古奴本科進來，忙起身迎他，口裏道：

『伊凡君來得凑巧，正好喝一杯茶。你一定是來看烏拉得米的。』

伊凡勉强答應道：

『不是的，我打這裏走過……』

（一九二三年第三卷第一四八期）

四十三

第十四章　長篇與短篇（續）

決鬥（三）（俄國）泰來夏甫著　胡適之譯

夫人趕着説道：

『你可别見怪，這孩子還在好睡哩！昨夜上我聽見他在房裏踱來踱去，一夜不曾睡。故我告訴下人們不要驚醒他，横竪今天是假期，他無事，正好多睡一會兒……但是你可有要緊公事要找他嗎？』

伊凡道：

『没有的，我走過這裏……進來望一望……』

夫人道：

『你果要見他，我立刻叫人唤醒他。』

伊凡道：

『不必，不必，你老人家別忙。』

老夫人看他支支吾吾的神情，估量他有要緊事要見他兒子，故此不容他分說，自己走出去了。

伊凡踱來踱去，抓頭絞手，不知道如何開口。時候到了，但是他的膽子都無了，心中只顧怪他自己不該管這閒事。

這時候老夫人回來了，口裏嚷道：

『你們這些少年人真正靠不住，我在這裏輕輕地弄杯子、盆子，不敢做一些兒響聲，怕驚攪了我的孩子。誰知道他却早悄悄地出去了……你爲甚麽不坐一會兒？ 請用一杯茶罷。你近來許久沒來看我們了。』

老夫人說到這裏，心中快活，忍不住微笑，接着說道：

（一九二三年第三卷第一四九期）

四十四

第十四章　長篇與短篇（續）

決鬥（四）　（俄國）泰來夏甫著　胡適之譯

『近來我們這裏的好消息多得很哩，烏拉得米想早叫你知道了，我這孩子怪爽直的，總不會瞞人。昨晚上我心中暗想道「呵哈，這孩子一晚上踱來踱去不睡覺，他一定又在那裏想麗娜佳了」。他可是如此每回地在房裏走來走去，明天一定去到□。唉，伊凡君，我現在只巴望上帝給我這一點快樂，我這一把年紀了，還想別的嗎？我只有一宗希望、一宗快樂……我每想烏拉得米和麗娜佳完婚之後，我簡直不用再禱告上帝了。到了那一天，我不知纔怎樣快活哩！……我有了這孩子，便不想別的。我無他求，只求他的快樂。』

老夫人越説越動了感情，説到後來，快活極了，眼淚也滚下來了。他一面揩眼淚，一面説道：

『伊凡君，你記得嗎？他們兩口兒起初因爲錢的緣故，很不如意。……你們少年士官，没有存款，是不許娶妻子的。……現在可好了，我已弄到了那應需的五千個盧布（俄幣名），他倆兒，如今隨便那一天都可結婚了。……是的，麗娜佳寫了一封怪可愛的信給我……我的心中好不快活。』

老夫人一面説話，一面摸出一封信，指給伊凡看了，仍舊放在袋裏，口中嚷道：

『麗娜佳好一個女孩子，那麼可愛。』

伊凡聽老夫人説話，坐在那裏，真個如坐針氈，好幾次他心想打斷老夫人的話頭，告訴他不要做夢了，如今什麼事都完了，他的烏拉得米已死了，他的種種快活的希望，不消一點鐘，都要風消雲散了。……但是，他没有這硬心腸，所以他只坐着聽，却不敢開口。他看了老夫人慈祥和氣的面貌，他心中好不難過，喉嚨也梗住了。

老夫人忽然問道：

『你今天爲什麼臉上這樣不高興？你滿臉都怪愁苦的。』

伊凡心想要説：『是呀，要是我和你説了，你的臉上也要和我的一樣了。』

（一九二三年第三卷第一五〇期）

四十五

第十四章　長篇與短篇（續）

決鬥（五）　（俄國）泰來夏甫著　胡適之譯

但是伊凡總説不出口，也不回説，扭過頭去，把手儘捋他的鬍子。

老夫人心中高興，也不注意伊凡的舉動，接着説道：

『我這裏有一個信給你，麗娜佳信中提起你，還叫烏拉得米同你去看他，你自己知道麗娜佳怎樣看得起你。……我不可不把這信給你看，你看，這女孩子這麽可愛。』

老夫人從袋裏取出一封薄薄的、密密書寫的信箋，打開了遞給伊凡。伊凡臉色更不好看了，把手推開這信箋。老夫人也不在意，自己高聲讀道：

『書上斐拉吉亞夫人，我不知道什麽時候纔可不稱你爲「斐拉吉亞夫人」，直稱你作「我的最親愛的媽媽」，我很盼望這時不久就到，因爲我早就要唤你作「媽媽」了……』

老夫人停住了，兩眼汪汪地，噙着眼淚，抬起頭來對伊凡道：

『伊凡君，你看……』

老夫人忽然看見伊凡手捋鬍子，眼中也噙着眼淚，老夫人便立起身來把手顫顫地摸伊凡的頭髮，又把嘴親他的額角，低聲説道：

『伊凡君，多謝多謝。我常説你和烏拉得米不像是朋友，竟像兩弟兄……你不要見怪……感謝上帝，我心中真快活！』

（一九二三年第三卷第一五一期）

四十六

第十四章　長篇與短篇（續）

决鬥（六）　（俄國）泰來夏甫著　胡適之譯

老夫人一頭説，眼淚不住地滾下來，伊凡心中更難受，只好拿住了老夫人冰冷骨硬的手，把嘴去親他。伊凡幾乎要哭出聲來，又不敢開口，如今老夫人把他做自己兒子一般看待，顯出這一種做娘的親愛。伊凡心中天良發現，心想倒不如他自已被人槍死在雪地裏，也勝似到這裏來聽他老人家誇獎他和他兒子的交情。再過半點鐘，他老人家總得知道底細，那時候，伊凡還算做人嗎？他又想他自已親眼看見人家把手槍對準了烏拉得米，却爲什麽不勸阻哩，他還算是朋友哩，還算是『弟兄』哩，好一個『弟兄』！可不是他替他們量好相隔的距離，又替他們裝好鎗彈嗎？……伊凡想到此地，心中好不慚愧，簡直不把自已當做人看待了。却待開口，又一個字都說不出，真是無可奈何。忽然又想起事不宜遲，報死信的不久就要到了，但是他又想，難道這幾十分鐘的空快活都不許他老人家享受嗎？……他就要開口，又怎麽說法哩？怎麽好叫他老人家預備着聽他兒子的死信哩？伊凡越想越糊塗了。他心中早已把種種的决鬥、種種的口舌、種種的『英雄義氣』、種種的『關於名譽的問題』，一概都罵够了。没奈何，打定主意，立起身來，要不說實話，還是走罷。

伊凡伸出手來，拉了老夫人的手，彎下身子，將嘴去親手，其實他彎下身去，不過要遮住他臉上一臉的熱淚。他放了手，拔脚就跑，走出來取了他的外套，飛跑出門，頭也不回的去了。

老夫人摸不着頭腦，看伊凡跑了，口裏咕嚕道：

『哼！他也愛上了什麽女孩兒了……少年人怪可憐……没有嘗着快樂，倒先受煩惱……』

老夫人說過了，就把伊凡也忘記了。他老人家仍舊做他的好夢，夢那些天大的快樂。

（《決鬥》終）

（一九二三年第三卷第一五二期）

四十七

第十四章　長篇與短篇

逝者如斯　（瑞士）甘勒著　周瘦鵑譯

我祖母病了，病勢一天重似一天，一連幾來復，已逃不過死神的掌握。然而他生在世上，原已好久好久，世事悠悠，都足使他生倦。他病中神志清明的當兒，很喜歡我在病榻之旁，伴他一二點鐘。那病房裏沉悶枯寂的光陰，我雖不慣消受，只也不得不答應下來。然而到了臨死的前幾天，在我却也當做一個千難萬難的大難關。因爲我從人世以來，從没見過死人，如今却眼巴巴的瞧這老婆子斷氣。這是那裏說起，加着我們的風俗，又是牢不可破的，病人臨死時，房中總須有三個人在着，輪流禱告，更要招待那些探病的賓客，把那病狀告知他們。這時正是風光明媚之天，旁人家大半都有着事兒，惟有我最空閒的，於是，免不得要把這百無聊賴的事兒擱在我一個人身上。我大白天往往守着那病榻，逃也逃不開去。一天到晚，坐在那一脚踏脚櫈上，膝蓋上邊放着一本聖書，一壁就提着嗓子，讀禱詞，唱聖歌，鬧個不了。那些婦人們聽了，雖是一致歡迎，只我總覺一百個不自在。瞧那鮮明紅豔的陽光，去我已遠，那個鐵面無情的死神，却彷佛直挺挺的立在我眼前。此時我也不能再和我那可意人兒愛娜相見，倘能見他，我的心便能安貼許多，定然立時開出花來多謝上帝。不道我正在這裏想念愛娜，那愛娜竟花枝招展也似的跫將進來，瞧他又嬌羞，又文雅，越顯得可愛煞人。這女孩子原一向給農家婦人們愛敬的，此刻到來，自然也大受歡迎。

（一九二三年第三卷第一五三期）

四十八

第十四章　長篇與短篇

逝者如斯（二）　（瑞士）甘勒著　周瘦鵑譯

他進了病房，脈脈不語了一會，便説願意和我輪流禱告，分我的勞苦。我得了他勞心憐惜，自然快樂得甚麽似的，當下裏，我們倆就肩并肩的坐了下來，一塊兒瞧着我祖母的生氣漸漸澌滅。彼此雖然坐得很近，却并不交語，只在接受聖書的時候，纔低聲説他一二句。禱告既罷，我們安然休息，背地裏却互相狎弄着，可是我們少年人的情性原是這樣的呢。到了末後，死神已臨頭了，可憐我祖母的一生，到此便做了個結束。那些婦人們一時都放聲大哭起來，愛娜也紅淚雙拋，哭得變做了淚人兒。然而我做孫子的，却一滴眼淚都没有，我瞧他哭着，心中老大的不忍，很要安慰安慰他，使他别哭。誰知他越哭却越發興頭，一時我猛覺得身子已矮坐了半截，兀的挣扎不起。於是，拉了他趕到園子裏，摩着他的粉頰兒，求他别這樣痛哭，當下他也就住了哭。臉兒上霍的一亮，頓像雨中見陽光的一般。一壁抬着那雙淚華猶濕的星眸，睞了我一眼，又半展着那海棠帶雨似的寶靨，嫣然一笑。停了會兒，我便伴着愛娜回家去，使他忘却這重悲痛，依舊快樂。我自從祖母死後，究竟也受了個極大的刺激，一連幾天總覺得鬱鬱不樂。愛娜見我這樣，也着急起來，千方百計的買我歡心，瞧他有説有笑，直做盡了美人兒那種千嬌百媚之態咧。

（一九二三年第三卷第一五四期）

四十九

第十四章　長篇與短篇

逝者如斯（三）　（瑞士）甘勒著　周瘦鵑譯

我祖父折了這幾十年的鴛鴦之翼，自然也非常悲痛。可是祖母生時，他們老兩口子原很相愛的，然而人已死了，可也没有回生之術，只得從豐殯殮，安慰亡魂。出殯行列，足有六十多人，舊時的一切禮節，也應有盡有，毫不脱略。出殯的那天，我便同着愛娜和他的父親學校教師一塊兒出發，那老教師穿着一件黑色的禮服，態度十分莊嚴。愛娜也穿着他上禮拜堂的玄色衣裳，活像是個女修士的模樣。頭上没戴甚麼帽兒，只把那一頭雲髮打成了辮兒盤着。今天瞧他似乎分外的恭敬虔誠，兀自閉着那櫻桃口兒，一聲兒也不響，一切舉動，又很莊嚴。在我眼中瞧去，益發覺得出塵絶世，真是個天上的安琪兒。我心中一壁雖是沉沉不樂，一壁却傲然自得，想我一個尋常的臭男子，却得了這麼一個美人兒做知己，那是何等榮幸的事。這驕傲心中，又含着誠敬之意，一時間舉動也拘拘束束的，好像真個在天仙身邊，不敢放肆一些，只把眼兒看着鼻子，顫巍巍在旁趂着。偶然走到了甚麽路兒不平的所在，就急忙扶持他，自覺臣事天人，也是我分內應盡的天職呢。我們一路走去，先到我叔父家中，聽得喪鐘響時，便一塊兒出發，到了靈幃之中，我可不得不和愛娜分手。因爲我是死者的孫子，須得同着最近的親族們一起舉哀。身上穿着青色的喪服，偶像般立在大衆的前面，於是我就破題兒第一回參與這沉悶煩瑣的喪禮了。我們挨肩靠着墻，悄悄的立了一會，便有幾個農家的老婆子穿着黑衣，接連趂將進來，一面和我握手，一面説着安慰我的話兒。

（一九二三年第三卷第一五五期）

五十

第十四章　長篇與短篇

逝者如斯（四）　（瑞士）甘勒著　周瘦鵑譯

這些老婆子都是我祖母的朋友，駝背龍鐘，去世也正不遠，走路時身兒不住的揺晃着，步步都現着危險之狀。然而那幾雙老眼，倒還奕奕有神，都在我臉兒上盤旋着。我也抬起眼來，向着他們瞧，又瞧我那個心上人兒愛娜。停了一會，人數已漸逐加多，滿屋子裏黑壓壓的都是人影。第二排來的，大都是三四十歲的婦人，臉上滿現着那種哀痛之色，然而那來的還續續不息，彷佛是長流之水。因爲祖母平時爲人很好，本村和鄰村的女流都很敬愛他，所以此刻死了，大家都來唁吊。他的肉體雖能蜕化，然而人家的敬愛心，却永永不會死的。這樣過了好幾分鐘，我便覺那伸手過來和我把握的，都變做了一雙雙軟如春棉的纖手。原來此刻到來的，已是些綺年玉貌的姑娘們，我心中雖覺得揚揚得意，但是身上早疲乏極了。一會兒我那些表姊妹們，也走將過來，我和伊們接手，滿臉掏着笑容，分明含着振作我精神的意思。最後，我猛覺眼前霍的一亮，恍有天使下凡似的，見那愛娜也姍姍的走到我跟前，玫瑰雙頰，白如梨花，伸了那柔荑遞給我，驀地裏却有一顆明珠般的眼淚掉在我手上，我又驚又喜，做聲不得，眼看伊驚鴻似的翩然而去。我們等那些婦人們到齊後，便一塊兒到門外去，却見外邊早又有許多村人農夫們聚着，也像那些婦人家一個樣兒，一個個過來和我握手。他們的舉動，自然比婦人家爽捷得多，只是那種堅硬粗糙的手兒，直好似鐵匠的鉗子，也着實使人難堪。我從他們拳兒裏拉出來時，很怕受了傷呢。末後，那棺兒便出來了，一時那些婦人們又放聲哭了起來，男子們不哭，只獃望着前面，滿現出一種刺促不甯之狀。那個牧師也裝着一副莊嚴道貌，顫巍巍踅將出來。這當兒，我莫名所以，同着大家到了墳場之中。一會兒，却又在一所嚴冷的禮拜堂裏，抬眼望時，只見男女老少早擠滿了一堂。接着就聽得不知道是誰在那裏呼我祖母閨名，又説他的年紀、説他的出身、説他一生的歷史。接着就起了一派贊美和唱歌的聲音，唱罷，那禮拜堂門前開下壙鋤之聲，早丁丁而起。我便趕將出去，瞧那墓穴，見那棺兒已經放在下邊，有許多人立在四下裏哭着。泥土着在棺兒的蓋上，不久，便掩没了。我向下瞧着，心中很覺奇怪，就瞧那死人，也覺得奇怪。所以人家雖然哭個不住，我却依舊没有眼淚，但我想起了這死的是我父親的母親，不免也有些兒悲痛。

（一九二三年第三卷第一五六期）

五十二

第十四章　長篇與短篇

逝者如斯（六）　（瑞士）甘勒著　周瘦鵑譯

愛娜我我還把手立着，在窗前獃瞧着那擾攘之狀，動都不動。向街上望時，見有許多孩子們都聽得了四弦琴，拉着幾個女孩子，飛一般趕進屋子來，跳了一場舞，便又趕到窗前去喚旁的孩子。我們原做着許多酒，請他們都喝了一杯，於是大家更如狂如醉，直把屋中鬧得個沸反盈天咧。

我們瞧他們作對兒舞着，甚是眼熟，忙又提起精神，重新登場。一連幾點鐘，并不休息，也并不覺得疲乏。這當兒我們委實忘了世界，也忘了我們的本身，直到聽得暮鐘動時，大家方始停止。男女都分手下場，用了些兒咖啡和糕餅，一個個便告别而去。愛娜却還小鳥依人似的在我手臂間，香汗淫淫，嬌喘細細，寶靨上暈着紅霞，好似開上了玫瑰兩朵。我抬頭望着四面，很覺害羞。愛娜嫣然一笑，把我拉了開去。這時，他父親已去，便到我叔父家裏去找他。我們出得門來，只見夜色昏黄，光景甚是可愛，走到墳場，見我祖母的墳兒，正横在那一鈎新月之下，月光蕩處，滿現着那種凄清寂寞的樣兒。我們倆展臂相偎，立在墳頭，瞥見兩個飛蛾，在短樹叢中比翼翻飛而去。愛娜呼吸還很急促，不住的嬌喘，我便扶着他在那群塚之〔間〕踱了一會，想採些花兒，供在我祖母墳上。於是也像那一對飛蛾般，在長草中肩并肩的踅去。這當兒，月光如水，篩得滿地都是樹影，我們倆口兒的雙影，正雜在團團樹影之間，緊緊的分不開來。那些墓碑和碑上的金字，受了月光，都晃動着。我們立了好久，已出了神，末後愛娜纔把他嫣紅的櫻桃口兒凑近了我，低聲説他有一句話兒要和我説，只我不許笑他，也不許告知旁的人。我滿口答應了，問他是甚麽話兒。當下裏，他又羞答答的不語了，一會纔回説他前夜欠我的接吻債，此刻願意還我咧。我一聽這話，好不得意，立刻低下頭去，和他接了個甜甜蜜蜜的吻，我們倆個難解難分的影兒，恰正被那無賴的月光印在我祖母墳上。

（《逝者如斯》終）（本章待續）①

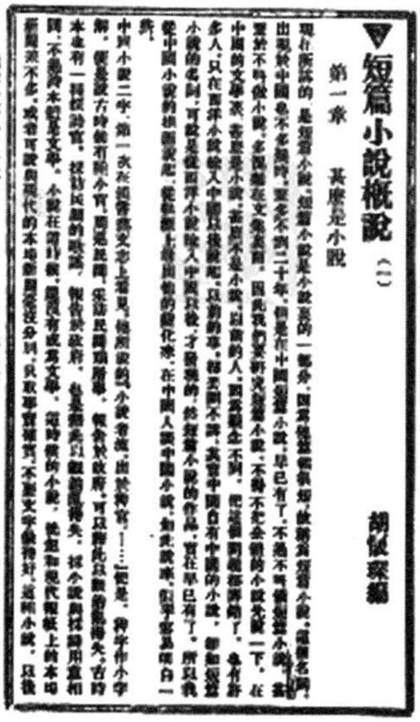
▼短篇小說概說（二）

胡懷琛編

第一章　甚麼是小說

▼小小說

（一九二三年第三卷第一五八期）

① 未見續刊。

胡寄塵君昆玉之家庭

談談幾位小說家

潘祖賢 撰

載於《小報》一九二二年九月第一卷第六期。作者潘祖賢，曾在當時《小報》、《最小報》、《婦女旬刊》、《半月》等期刊上發表了若干小說與小說論文字。《小報》，一九二三年八月創刊於上海，總理顧佑敏，編輯主任錢釋雲，周刊，主要刊載短篇小說。本文記載了王鈍根、周瘦鵑、畢倚虹、江紅蕉、張枕緑、徐卓呆、陸澹盦、趙苕狂、姚民哀、嚴獨鶴、李常覺、沈禹鐘、胡寄塵等十三位當時活躍在文壇上的小說家的一些生活習慣與佚聞趣事等。

王鈍根

鈍根這個人，很會撤爛污，他編輯《復活禮拜六》的時候，我有一位朋友寄篇小説去，題目叫做《苦命根》。那知他看稿的當兒吃香煙，一個不留心，把這篇稿紙被自來火燒掉了，但不知這事可否真確。

周瘦鵑

瘦鵑很有些婦女腔。他的作品，大多數是言情，他那白白的臉兒，加上一副黑悠悠的墨鏡，愈顯出他的嬌豔。他還説過『願天變作女兒身』咧。

畢倚虹

爲人很和藹可親，也是□□□□□鏡，他説的話，也有杭州口音，也有蘇州口音，有時還夾着京白，聽的人很難懂得。

江紅蕉

小説家裏頭，要算紅蕉的臉子最漂亮了。聽説有好多人要去見他，他今冬要結婚了，要看的人到那時正可看這美貌新郎呢。

張枕緑

身體很短小，遠遠望去，還道他是十七八歲咧，其實已經□十多歲了。他寫的字很怪僻。

徐卓呆

誰不知道卓呆是個滑稽大家，他做的小説都能使人發笑的，但他的文言作品，我却没有見過呢。

陸澹盦

因他是我校裏的國文教員，做小說的資料大半是從街上採集來的，聞得他身畔備有一本小册子，在路上看見什麽新奇的事，便紀録在上面，歸家去編爲小説的。

趙苕狂

歡喜吃酒，吃醉了便要現出發狂般的樣子，他這個『苕』字，很有許多人説别的。

姚民哀

就是朱蘭庵，他做小説真快極了。從前我在邑廟得意樓上，見他一壁能够和人説話，一壁能够很迅速的寫字咧。

嚴獨鶴

他每天在《新聞報·快活林》裏的談話，大半做得很滑稽的，所以得了個『嚴發鬆』的綽號。他的塊頭大得很。

李常覺

現在他的作品不多見了。他對於數學是很精明的。他的腳很長，因此諧音叫『常覺』。

沈禹鐘

從前他專做文言小説的，最好的兩篇，要算《舊地》和《歸來了》，曾載在《復活禮拜六》及《半月》『情人號』裏。現在他的幾篇白話體似乎做得也很好。

胡寄塵

瘦鵑曾說過，鈍根的名字好像是和尚用的，但我却說『寄塵』二字，倒真像個和尚呢。

小說家還多着呢，可惜其餘的我不熟悉了，不能瞎談。但現在有說錯的地方，還望上列諸位原諒啊！

談談幾位小說家

潘穎賢

王鈍根　鈍根這個人。很會撒濶汚。他編輯很活禮拜六的時候。我有一位朋友。寄篇小說去。題目叫做「苦命根。」那知他看稿的當兒吃香煙。一個不留心。把這篇稿紙。被自來火燒掉了。但不知這事可否真確。

周瘦鵑　瘦鵑根據些婦女臉。他的作品。大多數是言情。他那白白的臉兒。加上一副黑悠悠的墨鏡。愈顯出他的儀態。他還說過「願天變作女兒身」啊。

畢倚虹　倚虹爲人很和藹可親。也是　鍾。他說的話。也有杭州口音。也有蘇州口音。有時還夾着京白。聽的人很難懂得。

江紅蕉　小說家裏頭。要算紅蕉的臉子。最漂亮了。聽說有好多人要去見他。他今冬要結婚了。要看的人到那時正可看這美貌新郎呢。

張枕綠　身體很短小。遠遠望去。還當他是十七八歲咧。其實已經二十多歲了。他寫字的字很怪僻。

徐卓呆　誰不知道卓呆是個滑稽大家。他做的小說。都能使人發笑的。但他的文書作品。我却沒有見過呢。

陸澹盦因他是我校裏的國文教

談談幾位小說家　　四三

小說上的諸主義

黄厚生　編撰

連載於《最小》一九二三年第四卷第一一三號至一二一號。黄厚生，見一九二一年《論今後小說之趨勢》提要。本文與《短篇小說概說》一樣，姑作小說話而輯入本編。它較爲系統地介紹了西方古典主義、自然主義、浪漫主義、新浪漫主義等小說流派，并作了相互比較與評判。《最小》第一一三號刊發此文時，特發《編輯人語》曰：『《小說上的諸主義》，也是研究小說者不可不讀之作。』在當時情況下，對於增强國人的文學流派意識是有積極作用的。這類文章發表在『舊派』小說刊物上，也有特別的意義，可見『舊派』不舊。

全世界的創作家，本來没有什麽主義的，因爲後來的批評家喜歡做那一種嚴格的批評，常常照着那作品的主張，分别稱説，這是某主義，那是某主義。那讀小説的人，爲要便利研究起見，就被他們感化了。到現在小説上，就有了古典主義、浪漫主義、新浪漫主義，各種名稱，現在泛論在下面。

一 古典主義

歐洲從十八世紀文化復活後來，一般文學家都將希臘、羅馬爲崇拜的模範，像那約翰生、亞維斯、阿斯密萊、拜拉、但特等人，都是這時代中的健將，能在那黑螆螆的鬼城中，尋求光明的途徑，所以那個文化復興的運動，也可稱爲歐洲民族人心的復活節，能使智力上、學藝上、宗教上大有覺悟。

古典主義，有的也稱爲尚古主義或是擬古主義。這時代的作品，多半以因襲模仿作爲有本事的，看那希臘及拉丁著作家的作品，像那玉律金科一般，大有一成不可增損的價值。起初的時候，尚有廣大健全的人生觀涵養在作品之中，照『勾稱、諧和、完具、全備』的藝術手腕，尚能卓卓犖犖的有文學的價值。待等後來，就專重形式，只講求『統一、均齊、明晰、規律』（那都是希臘藝術的特質），大有千篇一律之慨。對那道德上、政治上、原教上已成的標準法則，都尊奉崇拜，不敢稍加反抗。不過，個人的個性和思想，都被這模型的生活抑制了，那小説的作品，那裏還會生動呢？所以這時的作家，在法國雖有蒙臺恩、莫禮耶、納心，在英國雖有斯本賽、彌爾頓、掘萊頓、波卜，在德國雖有貴推等輩，都不免小心翼翼，拘拘束束，以摹倣及因襲爲事的。現在且說古典主義的特徵如左：

（一）智巧的。什麽叫做智巧呢？就是那作品的内實，趨重於智識，將智識作爲要素的，那種藝術好像雕像在大理石上面，但求精美和整齊，没有活動的熱情參在其中的。

（二）形式的。歐洲的古典主義，好像我國的八股和六朝的駢儷，專講形式的（八股有前股、後股、中股等名稱，以及破題、起講諸説；六朝文是把駢四儷六當作不易的法則）。講到作品的内容，往往拘泥於外象，并且專門摹倣他人的作品，不把自我的思想來創作的。

（三）現實的。古典主義的取料，也是主張現在和實際的。不過，現在和實際的範圍較狹，不像寫實派那麽把人生作對象，赤裸裸的表現着罷了。

有這幾種異點，所以讀約翰生、納心等人的著作的一般人，莫不覺得他們格調典雅、章法謹嚴、詞句華贍，而且中寓强烈的諷刺。厥到後，漸漸流爲整嚴的理性的文學，但理的一字，只藏有美、力、光的要素（是斑黎因説的），所以後期的古典主義，側重在理性方面，却不重情意，又專崇拜希臘、羅馬的作品，以自束縛。如此，命運自然不長久了，最可笑的，這時代的作家，常常出奇制勝，明明寫一女子，却别稱爲女神，明明是長靴一隻，偏是裹脚的軟皮。總而言之，惟古爲貴，將典作雅，反不像那時詩歌的天籟，比較的自然些，所以這時期也可稱爲雛形小説時代。

二　浪漫主義（Romanticism）

浪漫主義，或稱爲傳奇主義、理想主義。余以爲，如兼譯音義，稱爲浪漫主義，這個主義流行了約有五十年之久。推其原始，當時人受古典的桎梏，不能自由發表意見，所以盧梭氏首倡『歸於自然』的高調（The New Heloise 一書），實是開闢浪漫天地的元勛。現據比牙司《十八九世紀浪漫主義史》書中所説，將浪漫主義盛倡的原因，分述如左：

（一）法批評家普汝拉耳説：『破壞古典主義的主要效果，便在解放個人，還我本來面目。』所以浪漫主義第一盛倡的原因，便在當時文人太忠實於希臘、羅馬的型範，戕賊個性的表現，一味於外象上、智巧上力求工整而美善，决無感情的創造的意味，浪漫主義於是不得不勃興了。

（二）古典主義的作品，往往古色斑斕，高雅入格，搬運掌故，堆砌成篇，甚有連篇累牘的鉅製，却没有作者的片言隻字，所以浪漫主義不得不起而代之，倡爲清描淡寫的文字。

（三）浪漫主義有新式的美，能棄掉古典的陳套、因襲的法格。法文學家史坦答爾説道：

『浪漫派主改進、主自由，不像古典派的崇尚保守模倣。』這便可知浪漫之興有因於保守模倣，而不得不趨重創造的、放縱的、不經見的美呀。

總之，浪漫主義多偏於神幻的美，主的色彩濃厚，現更列表於下，以示古典與浪漫的區別：

古典主義		浪漫主義
（一）智巧的	……	情感的、自然的
（二）形式的	……	情感的、自然的
（三）現實的	……	超現實的、神秘的

考浪漫主義之起源，實始於英國，因爲英國當時主張藝術娛樂的，一般人眼見文壇的單調、文學的專制，便崛起反抗，豎文學革命的旗幟，那便是正坪内逍遥所謂『不自覺的浪漫主義時代』了。後來，忻慕新美、喜悦珍異加添上去，弄得愈加光大，像葛德斯的《威克斐爾牧師傳》、拜侖的《却爾特哈龍德遊記》、法國謝多勃林的《北美遊記》，都是不自覺的浪漫主義時的作品。後來作家又立足於感情境界之上，竭力根據主觀的見地，努力的反抗，盡力的發揮（想把當時澆灕的風俗和險巇的惡習，掃除一空，也有憤世嫉邪、憎惡現實，而欲遁迹山林，自覺的愛好自然者），所以又有所謂自覺反抗的浪漫主義了。像迪克的《洛維爾》、司勒格的《魯星德》，都是有自覺與反抗

精神的。

上述不自覺的與自覺反抗的浪漫主義，不過就其運動後的結果而言，講到浪漫主義的流行，我們却不可不知。第一是德國半加特力教浪漫派之擴充；第二是嚴格正教徒時代的拉門德與麥斯特里，及正統派僧侣頭目反動的時候；第三是格尼細亞戰争而後，英國拜崙及其他詩人，盛倡自由開放；第四是在法國革命前幾年有拉門勒、拉碼丁、囂俄等人的新自由運動；第五是青年德意志派諸作家。而總之，浪漫主義的倡導，當推法國的盧梭，在教育上，著有《愛彌兒》説部，主張個人的教育，提倡個性的發展；又著《懺悔録》一書，隱有自然主義的旨趣。盧梭常説『思考較判斷、感覺諸作用，均有區別，即感覺爲衝動的，思考爲能動的，但是我們依直接的感情的，可知自我的存在、思想的自由及意志的固定，并可知靈與物質，實相判分，物質以外，猶有靈的存在』。這便是浪漫主義的所以主張靈的發展——靈即個性——而主觀色彩的所以濃重了。

今將各國的浪漫主義作家及作品，分述於左：

法國

盧梭：著有《愛彌兒》、《懺悔録》、《新的希洛斯》等。

聖皮爾：著有《保羅與維吉尼》等。

謝多勃里：著有《阿達拿》、《尼勒》等。

囂俄：著有《巴黎聖母寺》、《哀史》、《海上勞動者》等。

大仲馬：著有《三個火鎗夫》等。

英國

司各德：著有《瓦浮來》等。

戴福：著有《魯濱孫漂流記》等。

德國

奧格司德：著有《路星德》等。

魯伯爾：著有《心的武士》、《羅馬之廣告家》等。

俄國

普希金：著有《甲必丹之女》等。

樓夢都夫：著有《現代英雄》等。

三　自然主義（Naturalism）

浪漫主義的小說，我在前節已經說過了，但是我在這裏，却不能不批評浪漫派的小說，太偏重主觀和感情方面了，正好像西萊的《歌裏的雲雀》一般，高而又高，升而又升，未免太無拘束了。所以在那時會——在一八六　年時——有一般人提倡崇實論，又因科學的精神和物質的文明并起，人民這時已無暇去追求空想，大衆的意思都漸漸的傾向到實感方面，遂脱去濃重主觀的色彩，而變爲客觀的態度，把自然界的現象，都像反光鏡一般的反射出來。什麽人類的問題，他全没有解决，而描寫人類的疾苦和獸性的地方，却極其可怖，極其深刻，教讀的人都能起飽和的愉快、無量的同情、深刻的印象。

這主義的遠祖，却要推盧梭氏『歸於自然』的一語了，其次就要推曹拉和巴爾沙克二人了。盧梭所倡的自然主義，就是他只承認人都是善良，但受了教育轉足以戕賊個性。這種論調很是驚天動地，就像青天裏下了一個霹靂，所以在政治上就釀成法國的革命，但是盧梭氏這種自然主義的號召，并非是我在本節裏内所要説的基於科學精神的浪漫派之後反動的自然主義。因爲盧梭氏的自然主義，只可説與本節所説的自然主義有脈絡之相通，却不是風靡十九世紀後半期的自然主義的文學。我本節所説的自然主義，却要首推曹拉。曹拉的主張，是把現實的真相，科學的、如實的描寫出來，并且説人間决非靈的東西，也决不是精神的東西，不過是一個機械罷了，什麽物質的現象和社會的境遇，全然能用科學來測定的。

這些話，他在他所著的《實驗小説》文裏説得最詳，他的精義，約略可説是：『小説家當以科學方法，研究人生的自然現象。』我們試讀《羅康瑪卡爾叢書》二十卷，就可以知道其中所叙述的，有些是都會生活，有些是商人生活，有些是僧侣生活、勞動生活、生理解剖、婦人情緒，以及農夫生活等，窮形極相，蒐羅廣博，始終不露出主觀色彩。至於巴爾沙克，也是自然主義的前驅，嘗做《人生喜劇》二十餘卷，描寫人類生活的狀態，好似一部趣味盎然的風俗史。此外，如佛羅貝爾的《琵懷利夫人》，實可算是自然派小説的曉鐘了。龔枯爾兄弟（兄名伊爾孟、弟名基爾司）的《龔爾枯日記》，專叙巴黎文學家的生活，描寫極爲縝密，且不落前人的窠臼，真可謂之爲非僞的人生之報告，於本來自然派之外，復植立一印象自然主義的旗幟了。

關於自然主義的由來和幾位鼻祖，我已説過了。現在我且把浪漫主義與自然主義之不同點，分述於下：

（一）浪漫主義，是求美的高的理想；自然主義，是徹底要暴露現實的真相。佛羅貝爾的傑作《琵懷利夫人》，第五章末尾内説：『還未結婚的時會，他相信已墜入情網，從這情網裏，應該可以得着幸福。然而從來没有實現，豈不是恩馬（人名）所想的，一定是錯了嗎？什麽幸福情愛陶醉，在以前書裏讀過的時候，覺得美的言語，在現實人生到底是怎樣解釋呢？現在恩馬却努力要發見他。』近代自然派小説的精神，這一段最能够代表了。

（二）自然主義是要如來實現，若是從概括的抽象觀念裏，或傳來的偏見，都不放在腦海裏，所以自然的作家，就完全像洗乾净的鏡子的心，來照一切的事象，絶不像浪漫之加以粉飾、誇張、標榜技巧的東西呀。

（三）浪漫派是熱的感情生活，純由主觀的、自我的基礎所構成的文藝。自然主義却是以冷的理智爲主，偏重於知覺的、感覺的方面和經驗與觀察的自然科學。

（四）浪漫派是主觀的，自然主義是客觀的。自然主義的作家，是抹殺自覺的主觀，惟冷觀事象，以事象爲主，作者全立於被動的地位，所有作者個性的圖印，要算最小、最微的表現。至於浪漫派作家，即純粹的唯心所欲，與自然派作家不同了。

（五）浪漫主義，貴乎美；自然主義，却貴乎真。

（六）浪漫主義，是有藝術至上的傾向，换言之，即爲藝術而藝術。自然主義的對象，即爲現實的人生，所以我們可以説自然主義是爲人生而藝術的了。

（七）浪漫主義爲技巧的，而自然主義爲無技巧的。

（八）浪漫主義是以探得事象之『靈』爲主，自然主義却把一切的事象視作機械的了。

（九）浪漫主義往往引人入於夢幻之鄉、哀我之境，可以教大多數人忘脱現世的苦痛。自然主義却要引起人們的同情，而有一成不變的嚴肅氣慨了。

（十）浪漫主義的作品，多半是選擇過去的時代的事象。而自然派作家，就多半描寫直接接觸於耳目的現實的現象。

（十一）浪漫主義常常描寫驚心駭目稀有的事象，自然主義所描寫的都是庸俗的毫無奇特的日常生活。我説到這裏，爲便於讀者起見，列表如左，把浪漫主義和自然主義比較一下子。

浪漫主義	自然主義
精神的	物質的
空想的	現實的
技巧的	非技巧的
熱情的	理智的
主觀的	客觀的
美化的	醜化的
娛樂的	嚴肅的、有興趣的
過去的事象	現代的事實
爲藝術而藝術的	爲人生而藝術的
奇異的	平凡的

現在我把自然主義和浪漫主義的分別，已經說過了，少不得再把自然主義這個名詞加以解釋了。日本厨川白村道：『名稱的詮義，有的以爲隨隨便便的，那是大誤，因名稱没有確定，學問上便議論百出，自然會生出誤解來了。』所以我這時就應把辭典裏『自然』一個名詞來說一說：（一）元來固有的，生來本質的意思，决非是後來附加上去的，或者是後來所得的，而有立於技巧習慣因襲以外的意味。（二）肉的、物質的、客觀的。（三）依據自然理法所興起的。（四）現實的，常軌的奇怪變異

的反面。而『自然』的解釋，又約略可分爲：（一）以客觀的世界爲自然。（二）以與心的世界和精神的世界相反對的物質世界爲自然。（三）以與理想反對的現實爲自然。（四）以不加人爲和赤裸裸的事象爲自然。（五）以事物的固有的性質和天性爲自然。（六）對於平凡的事，也可稱爲自然。由上列的兩種解釋，我們就可以知道自然主義的真詮了，但是我們雖是知道真詮，可是自然主義的特徵，我們却也不可不知道。

（一）是用科學的方法。自然主義，本是受了證實論的影響而促進的，所以自然派作家没有一個不悉心觀察，把人間世的事事物物及各種現象，都很精密的、深致的觀察，或者分解，或者總合，或執筆描寫。又好像一位科學家，手裏拿着一架攝影器，把大千世界的景致，統統的全收到内面去，印了張縮影一般。所以美人哈米爾登嘗道：『浪漫派是用演繹法，是從普徧的真理，以達於特殊的事象。』究其弊端，是常常的限於千篇一律，但是自然主義就不然了，自然主義的作家是泰半根據於培根氏的實驗歸納法的邏輯，把社會上的事事象象，就其特殊的事項，歸納於一般的普通的現實狀況，譬如欲表現某事象時，儘管把應該表現的表出，并涉及其特殊的事項如此。還有一層，就是自然主義的作家，第一是要備有大公無私的胸懷和唯物的眼光，不能够心裏先存着一個人爲萬物靈、人做的事體都應比萬物好些的念頭呀。

（二）人生的一片。自然主義作家的題材，都是像畫家取景一般，因爲世間的事象很多，不能一一遍寫，況且現在人民生活日漸繁瑣，更無暇顧及那長篇的撰述，就是讀者亦復目不暇給，所以自然主義的作品往往是取材於人生生活的一片，而擇其有肉有血有生氣的部分，盡量發表。所以我們讀短篇小説王毛柏桑的作品，就可知道自然主義的作品不是寫的一問題，就是社會内的一現象，不是人生横切的一部分，就是採擷人生生活當中的一小角。

（三）個性和暗面的描寫。自然派的小説，最注重的就是個性的描寫，因爲舊時的小説，大都是『某生姓某名某，博學多能，才子也』的千篇不變的作品。所以在甲篇内所用的角色，可以移到乙篇内去；在乙篇内所記的方法，可以搬到甲篇内去。然而，我們讀《玩物之家》裏所描寫娜拉，和《海上夫人》所表現的哀梨妲，就覺得是各有各的身份，各有各的個性，半點也不能移易，即以所描寫的地方而言，也各有各的色彩。例如，毛柏桑之描寫羅曼德和標爾生之描寫挪威田舍，均各各不同。

暗面描寫，也是自然主義的特長，因爲自然派小説的作家，既拿唯物的眼光觀察事象，所以無論事象的那面，他都和盤托出。什麼獸性呀，醜惡呀，梅毒遺傳諸事，小説家常能烘雲托月般寫出，教讀者只覺醜陋異常，而不起實感，這種手段，毛柏桑最爲擅長。

總之，自然主義是爲人生而藝術，是要把人生生活方面的痛苦，人生上的諸問題，一一分析描寫出來，給讀者注意，引起讀者研究的興趣，讓讀者解決，與浪漫主義之僅供人娛樂的不同，所以我希望一般小説作家當在這點上注意纔好。

現在我却要把自然主義之外的一個主義提出來談談，但是這個主義和自然主義是互相差不多的，我想諸君一定會知道是寫實主義了。我以爲寫實主義和自然主義，大體上是差不多，然從哲理上的關係，精密説來，約有三種見解：第一是將兩者看作全然同一的，第二是把兩者看作程度的相差，第三是將兩者的性質看作不同。這三種見解，都各有所見，然而我很贊同柏林大學梭特亞（M·Dessoin）在他近著《美學及一般藝術學》内所説的：『自然主義，看文藝即現實；各種理想主義是看文藝多於現實；形式主義、幻像主義、感覺主義，看文藝少於現實。』我們由這話當中，暗裏可以知道自然主義與寫實主義的意義相同了。所以我在這篇論文内，也只好把寫實主義略而不説，節省些篇幅罷。

今將自然主義文學的代表，據我所知，舉列如下：

法國

曹拉（一八四〇—一九〇二）、都德（一八四〇—一八九七）、毛柏桑（一八五〇—一八九三）、佛羅貝爾（一八二一—一八八〇）、戈登（一八一一—一八七二）、愛德門（一八二二—一八九九）

英國

桑格萊（一八一一—一八六三）、狄根司（一八一二—一八七〇）、愛麗德（一八一九—一八八〇）、秀斯（一八二三—一八九六）、勃朗德（一八一六—一八五五）、推尼宋（一八〇九—一八九一）、央温朋（一八三七—一九〇九）、吉潑林（一八六五—　）

德國

弗拉泰（一八一六—一八九五）、司佛爾（一八二六—一八八六）、芳泰耐（一八一九—一八九八）、海胥（年份未詳）、斯培爾哈根（一八二六—一九一一）、海特曼（一八四二— ）

俄國

托爾斯泰（一八二八—一九一〇）、陀斯妥以夫斯基（一八二一—一八八一）、屠介涅夫（一八一八—一八八三）、高爾該（一八六八— ）、安特列夫（一八七一—一九一〇）

諾威

易卜生（一八二八—一九〇六）

比利時

梅特林（一八六二— ）

四　新浪漫主義

新浪漫主義，是歐洲最近文藝界的主要傾向，因爲近二三十年來，自然主義漸漸的式微，而『個人本位』的潮流異常汹湧，而思想界裏就有一種顯着的『靈的覺醒』，以爲舊時唯物的、客觀的，未免太醜化、太苦痛、太乾燥無味了，所以不得有靈的覺醒，想拿新的頭腦、新的眼光去對付自然，而以極端的發揮各個人天賦的獨創性，盡量的拿出自己新的主觀去探求醜化中的真和美。英國新浪漫派文學家薩孟斯上説：『文學的真髓和外形，常常隨着人的思想發生變化。近來的世界，專注重在物質的考察和調整，那靈的方面實在餓得不堪了。現在因爲這靈重復歸來，所以纔有新文學出現。這新文學的意義，就是表明眼見的世界已經不是現實，不見的世界也不是夢。』佛朗斯也道：『在所有感動我們心靈妙趣裏面，最有力的就是神秘，赤裸裸的美不算美，我們所最愛的都是未知的事物。假如我們禁絶一切的夢幻，一定是非常的難堪，因爲人生最上的賜物，舊時人生以外的一物（口不可言的一物），只有這一物，能把感情賜給我們的。』由上面看起來，我想一定是有人要生出諸多懷疑，以爲新浪漫主義，不過是在浪漫主義上加了一個『新』字罷了，其實和浪漫主義是差不多。但是我們細細的研究起來，確實兩樣：浪漫主義的小説，是純粹的主觀的空想和幻影；可是新浪漫主義是受過自然主義現實的洗禮，閲歷懷疑的苦悶，而用科學的精神陶冶以後的東西。換言之，新浪漫主義是就近代的懷疑中出發，用極沉静的、極冷酷的態度，達觀人生，并且努力的從事象暗面，去探求那微妙不知的事物，可算是對於人生的批評，更加深切而巨大，和舊時浪漫主義那麼放蕩不羈，好像是發狂熱的不同。譬如，我們現在在自然界裏看見一朵花，若在從前浪漫派的人看起來，他只説是美麗可愛；在自然主義的人看起來，就把他當着一個事實，是一棵植物的器官罷了；但是在新浪漫主義的人看來，却要去探求那花之所以爲花的根本意義，和發掘潛伏在這事實内面的神秘方面，用極明鋭的眼光觀察，竭力的把他旁引得來，與事實的真髓精神相接觸，這纔能算是真正的新浪漫主義呢。

新浪漫主義是什麽，我在上邊已經説過了，現在我就要就浪漫主義内細細的分析一下子，可得一個小表如左，然後再分述在下面。

新浪漫主義
- 從非物質的傾向所引導的必然結果
  - 神秘主義
  - 象徵主義
- 從情緒主觀爲本的……享樂主義（耽美主義）

（甲）享樂主義讀者諸君還記得我在本篇内曾經説到什麽『爲人生而藝術』、『爲藝術而藝術』的話頭嗎？像這『爲藝術而藝術』的旨趣，就是派的藝術，就是含有享樂主義的意味的一派呀。我記得英國有位批評家，名字叫做臺隆，他説俄國國民共有一種『托斯佳』的思想，這托斯佳的意思，就是表示國民没有健全的性格和厭世的思想的，所以那時國民的反映多半是自暴自棄，覺得現世的事象都是灰色的、慘澹的，因而就生出諸多自殺的舉動。假使長此以往，像這種頹喪的傾向，煞是危險，所以那時的文壇上，就有享樂主義的産生，以挽救這絶望的末風，給是數悲觀的人們，得着光明的途徑。

享樂主義的產生，本是補救當時煩悶厭世的苦痛，而以官能方面的快樂，做抱悲觀人們的避難之所，所以那時的作品，大都是採美好的聲音色彩、鮮明芳馥的東西，去鈎動他們的感情，改變他們的思想。這一派的作家，當要推王爾德了，他做的一篇《遊蕩兒》，可算是能得享樂主義的真髓了。

（乙）神秘主義，王爾德在現代戲曲家内道：『愛的神秘，比死的神秘更大。』曹愛得説：『神秘主義不單是空想，乃是感情集注了理性，又是善和真唯一神的熱愛，知識固然覺得無限，就是人類的能力，也是不可思議。』美國的海耳道：『不依據推理，單依據直覺，而能得到真理的那就是神秘家，所以那一班認識幻影的人，信用預感的人，感覺一切事情的人，也都可算是神秘家。』我們由上面看來，可以知道神秘主義的『神秘』兩字，和浪漫派時會所講的不可思議的神秘迥不相同。因爲浪漫主義之所謂神秘，純粹出於主觀的幻想，而新浪漫主義中之所謂神秘，是從現實方面所生的神秘，而爲科學所不能够尋出來的，所以英國的卡拉來在《衣裳哲學》内説：『神秘，自然的超自然主義。』泡南説：『我們覺得科學的能力所不能够解釋的巨大莫測的世界，圍困着我們，至少也須超越科學，明白這莫測的世界。』那末，我們可以知道神秘主義是經過科學的洗禮，和科學除外的神秘自是不同，我們談了王爾德的《玫瑰和黄鶯》和梅德林、易卜生諸人的作品，就可以知道了。

(丙)象徵主義。『象徵』二字,就是表現法之一。由廣義説也是聯想的一種,什麽叫做聯想呢? 就是我們對於一草一木,所發生的感想,因而聯想到什麽『十年樹木,百年樹人』,或是聯想到什麽小草可憐等類。譬如我們看見了湖心亭的藕粉,因而聯想到西湖的景致,看見了梅花,就聯想到鄧尉山的香雪海。至於象徵主義又什麽講呢? 就是把聯想的兩方面比較起來,而以甲方面代表乙方面,比擬一方面。例如花比美人,筆喻文士,劍譬武夫之類。所以有些人説,象徵是靈魂的意。又有人説:『真的象徵主義,是以普通的東西表現在個别的事物,方纔成立的。』現在再引兩位文學家關於象徵主義的解釋如下。

(一)葛爾孟在他所著的《假面集》第一卷的自序内説:『象徵主義,究竟是什麽呢? 若是照着字面子去狹泥的講,就没有什麽意味。若是我們仔細看起來,簡直可以説那是放棄文學上的個人主義和藝術的自由傳習形式,而爲新奇悟異的傾向。又可以説象徵主義是理性主義,是蔑視社會的傳説,反乎自然。除了人生特徵以外的,絶不取材,絶不注意到某人和某人行爲的區别,又除了結局和要點以外的東西,亦絶不實現。』

(二)格斯開在他的象徵派和頹廢派的第一篇《象徵主義之起源》内説道:『象徵主義這幾個字,很不容易得其精確的略説,所以要努力説一句,都感困難。……説明象徵的當推馬拉麥爲主,他是以象徵和綜合的意義是相同的。……以對於藝術的熱愛和别時代人人不認的共同愛情爲基,否定過去的習慣的綜合,結成一致。此外的大意,就是排斥詩歌、小説的傳説,排斥高蹈派的技窮藝術，反對那崇拜𦦨俄（拜物教）的，抗議那自然主義中平凡無味的那一切雜談小説，和平易的記録都要撤去。又因爲綜合，所以排棄一切細微的分解，對於外來的思潮（如俄罷斯司堪的諾維亞），若果是默示的，都要留意。所謂要綜合的之點，就在這些，也可算就是象徵派的起源。』

右列的兩位文學家所解釋的話，不過在性質上和大意上説了一點，但是我們要得明瞭這象徵主義的真諦。簡單言之，就是要供作者自身的神經震動，而含有寫意、暗喻、諷刺、暗示的神秘情調的傾向，并且直接刺激讀者，使讀者生出共鳴的作用，聯想的情感和涌現從前經過的事物，如今再就象徵主義的外形和内容的輕重之差，可分述四種象徵如下：

（一）本來的象徵。本來象徵怎講呢？就是本來的内容和意味，都非常的濃鬱，外形（就是象徵的外形）不過是一種符號而已。例如色彩象徵，有白表純潔、黑表悲哀、赤表愛情、緑表希望、青表忠實之類；音響象徵，有高音表純潔神聖，低音表惡人惡魔之類；數的象徵，有以三表神、四表世界、七表神和世界；形的象徵，如直綫表静止，曲綫表運動之類；花的象徵，有薔薇表愛情，櫻草表青年，月桂表勝利之類；動物象徵，有鷲表主權，蛇表罪惡之類；器物象徵，如鐘表死、錨表希望、劍表決斷之類；手的象徵，如佛畫中的印相，使徒所持的物件之類。總而言之，都不外借着簡單的外形，表出一種高尚的、理想的、精神的、抽象的内容，表現在具象的東西上面，那就叫做本來象徵。

（二）諷諭和寓言。諷諭是把人類的事物外形表現到關於宇宙間的人生真理上，如《天路歷程》，就是一個好例。至於寓言二字，格外容易明瞭，就是借着物語蘊蓄真理，《伊索寓言》那部書，不就是這樣子嗎？

（三）高級□□□（象徵）。這種□□□（象徵），能够以含有意味的外形，表示出人生一般的問題和哲學宗教道德的真理。而外形的刺激性，亦復很强，像都德的《神曲》，就可算是表示中世基督教的思想。總之，這類象徵，在文學上的價值，尤爲可貴。

（四）情調象徵。這派的起源，完全是根基於神秘的傾向。因現代的人内部生活的底裏，大都都潛伏着這樣的神秘，若是要拿露骨的言語來載他，叙述他，是不可能的事，所以就不得不借重於象徵手段來暗示他了。又因爲現代人的神經過敏，對於外界印象所起來的官能作用，亦復鋭敏，於是這種情調，也就很複雜的表現出來了。所以我們可以知道貫通這個感覺，探求深奥的精神生活的内部，就是新的象徵主義了。而由事象喚起感情，溯出源流，表現出由感情而生的瞬息時的情調，那纔能算是真文藝。至於客觀的事象，不過是拿來傳播這種情調的媒介，如若我們要用一種手段或技巧去再現情調，那就叫做象徵。讀的人讀了，也就不由的生出同樣的情調來了。例如我們若是寫一個遠别的情人死亡的事件，在浪漫派的作家手内，他必定是描寫出最可悲哀的情景，或是描出自己的思想；在自然派作家手内，他就用客觀的眼光，曲爲描寫；但到了象徵的作者，他所描寫的，或竟不與此情人死亡的事體相關而寫别的事象（如寫空中的雲，獨步幽徑的狀況等），使閲者起一種類似的情調，這就是情調的象徵。

象徵主義的大概，我已報告過了，不過這派的作品，以詩歌爲多，但是小説家採象徵主義的，在法國有華司曼，著了《途中》、《大寺院》等書，在俄國就有安得列夫，他著有《托克星》、《崖》、《七個縊死的囚人》、《紅笑》等書。

我説到這裏，因而又想到曹拉那一派寫實的自然主義，表面上雖説是如來實現，然實際上却有些做不到的。第一，因爲事實的裏面，不免都要雜入想像的分子；第二，從因至果，要把事實絲毫不漏，分釐不差的描寫出來，是萬不能的。所以不得不有增減的地方，有了增減，那末同事實就有些相差了。既與實際上有了差别，那就和他們的主張有些違背。況且，自然派所描寫的，常常失之枯燥無味，使閲者生出失望的、悲觀的、厭世的思想，甚有提出了若干的大難題要求解决。所以一般的人没有不抱着自暴自棄的意思，倒不如這新浪漫主義，能够在苦惱煩悶之中，另闢新世界、新紀元，做人們的樂園。

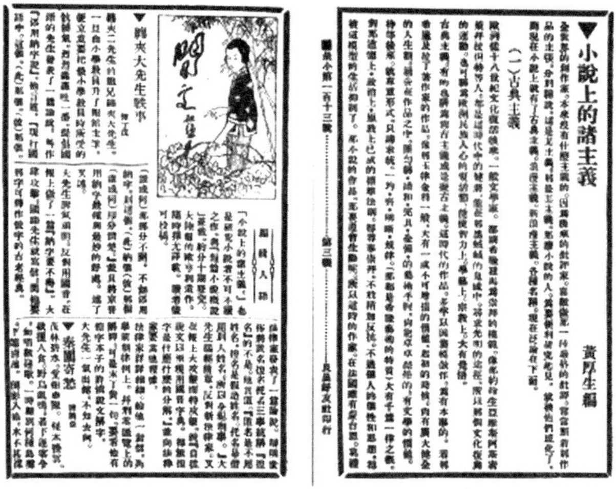
▼小說上的諸主義

黃厚生編

（一）古典主義

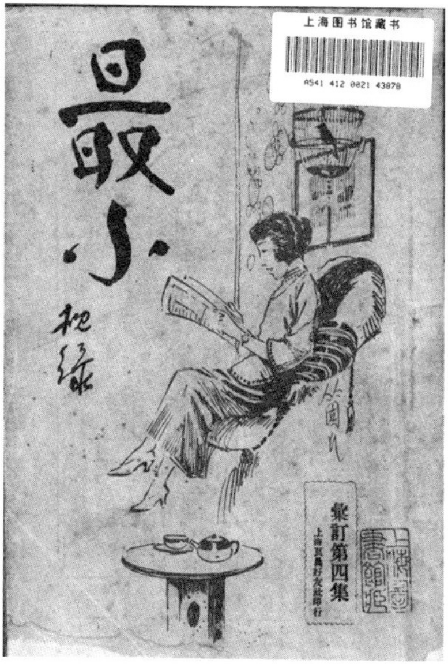

小説漫談

二呆　撰

載於《新世界》一九二三年五月二十七日。作者二呆，曾於《青友》、《紫羅蘭》等期刊上發表作品，具體不詳。本文以一個讀者的身份點評了吴寄塵、張枕緑、顧佛影、嚴芙孫等作家的作品，所用的角度并不相同，主要是從描寫的細緻、結構的合理，以及文章的題目等等來衡量的，在肯定作家的成績的同時，也指出了作品的問題。

小子愛讀《小説世界》，更愛觀胡寄塵、徐卓呆（徐先生這期没有，令吾惆悵）等之大作。前天翻到第二卷第七期，内容很好，現在將我喜談的談之。

寄塵的《奮鬥之後》確是一篇佳作，描寫王志成在被窩中的不忍起身，含情富足，更拿『十年前作民軍總司令官，領著幾百個人，和好幾千敵軍奮鬥，勇往直前，不會知道有什麽怕，難道今天被冷氣戰敗了嗎』一段反激，相得益彰；其結構，以寥寥三十字了之，生色不少；最後的『研究與創作』也説得很有道理。

枕緑是我的同鄉，他確少年英俊，能得小説家一席地，真是使人佩服。不過辦了一張《最小》之後，他的精神完全灌在這張報上面，所以難得見他的作品了。他在這期《小説世界》上，做的那篇《一隻疑惑的燕子》，是篇寓言的社會小説，描摹得雖是精細，結構似乎太弱了一點，倒是白玉上的一點黑瑕。

佛影是枕緑的同鄉，也是我的同鄉。他對於詩詞等，確甚可觀，我嘗佩之。現在做的《一個神秘的青年》是一篇社會上最詳細最有價值的作品，此君富於經驗，做的此篇佳作，不亞揚州已死的李涵秋。

芙孫的一篇《生兒之夜》的是小説中難得的佳著，不過這題目，似乎有些不近情，這是一個毛病啊。

小說漫談

（二呆）

小子愛讀小說世界、更愛觀胡寄塵徐卓呆（徐先生這期沒有、令吾悵悵、）等之大作、前天翻到第二卷第七期、內容很好、現在將我尋談的談之、

寄塵的「衙門之後」、却是一篇佳作、描摹王志成在被窩中的不忍起身、含情富足、更拿「十年前做民軍總司令官、領着幾百個人、和好幾千敵軍衙門、勇往直前、不會知道有什麼怕、難道今天被冷氣戰敗了嗎、……」一段反激、相得益彰、其結構、以寥寥三十的字了之、生色不少、最後的「研究與創作」、也很說得有理、

枕綠是我的同鄉、他却少年英俊、能得小說家一席地、眞是使人佩服、不過辦了一張「最小」之後、他的精神、完全灌在這張上面、所以難得見他的作品了、他在這期小說世界上、做的那篇「[illegible]的燕子」

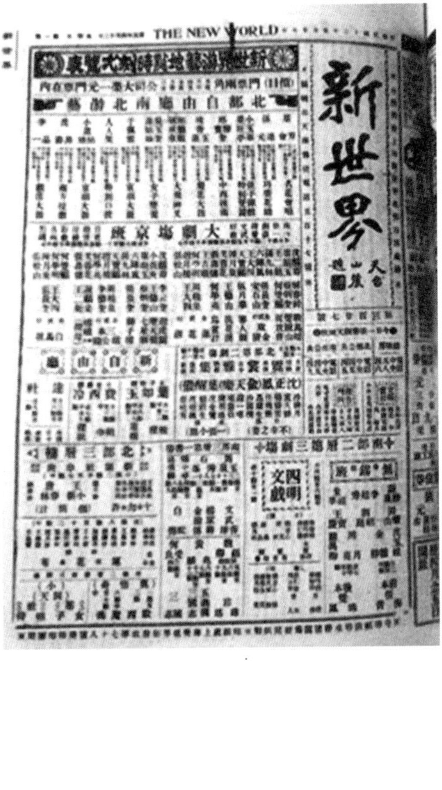

小説與心理

報癖 撰

載於《心聲》一九二三年第一卷第九期。《心聲》創刊於一九二二年十二月，半月刊，由徐小麟主辦，王鈍根、劉豁公、步林屋、袁寒雲合編。報癖，即陶佑曾，見一九〇六年新庵等《説小説》介紹。本文題目很大，實際上只是羅列了幾個標題，點了小説中的不同文體與不同身份讀者接受心理的問題，可惜没有展開。

章回小説　合普通社會的心理
彈詞小説　合舊式婦女的心理
傳奇小説　合詞章家的心理
演義小説　合史學家的心理
筆記小説　合掌故學的心理
短篇小説　合事忙人的心理
新體小説　合青年學子的心理

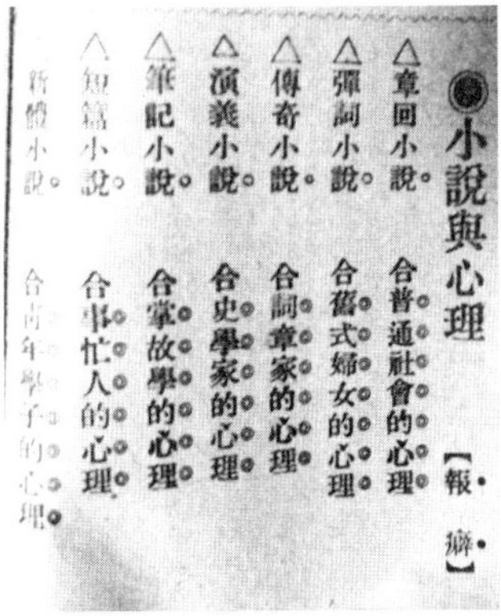
◉小説與心理　【報・癖】
△章回小説。合普通社會的心理。
△彈詞小説。合舊式婦女的心理。
△傳奇小説。合詞章家的心理。
△演義小説。合史學家的心理。
△筆記小説。合掌故學的心理。
△短篇小説。合事忙人的心理。
新體小説。合青年學子的心理。

編輯者言

施濟群　撰

載於《偵探世界》一九二三年第十二期。作者施濟群，見一九二三年《金鋼鑽報小説話》提要。本文在介紹雜志所刊有關小説内容外，鮮明地表達了辦好雜志要堅持道德原則與精益求精的精神。文章讚揚了胡寄塵所做《怪病人》能『爲社會下針砭』，抵制『人們在肉欲衝動的時候』，受不良社會的引誘。在具體編輯方面，『加意經營，務求繁簡得當，文質相稱，能調和眼光而不取厭於讀者，其餘有可刷新的地方，也總努力幹去』，『總抱著很熱的一顆心，取著漸進的態度，逐步向前進行，使讀者益讀益滿意，益讀益高興』。

程瞻廬先生擅長社會和滑稽兩派的小說，武俠作品很少，這次他偶爾高興做了一篇《李鑾牛》寄給本雜志，情節詼詭，筆致清靈，想愛閱程先生著作者，定必歡迎也。馬二先生的《蛀蟲》，是一篇曲折而有深味的譯稿，一結尤令人叫絕。

人們在肉欲衝動的時候，又受了不良社會的引誘，品格極易墮落，結果或且不顧道德和名譽，做出種種犯罪行爲，雖然是個人意念不堅，論造因還當歸罪於萬惡的環境，寄塵欲爲社會下針砭，特做了一篇《怪病人》。寄意於微，不露痕跡，然而絃外餘音，會心不遠，確是有功世道之作。

頃得吴説修君來函，對於滑稽體偵探小説，絶端反對，勸我們不必登載，并云『如欲登載，不妨另設滑稽一欄』。同人考察之下，覺得滑稽、偵探小説也是個中之一體，未可偏廢，不登一節，似難照辦。至於另設滑稽一欄，倒是一樁善政，稍緩即當着手。因在此先答覆數語，以謝吴君，并請大多數讀者指教。

這一期爲本誌第一年上半卷的一個小結束，從下期起想把編制改變一下，并添出幾個門類來，想來諸君是贊成的。至於排列上面，也想加意經營，務求繁簡得當，文質相稱，能調和眼光而不取厭於讀者，其餘有可刷新的地方，也總努力幹去。總之，此後我們雖不敢説精益求精，但總抱著很熱的一顆心，取著漸進的態度，逐步向前進行，使讀者益讀益滿意，益讀益高興，這纔合我們的初衷啊。

下期爲下半卷的第一期，故將材料特別加多，篇幅較之平常，要增添三分之一，用報讀者愛護本誌之雅意。如今且將内容預先披露一下，短篇小説有程小青先生的《不可思議》，是一篇霍桑探案；向愷然先生的《紀林齊青師徒軼事》，是一篇紀實體武俠小説；這兩種作品都是很名貴的，也都是外間最愛讀的。我們竟一期中把他登了出來，這種機會真正難得。徐卓呆先生的《賊醫病》，妙趣環生；胡寄塵先生的《今游俠傳》，情文并茂；這都是他們各人最擅長的一體，足當珠聯璧合四字。沈禹鐘先生的《空篋》，情節好的了不得，文字高的了不得，并且還是他偵探小説中一篇處女作，我們倒不可等閒視之啊。趙苕狂先生的《黑夜賊眼》，是説一個人自己去偵探自己所犯的案子，布局之奇，爲從來所未有，據他自己説也是年來最刻苦經營的一篇偵探小説咧。餘如張碧梧先生之《一張名片》，何樸齋先生之《毒針》，顧明道先生之《俠女復仇記》，張無静先生之《斧》，皆爲不可多得之作。此外，又有五分鐘小説三篇，短峭而有趣致，當爲諸君所愛讀。雜作一方，有『銀幕上的偵探』、『偵探談話會』二門，都是新添出來的，所載皆爲極有趣味的作品，諸君看了一定滿意。更有『偵探謎』一種，足供研索，作爲餘興。總之，我這一張口也説不了這許多，横竪再過半月，這第十三期也就出來了，諸君看見以後，包管要誇讚我一聲，説我講的是實話，倒不是在那裏吹牛呢。

編輯者言

施濟羣

程蟾盧先生。擅長社會和滑稽兩派的小說。武俠作品很少。這次他偶爾高興。作了一篇「李鐵牛。」寄給本雜誌。情節詼詭。筆致輕靈。想愛閱程先生著作者。定必歡迎也。馬二先生的「蛀蟲。」是一篇曲折而有深味的譯稿。一結尤令人叫絕。

人們在肉慾衝動的時候。又受了不良社會的引誘。品格極易墮落。結果或且不顧道德和名譽。做出種種犯罪行爲。雖然是個人意念不堅。論造因還當歸罪於萬惡的環境。寄塵欲爲社會下針砭。特做了一篇「怪病人。」寄意於微不露痕跡。然而絃外餘音。會心不遠。確是有功世道之作。

頃得吳說修君來函。對於滑稽體偵探小說。絕端反對。勸我們不必登載。并云。如欲登載。不妨另設滑稽一欄。同人考察之下。覺得滑稽偵探小說。也是個中之一體。未可偏廢。不登一節。似難照辦。至於另設滑稽一欄。倒是一樁善政。稍緩即當着手。因在此先答覆數語。以謝吳君。并請大多數讀者指教。

近今之偵探小說

王天恨　撰

載於《半月》一九二三年第二卷第二十一號。作者王天恨，見一九二四年《說海周旋錄》提要。本文批評了近今之偵探小説『非文字惡劣，即造意不善』，惟有程小青的作品『細膩可愛，而造意布局，又無一篇落他人窠臼』，因而稱程爲『偵探小説大家』。

邇來執筆爲偵探小説者夥矣，予均不佩服，非文字惡劣，即造意不善，故炫奇而悖乎常理者有之，支離怪誕而近乎影戲者有之。求其布局謹嚴，而破案後不背常理，又在人意中，使人驚心豁目者，實不多覯。有之，厥爲程君小青乎？（此非諛詞，實平心之言，予生平不喜作無謂之讚揚也。）小青君之文字，細膩可愛，而造意布局，又無一篇落他人窠臼，有剥蕉抽繭之妙，謂爲偵探小說大家，誰曰不宜！

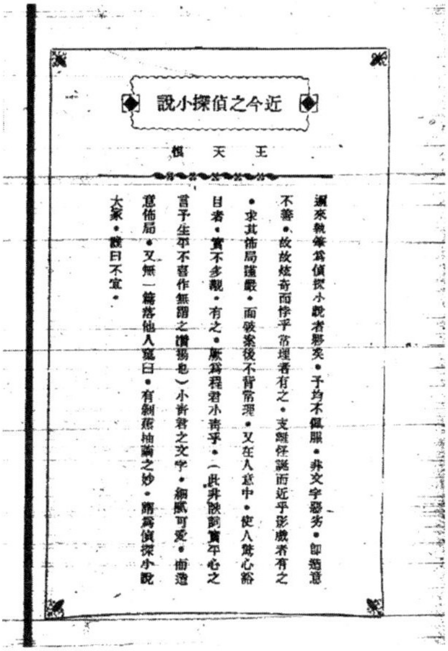

近今之偵探小說

王天恨

邇來執筆爲偵探小說者夥矣•予均不佩服•非文字惡劣•即造意不善•故故炫奇而悖乎常理者有之•支離怪誕而近乎影戲者有之•求其佈局謹嚴•而破案後不背常理•又在人意中•使人驚心豁目者•實不多覯•有之•厥爲程君小青乎•（此非諛詞實平心之言予生平不喜作無謂之讚揚也）小靑君之文字•細膩可愛•而造意佈局•又無一篇落他人窠臼•有剝蕉抽繭之妙•謂爲偵探小說大家•誰曰不宜•

小説界之頂……

春夢 撰

載於《申報·自由談》一九二三年七月二十四日。作者春夢，曾在上世紀二十年代初的《紅雜志》等上發表小説。「之頂」，就是時下所稱「之最」，亦即「第一」的意思。本文列舉了當時小説雜志開本大小、作者多寡、裝幀美觀、編輯人手，以及作家籍貫等等排名第一的作品，有一定的史料價值。

小説雜志的本子，要算《紫蘭花片》頂小；要算《笑畫》頂大。

小説雜志的印刷，要算《半月》、《紫蘭花片》、《家庭》頂好頂美觀。

一種小説雜志中的作者，要算《紫蘭花片》頂少，只有瘦鵑一個人；要算《小説世界》頂多，差不多名家的作品都有過。

小説雜志或單份的報紙，要算從前天笑辦的《小説大觀》頂大，自稱爲『大』，可想見其大；要算現在的《最小》頂小，自稱爲『小』，可想見其小。

同是一種小説雜志，主任的人頂多的，要算《小説月報》及《小説新報》，各是前後經過四個主任。

上海的小説作者，江蘇人頂多，浙江人次之，其他各省每省難得有一二人。

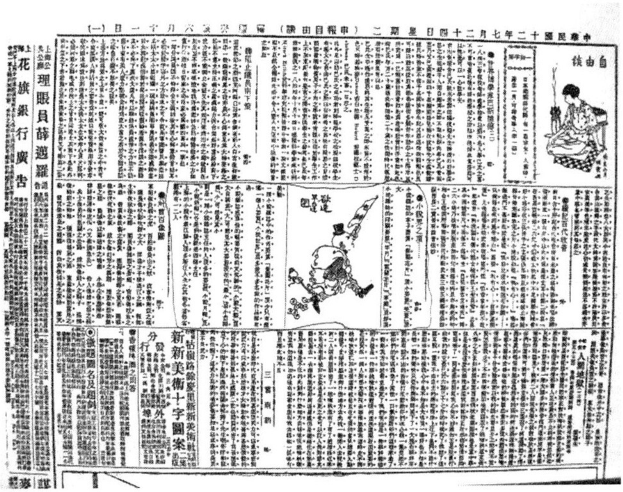

稗品

鄭逸梅　撰

載《紅雜志》一九二三年第七十三期。作者鄭逸梅，見一九一九年《小説瑣談》提要。本篇以四十八種花韻來品評近現代四十八位小説作家的作品與爲人的風神，頗能一言中的，對研究作家作品的風格特點有所裨益。

端莊（林琴南）　俠烈（向愷然）　嫵婉（周瘦鵑）
放誕（何海鳴）　貞素（胡寄塵）　高潔（沈禹鐘）

瘦削（姚民哀）　纏綿（朱鴛雛）　敦厚（惲鐵樵）
倜儻（姚鵷鶵）　幽倩（張枕緑）　輕盈（朱瘦菊）
細密（包天笑）　沈摯（孫臞蝯）　靈巧（吴雙熱）
哀豔（徐枕亞）　圓融（陳蝶仙）　慈善（施濟群）
憨癡（姚賡夔）　爽直（程小青）　名貴（袁寒雲）
閒静（趙眠雲）　清新（顧明道）　簡默（范菊高）
流動（王鈍根）　明慧（陳小蝶）　秀媚（江紅蕉）
婀娜（吴綺緣）　潔净（程瞻廬）　豐美（劉山農）
安詳（蔣箸超）　蘊藉（畢倚虹）　典雅（王西神）
豪縱（趙苕狂）　俊逸（劉豁公）　諳練（徐卓呆）
腴潤（嚴獨鶴）　尖利（張丹斧）　親切（范煙橋）
姚冶（朱大可）　精警（陸澹盦）　冲淡（吴靈園）
誠實（朱楓隱）　温柔（李定夷）　和平（李常覺）
富麗（葉小鳳）　敏捷（許廑父）　深穩（貢少芹）

昔王澤山撰《花品》四十有八，予戲取之以品諸稗海名家，或證其著作，或言其爲人，喻擬失當，幸乞諒之。

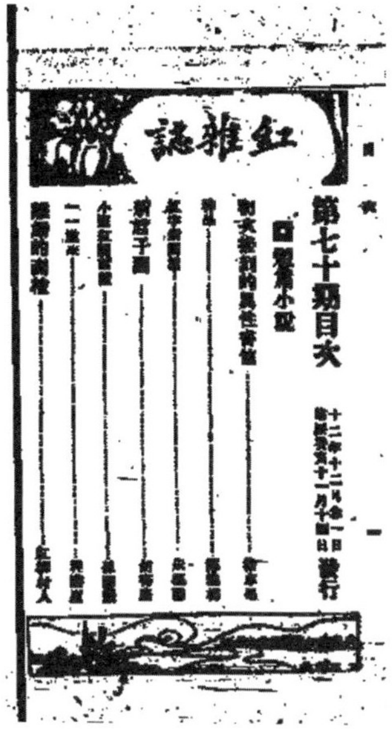
紅雜誌
第七十期目次

紅
雜誌

小說雜談

明道 撰

載於《遊戲世界》一九二三年六月第二十四期。明道，即顧明道，本名顧景程（一八九七—一九四四），曾用正誼齋主、梅倩女史、虎頭書生、石破天驚室主等筆名。江蘇蘇州人。星社成員，作品有《奈何天》、《蓬門紅淚》、《花萼恨》、《草莽奇人傳》、《紅妝俠影》、《國難家仇》等社會言情小說與武俠小說，尤以《荒江女俠》著稱，曾被改編成戲劇與電影。本篇涉及理論、批評、故實等多個方面。理論問題如談長篇與短篇的不同特點，論『作小說要任自然』等等，寫到了李涵秋、程瞻廬、李定夷及自己的一些創作故事，而較有價值的是對當時一批活躍在文壇上的小說家如許指嚴、徐枕亞、程瞻廬、何海鳴、張舍我、程小青、徐卓呆、

周瘦鵑、沈禹鍾、李涵秋、胡寄塵、王西神、陸澹庵的創作特點作了點評。

人謂作長篇小說難於短篇，或又謂短篇難於長篇，此言皆是也。蓋作長篇必須胸有經緯，布局得勢，前後呼應，情節離奇，始可引人入勝，如《水滸》、《紅樓》等書，皆多至百十萬言，後人讀之，無嫌其長者，始足以語長篇矣。短篇以少許勝，擷長篇中之精華，貴有言外意，耐人尋味。譬之京劇有人喜觀全本，有人則喜擇其精采之一段，各有其妙境也。

作小說要任自然，猶之吟詩，待感念來時，握筆爲之，方能言中有物，否則敷衍了事，安有佳作？小說初盛時，多重長篇，近今則在短篇盛行時代，將來趨勢又不知何若？

奪標小說及集錦小說，《快活林》行之獨早，而奪標則僅用二三次，集錦小說用之甚長，現亦罷去。竊以爲此二種，一取公開，一取合作，殊屬新穎，但報紙篇幅甚小，行之不便，讀者眼光又時喜新鮮，獨鶴殆以此罷之歟？

李涵秋善作長篇，人皆公認之。余喜讀其《好青年》一書，昔登《快活林》，然覺著者將文鵾描寫過甚，收筆反覺難說，故其末後草草收結，稍遜於前矣。

程瞻廬作小說用筆深刻，思想亦奇，此公似覺天下事無難言處，信筆寫去，毫無拘束，真聰明人也。其著作有《茶寮小史》及《新舊家庭》，描寫蘇州社會及家庭情形，纖微畢肖。近喜作諧著，然吾謂瞻廬儘可精心研究作社會小説，其或許吾言乎？

作小説雖多空中樓閣，然普通常識亦不可缺。每見小説中有叙述地方情形，按之實際則屬大謬。某小説家小説中有坐馬車至虎邱者，不知虎邱地甚荒寂，雖有提議建築馬路者，然至今馬車尚不能直達其處也。

嘗與朋輩談論當今小説家，以爲指嚴擅長掌故，枕亞長於駢體，雙熱長於滑稽，瞻廬長於社會，海鳴長於政治及軍事，然倡門之作爲例外也，舍我長於問題，小青長於偵探，卓呆長於戲曲，獨鶴長於評議，瘦鵑長於哀情，禹鐘長於文言，枕緑長於白話，苕狂長於翻譯，涵秋長於長篇，寄塵長於短篇，西神長於詞章，澹盦長於影戲小説，天笑則文言白話均佳。

讀小説常有新陳代謝之感。數年前海上時髦之小説家李定夷亦其一也，今雖在《小説新報》及《遊戲世界》上常有著作，然人皆罕注意及者。又鵷鶵、楚傖、天虚我生著作均佳，近則不可見矣。

小説家之著作能演於劇場中，不可謂不有一部份之價值，如涵秋之《廣陵潮》、《俠鳳奇緣》等，瘦鵑之《法國拿破崙》，指嚴之《南巡秘記》，天笑之《梅花落》，海鳴之《倡門之子》（新舞臺易名爲《柳依蘭艾》）是也。

余昔有短篇小説，嘗兩投報紙，均未取録，後投某雜志，不意主筆譽爲至佳，排次特上，豈嗜好有不同歟？竊謂一般尋常主筆閲稿時，類多先看著者之名，若其人而爲有名者流，則不論其作品何若，無有不録，且儘先發排，若其人素無盛名，則雖有佳著，常屏而不用，或録而抑之，此少芹所以有

『無名的著作家』之作歟？

往往小説能創造別體則覺新穎可喜，惟可一不可再。數年前《小説叢報》有獨鶴之《小説迷》一篇，頗足發噱，然倘有人效其重作，則反覺無奇矣。

恒人之情，喜閲歡娱之作，試問男女皆然。若獨賞識悲苦之詞者，則殆傷心人別有懷抱也。余作《啼鵑録》小説，凡十八篇十萬餘言，皆哀音靡曼之作，以不祥之文字瀆人耳目，其違世忤俗何如也，而瞻廬惠賜題詞一首，中有『莫怪啼鵑啼不了，鵑也情癡』兩句，余謂移贈瘦鵑則殊吻合。

《遊戲世界》家庭號中有『我的家庭』一欄，係各著作家自述家庭情形，頗能引起閲者愛讀之心，以讀其文想見其人。好奇之心人皆有之，今能得展卷而明曉其家庭情形，如入其室登其堂，豈有不愜於心者乎？著者共十四人，卓呆所作尤爲奇特，惟余寥寥數百字，濫竽充數耳。

小說家之資料

恕遣　撰

連載於《新世界》一九二三年七月十九、二十、二十一、二十二日。作者恕遣，不詳。

本文以故事的形式講了寫小說的三種『資料』，前兩種即以雲之變幻與煙之繚繞爲例，說明筆法的多樣與文思的不絕，實與作家的構思與寫作技巧有關。第三種『即秦樓楚館，歌舞沉酣時也』。雖講的只是當時文人生活中的一隅，實則關係到了小說的素材、靈感與真情的真正根源，作者說：『妓之一顰一笑，則人情之真僞可察焉；客之忽離忽合，則欲愛之心可悛焉。友朋接席，裙屐雜遝，此時扶醉偎情，忽發狂言，真情交，真愛戀，往往可以窺見一二。借此一二，亦足以衍釋小說，流傳於世。』這實際上形象地說明了只有真正投入生活，才能在生活中發現『小說的資料』。在這個意義上說，即作者所說的『心有小說，即小說也』。

一

龐喻言以小說名於海上，垂垂數年矣。一夕，遇老友馬四於回春坊愛情校書處，酒闌燈灺，放浪形骸。馬四忽問曰：『喻言兄諒之，吾有一言奉詢，僕與汝相聚已久，若夫在編輯室也，則各與紙筆相親，僕每每擱筆沉思，因一字之斟酌，煞費腦汁，汝則揮毫如雲煙，文思若下水船，一瀉千里，不足以喻其速率。僕每每爲小說所迫，不能不刺取時事，作新點綴，又不能不檢閱典籍，以獺祭爲談助，汝獨不然。值吾輩高談闊論時，輙默爾無言，露鄙屑不足道之色，或口吸香煙，不稍斷；或倚窗欄閒眺，若有深思。間或尋花問柳，則又狂蕩無度，直教兩行紅粉一起回也。居常亦不數見讀書，而所作小說又奇譎無窮盡，閱者皆欣然愛之。不知小說中累累資料，從何處取裁？願受教焉。』

二

喻言笑曰：『吾之小說資料有三：一即憑欄看雲也。雲起處，即吾小說起點。雲之聚散舒捲，即吾小說之輾轉穿插也；濃雲沉黯，重筆也；淡雲蕭疏，輕筆也。雲落處，乃結束法也。風雲激蕩，變幻無窮，於是，吾發爲文章，彙而爲小說家言，亦譎峍離奇，與雲影同其活潑。雲之變幻，無極無盡，吾之小說，是以亦無極無盡也。其次，即口呷煙卷時也。每當孤燈岑寂，明月無光，脈脈莫可說者，惟見此煙絲繚繞，開拓心胸，一縷氤氳，起伏無定，於是吾納之，衍爲小說，亦浩淼無涯矣。其三，即秦樓楚館，歌舞沉酣時也。妓之一顰一笑，則人情之真僞可察焉；客之忽離忽合，則欲愛之心可悛焉。友朋接席，裙屐雜遝，此時扶醉偎情，忽發狂言，真情交，真愛戀，往往可以窺見一二。借此一二，亦足以衍釋小說，流傳於世。尊尚白話者，故無論矣；即以古文章法，鍛煉出之，三五千言，亦似探囊取物，殊易也。』

三

雲也，與天地共長久；煙絲一綫，吾吸之不已，則思想一渺無底止。至於酬酢之事，則我輩方以此爲苦，偶有清興，無往而非其所。彼亦一資料，此亦一資料，假使班、馬生於今日，奇文巨製，且必浩浩如煙海，遑論些些之小説家言，庸詎得有窮乎？而况小説家言，泛濫無底，若雲，若香煙，若北里征逐之場，亦茫茫無底。心有小説，即小説也，挾此才華，會能小點墨池，成爲巨浪；否則即得此佳境，有此資料，不能攄而大之，亦不過望洋而歎耳。吾敢云：「乃小説家有負於資料，非資料或負於小説家也。」

四

馬四聞説至此，撫掌笑曰：『謹請教，馬某不敏，亦以飣餖之學，沉浮於濁世者，數閲寒暑，只慚無此奇譎之心胸，且無此生花之筆，是以雙鬢蕭蕭，欲從故紙堆中，偷尋生活，而文思輒見其厄，每苦小説資料之有時而乏，今而後，得之矣。』遂與喻言約，即此一夕談，拈『小説家之資料』六字爲題目，録而出之，以與小説家相商榷。俾可各言爾志，發攄一二。既而喻言囑女校書捧硯侍側，墨花濺雨，飛動龍蛇，移時已完一篇。描寫是夕佳趣，風流藴藉，兼而有之。馬四則摇筆良久，汗珠滚滚然如沸水，自額角落下，浸漬紅箋，作桃花色，僅得『小説家之資料』六字。見喻言已脱稿，不勝扭捏。恕遣主人時亦箕踞上座，酒未甚醉，乃亟奪筆直面，記其顛末如此，仍標其題曰『小説家之資料』，蓋記實也。

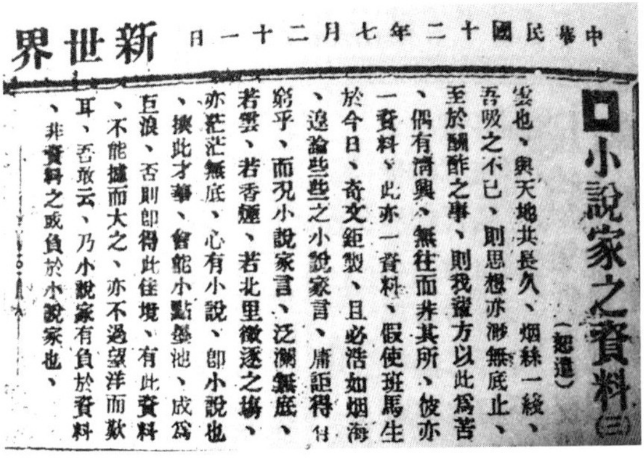

中華民國十二年七月二十一日 新世界

□小說家之資料(三)(廻道)

雲也、與天地共長久、烟絲一縷、吾吸之不已、則思想亦渺無底止、至於醧酢之事、則我竊方以此爲苦、偶有清興、無往而非其所、彼亦一資料、此亦一資料、假使班馬生於今日、奇文鉅製、且必浩如烟海、遑論些些之小說家言、庸詎得付竊乎、而況小說家言、泛濫無底、若雲、若香煙、若北里徵逐之場、亦茫茫無底、心有小說、即小說也、擴此才華、曾能小點綴池、成爲巨浪、否則即得此佳境、有此資料、不能擴而大之、亦不過望洋而歎耳、吾敢云、乃小說家有負於資料、非資料之或負於小說家也、

中國小説談

葉楚傖　撰

載於《民國日報》一九二三年七月二十四日。作者葉楚傖，見一九一九年葉小鳳《小鳳雜著》提要。本文原是講演稿。全文講了『史和小説——小説的性質』、『中國小説的分類』、『小説的作法』、『小説的批評』四個問題。就小説的性質問題，作者在與史的比較中從寫實與虛構、質與文、科學與情感三個角度加以辨析。關於中國小説的分類，他分成三大類：筆記、章回、别傳；别傳之中又分了真人假事、真人真事、假人假事三類。關於小説的作法，首先强調『小説作法不易有或不必有』，然後説了要認識小説生命的演進與統系，亦即把握歷史演變的精神，然後要注意材料的儲蓄與支配。關於小説的批評，他提出兩個標準：『小說的機能是藝術，小說的靈魂是背景。』他認爲抓住了這兩個標準批評小說，『或可十得七八』了。

一、史和小說——小說的性質

在記事的文章裏有兩個特點，因爲有這兩個特點，就胚孕、滋長成中國文學上兩個分野：（一）朝和野是兩個對峙的名詞；（二）小說和史是兩個對峙的名詞。往古的一切著述者，都將朝野這兩大分野，定作史和小說的疆域，凡屬於朝的稱『史』，屬於野的稱作『小說』。因此史與小說，畫然定了領域，成了個不可更正的錯誤。

他們替史下了個定義：

（一）朝代的，

（二）爲朝代而做的，

（三）朝代所做的。

這樣三個偏窄而武斷的定義一下，其他：

（一）社會的，

（二）爲社會而做的，

（三）社會所做的，

（四）其他不合於他們所謂『史』的，

都被貶入小說裏去了。

還有稱小說爲野史的，顯見個『朝』字的痕跡狠深刻在前面。於此我不得不感謝詩人的寬洪大量，不然李商隱的《平淮西》和白居易的《琵琶行》，也該打官司了。

除開上面那三個舊定義以外，還有個似乎已得一般人承認的解釋，說『史是寫實的，小說是虛構的』，其實也未必盡然。

『高祖所居，其上常有雲氣』，『宋太祖生於夾馬營，紅光燭天』，似這些，我們能承認是寫實嗎？《三國志》、《儒林外史》等書裏面，包含著多量寫實的意味；《會真記》、《虬髯客傳》等，也不是全部虛構。大概有些是實事虛人，有些是實人虛事，不能說全是虛構的。

孟子『盡信書則不如無書』一句話，斷不是指小說而言。那麼，史寫實、小說虛構的一根界綫，又不能成立了。

比較近似的一個史和小說的定義——本我一個觀察所得而下的定義。第一：

『史是質的，小說是文的。』

司馬遷的《史記》，班固的《前漢書》，原也含有多量文的意味；但這是史的特點，不是史的要素。再看《五帝本紀》等篇，幾乎全抄了《書經》，更可見得史之本質在此不在彼了。

小說是完全建設在文藝上的，凡是一種有價值之小說，總能發揮出作者一種特異於衆人的天才來。瀟湘館裏的一對情人，鴛鴦樓上的十三條性命，嚴監生床前油燈裏的兩根燈草，這些都是作者全副心血灌注處，都是文藝的威力鎮壓得自然處，史裏却没有這種文章，也不必有這種文章。

第二：

『史是科學的，小說是情趣的。』

譬如一張畫，一張美人畫，單畫從鏡框裏露出半面來，或從籬角邊露出半幅裙子來，已得了美人的情趣了——這就是做小說的方法。如畫了全身，注明世系，再加上年齡籍貫、身長體重等，同是畫一個美人，而目的各別了——這是做史的方法。地圖近於史，風景畫近於小說——這是正確的譬喻。

二、中國小說的分類

中國小說舊有的分類中，有『傳奇』。但傳奇是戲劇，不是小說。依我的見解，傳奇和其他小說，有個極大的異點。小說所有原則是文字之美；傳奇所有的原則，不止在文字之美。傳奇至少要含

『歌』、『舞』兩原則；小說的原則，并不在此。唐時有旗亭唱詩的女子，這倒含有傳奇意味的，然而小說和詩，却早已各立門户了。

除開傳奇外，有可以指出的——幾乎人人能指出的：

（一）筆記，

（二）章回，

（三）别傳。

筆記體的小說，大概都以爲始於漢晉，比較看得遠些的，也以爲始於子書，我以爲《論語》裏，就有幾段很好的筆記小說了：『遇杖人以杖荷蓧』一段是好的，『長沮桀溺』一段是好的。尤其有小說意味而條件完備的，要算『季氏將伐顓臾』一節了。現在把這一段寫在下面：

季氏將伐顓臾。冉有、季路見於孔子曰：『季氏將有事於顓臾。』孔子曰：『求！無乃爾是過歟？夫顓臾，昔者先王以爲東蒙主，且在邦域之中矣，是社稷之臣也。何以伐爲？』冉有曰：『夫子欲之，吾二人者皆不欲也。』孔子曰：『求！周任有言曰：「陳力就列，不能者止。」危而不持，顛而不扶，則將焉用彼相矣！且爾言過矣，虎兕出於柙，龜玉毁於櫝中，是誰之過與？』冉有曰：『今夫顓臾，固而近於費。今不取，後世必爲子孫憂。』孔子曰：『求！君子疾乎捨曰欲之而必爲之辭。丘也聞有國有家者，不患寡而患不均，不患貧而患不安……』

這一節裏，實在充滿了小説的材料和意味。小説結構，第一是人物的支配。你看這一節裏的人物，一個是老氣横秋的道學先生——孔子，一個是慣抗木梢的阿戇——子路，一個是奸刁促狹的政客——冉有。將這三個人陳列在一起，已有小説的結構了。第二是事狀的湊集。你看這一節的事狀，要伐顓臾明明是冉有的主張，却硬拉個子路進去幫腔。子路是個不願意幫腔的，然而滑不過冉有，只跟著去，鼓著嘴巴，一聲不發的陪著挨駡。或者子路也很願意，然而子路的拙嘴笨腮，氣吼立著受駡總是真的。將冉有的詭計、子路的笨直，并列在一起，又已合乎小説的第二條件了。第三是説話的神氣。你看，儘（管）冉有拉著子路，孔子却一眼看破，只尋著冉有。三個『求』字直把冉有唤得毛骨竦然。這又合了小説的第三個條件了。所以我説筆記式的小説，在《論語》裏已有了。

在《論語》以前的，像《左轉》『叔孫豹遇婦人』一段，『晉公夢二竪』一段……都有小説意味的。素以筆記小説的體裁，至遲須從周朝算起。還有《檀弓》裏，也有酷似筆記小説的，如『曾子寢疾』等。再後纔説到子書。至於漢晉以後，筆記小説真不勝枚舉，在這一章裏，我只講小説的源流，所以從略了。

平話小説，據《七修類稿》説，是宋仁宗時産生的。因爲那時太平日久，皇帝愛聽幾件新鮮故事。那些文人就造出這格式來，獻進宫去做皇帝娱樂品的。宋時最流行的，就是《宣和遺事》一種，全書寫的是東京的繁華，這算是整篇的平話祖師了。

平話大概都是講的，不是唱的，裏面雖夾著幾句詩——四句或兩句——作用只是『提綱』、『穿插』或『結束』，并不是篇中的本文。這種格式，我們隨手翻出一種章回體的小説出來，都可以看見，《宣和遺事》也是這樣的。

類乎平話而其實性質不同的，是『院本』。

據《太和正音譜》説，院本是行院之本，行院就是走江湖唱伎，伊們所用的唱本，就叫院本。有人説，宋室南渡以後，中原落在金人手裏，那時纔有院本，因此將院本當作全國所有。但我不敢信這句話，宋時的《唱諢詞説》——見《輟耕録》，是和院本一而二、二而一的，這些都是夾唱夾説的作品。近取諸《水滸》，『插翅虎枷打白秀英』一回裏，也有院本的名目，并且由白老虎口裏説出『豫章城裏雙漸趕蘇卿』一條回目來。施耐庵如其不扯謊，我們可以得到兩種見解：

一、院本是宋時的作品；平話也是宋時的産品；

二、院本也有回目，與平話不同處，只是前者是夾唱的，後者全是説的；

三、院本的産兒是彈詞；平話的産兒是章回體小説。

別傳或者可以説是筆記小説的別派，所差不過別傳是整個的寫，不是別傳可分寫作幾起罷了。例如《世説新語》裏，將周凱謝安……等的言行，分類在『品藻』、『雅量』等等子目裏，別傳却不能這樣了。

別傳有三類可分：

一、真人假事；

二、真人真事；
三、假人假事；
在『一』類裏的，像《穆天子傳》、《白猿傳》等；在『二』類裏的，像《大鐵椎傳》、《張夢晉崔瑩合傳》等；在『三』類裏的，像《毛穎傳》，以上所舉，都是膚淺的例，還望大家自去作更精密的研究！

三、小說的作法

小說就是文章，當然，一切文章的作法，就是小說的作法。但文章的作法，在中國是意會神通的多，循規蹈矩的少。或者不止中國，凡是天地間的妙文，都不受繩墨的約束。別種文的作品，還可以平正通達搪塞，小說一平正通達，就不成其爲小說了：因爲人們本沒負甚麼做小說的責任，既無所謂『責』，更何必去『塞』，這全在妙想獨得，奇局獨開，天才獨擅，所以小說更不易有作法，或竟不必有作法。小說作法既不易有或不必有，在這一節裏，我該說些甚麼呢？喂！有的，在作法以前，在作法之外，有幾件應該注意的大事：

一、小說生命的演進

那些稱做甚麼『夕陽派』的，『蝴蝶派』的，是狐之群狗之黨，够不上稱派。『派』是一個有研究、有統系的名稱。我們仔細體會著《世說新語》，自覺得有一段清新俊逸，代表得六朝口吻的情韻；再體會著《開元嘉話》、《北里志》等，也可以仿佛得唐人小說的意味；再體會《水滸》、《紅樓夢》等，更其各有各時代的精神；若在讀《紅樓夢》後翻幾頁《紅樓後夢》，《水滸》後翻幾頁《蕩寇志》，尤其覺得涇渭判然了。作手的高低是另一件事，就做得和《世說新語》等一樣或更勝於《世說新語》，也只是另外一種妙文，不是《世說新語》。於此可見中國小說界鼎鼎大名的幾種作品，都各有一段特殊的精神。假使有一朝頑皮的皇帝，定了個以小說取士的制度，我敢斷言施耐庵、曹雪芹等早已附祠孔廟。小說界的派別，至少比陽湖、桐城光芒十倍咧！別種文學都有了世系，獨小說界只有祖宗，沒有幾個孝子賢孫，這是個缺憾。

我說到這處，似乎已肯定了在小說界應該演出個派系來，似乎引誘人去做揣摩簡練、扶牆摸壁的工夫。其實不然，扶牆摸壁是全沒靈性的，簡練揣摩也有『依人成事』的嫌疑。然而運用自己的天才，吸收和支配古代的寶氣，却是作家應有的志願啊！所以演進小說的生命，認識小說的統系，是在小說作法上有重要關係的。

二、小說材料的儲蓄

我是個做小說，可以自信從弄筆到今日止，沒有一篇值得自己稱許過，更無論得別人的稱許。然而甘苦是略知一二的，尤其是材料的缺乏常使我慚愧懊惱，甚而至於灰心不敢動筆。

《水滸》、《儒林外史》等書裏絡繹而來的材料——《水滸》的材料，出色在『複』：史進剪徑，林冲剪徑；景陽岡打虎，沂嶺殺虎；武松殺嫂，石秀殺嫂……都是在重複中顯出異樣的花色、各別的材料來。《儒林外史》的材料，出色不在『複』：范進筷頭的蝦圓，嚴貢生的雪片糕，馬純上在蘧詵夫家吃的紅燜肉，張鐵臂送豬頭……都在不複中顯出異樣花色、各別材料來。

斷不可提了筆再去找的，提了筆再去找是斷找不到的。他們定是隨處發見，隨處捉住，像仙山採藥一般，掛了個葫蘆，遊行到十洲三島，此一摘莖彼一收葉，待採取齊全，或雖不齊全，已够煉成一丹之用，這才關了門，生了火，按定方位，煉成九轉靈丹。煉丹如此，做小說何嘗不該如此！除非是吃小說飯的作家。

譬如，我忽然，莫名其妙的忽然覺得：『報館裏排字工人講論中國時局時，必定比留學生高明。』就應該捉住這個『忽然』，記録起這個『忽然』，來儲蓄著做將來做小說的材料。如其放過了，固然再捉不住，便是捉住了，立時將這『忽然』做了應付主顧的小說的中心，也是白糟蹋了這『忽然』啊！所以善於運用小說的眼來接收材料、儲蓄材料的，應該像貪得吝失的守財奴般，不肯放鬆一錢、浪用一錢。

三、小說材料的支配

有了上等材料，由低手去亂搭，太冤枉了這材料。會支配的才能的，儘先將材料估量定了，排列好了，齊齊整整、絡絡繹繹，如連峰疊巒，如長江大河，這纔顯得天地奇觀，匠心獨運。就小説證小説：《水滸》三打祝家莊中間，插入解珍解寶入獄一段；《三國志》曹劉爭漢中中間，插入蔡邕故居一段，都是支配材料的樣本。再將別種文章比證著：《左傳》鄢陵之戰一篇——有一枝養由基穿七劄的箭，便有一枝吕錡射月入泥的箭；有了欒針送子重的酒，便有穀陽豎獻子反的酒；有了個站在楚共王傍邊的逋臣伯州犁，便有個站在晉厲公旁邊的苗賁皇；有了個憂晉國將亂的范文子，便有個知楚君必敗的申叔時；全篇如雙峰對峙，二曜同升。

尤其是支配材料的妙手。

四、小説的批評

小説的機能是藝術，小説的靈魂是背景，我們將這兩個條件，做批評小説的標準，或可十得七八。例如《聊齋志異》一書，『姊妹易嫁』是有背景的，『花神』没有背景，我們不因『花神』一篇裏有許多熱鬧，便承認是有意味的小説。

完全將搬弄事實做目的的小説，如《岳傳》、《隋煬豔史》等，儘在社會上佔得一部分勢力，藝術上是没有它的立脚地的。幾乎滿地都是蔽塞而又陳舊的社會中，男女老幼十七八都從這些小説裏找出人生觀來的，禮教綱中的勢力，還不及他大，這真是可驚的勢力呀！然而儘他有可驚的勢力，它總不能在藝術上奪取咫尺之地。

《水滸》自然是有驚人藝術的，但他的背景，不單是甚麼『社會的不平』、『政治的腐敗』，我個人的觀察，一部七十回的小説，還兼爲『酒』、『色』、『財』、『氣』四字。

《水滸》的文章，有些像《莊子》。他們所採用的材料，都是不經人見的。換一句話説，在這兩部書裏，都是天地間不必有的事，却是不可無的文。

《紅樓夢》的作手，有壓倒一切的一點：別種作品，至少也須得幾分材料的幫襯，只有他是全不靠材料的。一百二十回中，所寫的只是些家常瑣事，兒女諧謔、祭祀婚喪等，却純用絶精美的藝術來引人神往，這是多麼可傾倒的天才呀！

胡適之君似乎把《鏡花緣》抬舉得太高了！我只佩服李汝珍的抄寫工夫。就算李汝珍音韻學是高明的，不能因此推愛到《鏡花緣》的藝術啊！女兒國裏的行爲，完全報仇主義，也不是男女問題的福音。

《儒林外史》除材料豐富外，那枝筆刻薄得可愛。嬉笑比怒罵更難受，他是專用嬉笑來代怒罵的，所以可愛，也就可怕呀！

我本來不願意舉出書名來批評的，以上幾種，不過借來作個『藝術』與『背景』的表現罷了。

覺悟

民國日報

中華民國十二年七月廿四日 星期二

第四張

評論

清宮大火與中國的美術品保管問題

吳夢非

▲中國應該從速籌設國立美術博物館

▲關心文化事業者應特別留意

▲希望清議及早覺悟

據報載：六月二十七日晚，清宮大火，統計焚去建福宮、[illegible]、延春閣、廣生樓、靜宜軒、中正殿、[illegible]佛樓、秀雲亭、寶華殿等處，共百數十間，裏面所藏的奇珍異寶，以及繪畫字跡彫刻等品一時不能詳悉，僅就[illegible]物一項論，損失已在數百萬以上，據大體的報告，就[illegible]

二、貴族或宮廷所收藏的美術品，難免不為不肖子孫所盜竊，更難免不遭盜竊、火災、蟲蛀等患。

皇宮的建築，以及皇宮裏面所保存的一切美術品，在一國的文化史上，必能占着很優越的地位，照清宮歷代所保藏的國寶，到如今，竟為一般宦豎所盜竊，這豈不是大大的可惜嗎？ 想到這一層，我們就應該顧慮到代表東方美術的中國美術品，此後應該如何的設法保管？ 要解決這個問題，照列國的先例，祇有希望政府從速籌設國立的美術博物館，並且隨時將貴族或富豪所私藏的美術品，公開陳列，使平民都有賞鑒的機會，因為美術品本來有公共的性質，決不能任私人獨藏，獨享其樂，所以現在我們應該要求政府先從速設立美術博物館，把不論公私所有價值的[illegible]

[illegible]，把宮中所留失的一切寶物，[illegible]的美的結晶，[illegible]博物館，[illegible]；不僅保存一國有美學，恐怕全世界人[illegible]？ 況且美術品本可以說是一國的共產物，也可以說是全世界的共產物，這一層不得不希望清議及早覺悟，我們[illegible]！

講演

中國小說談

[illegible]在上海[illegible]講演

一 史和小說——小說的性質

在記事的文字裏有兩種特點，因為有這兩個特點，就成中國文學上兩個分野：（一）[illegible]；（二）小說和史[illegible]。[illegible]

，[illegible]打官司！

[illegible]〇[illegible]，說「史是寫實的，小說[illegible]」；[illegible]

「[illegible]」[illegible]——宋太祖[illegible]，[illegible]，[illegible]？

三國志、儒林外史等書裏面，[illegible]，[illegible]，也不是全部[illegible]，有些是實人實事，[illegible]不[illegible]。

目錄

七月二十四日

小說小說

月友女士　撰

載於《申報·自由談·小說特刊》一九二三年八月二十六日。作者月友女士，待考。

作者論及了《紫羅蘭》與《半月》兩種『禮拜六派』的小說雜志，不但『裝訂玲瓏，印刷精良』，而且在内容上并不是純消閒、乃至只是渲染低級趣味，而是也有『至深的哲理在』與『很有倫理的意味』的作品，如《郵政局長》、《耳上金環》等就是。作者希望當時的小說家創作的作品要有益於世道人心的同時，也要講究藝術性，『在藝術一方面多研究一下子』，以求在『全世界小說界上，也有吾們中國一些立足之地』。

《紫蘭花片》，裝訂玲瓏，印刷精良，叫人見了，愛不釋手。内中的文字，也深合我們心理。所以一等出版，便急急的趕著去買一本，從頭至尾，看個仔細。等到看完了，使用著上好的香水，灑幾點在書中；又取一支牙刷，蘸些胭脂汁，灑在紙上，更使這本書有香有色。有些同學暗地裏都笑我是個癡子。咳！其實我那裏是個癡子，也無非表示我一些審美的觀念罷了。

粗粗看去，似乎没甚滋味；細細領會，却大有至深的哲理在内。這種作品，在我國小説界中，似乎很少有。有一天校中放了假，我趁便回家省視。閒著没事，便跑到圖書館中去流覽書籍。見書目中載有印度哲學家泰穀兒短篇小説。我心中異常歡喜，便趁著没事，就一篇一篇仔細看去。足足看了二個鐘頭，纔得看完。仿佛記得内中有一篇名喚《郵政局長》的，初時平淡無奇，後來默默領會，覺得其中滋味，實是無窮，好比吃了一枚橄欖，初進口時，枯澀無味，到後來却越嚼越有滋味了。《半月》雜志中，載有瘦鵑先生的《耳上金環》一篇，很有倫理的意味，像這樣的作品，最是有益於世道人心。以後我希望周先生像這樣的多作幾篇，讓我們飽飽眼福。

我國小説家，有一種極壞的弊病，就是對於作品上不大曲折，寫來大半平鋪直叙，毫没一些波瀾，如『某人是怎樣的一個人，他的作爲是怎樣的』，這種枯寂無味的文字，看了往往使人頭痛。所以我希望諸位名家，操管起來，須要在藝術一方面多研究一下子，亮亮看客們眼睛，使全世界小説界上，也有吾們中國一些立足之地。

小說小說

月友女士

紊闊花片。裝訂玲瓏。印刷精良。叫人見了。愛不忍釋。內中的文字。也深合我們心理。所以一等出版。便急急的趕着去買一本。從頭至尾。看個仔細。等到看完了。便用着上好的香水。洒幾點在書中。又取一支牙刷。蘸些臙脂汁。洒在紙上。更使這本書有香有色。有些同學。瞧地裏都笑我是個痴子。咳。其實我那裏是個痴子。也無非表示我一些審美的觀念罷了。

粗粗看去。似乎沒甚滋味。細細領會。却大有至深的哲理在內。這種作品。在我國小說界中。似乎很少。有一天校中放了假。我趁便回家。省視。閒着沒事。便跑到圖書館中去翻閱書籍。見書目中載有印度哲學家泰谷兒短篇小說。我心中異常歡喜。便趁着沒事。就一篇一篇仔細看去。足足看了二個鐘頭。才將看完。另據記得內中有一篇名喚「郵政局長」的。初時平淡無奇。後來默默領會。覺得其中滋味。實是無窮。好比吃了一枚橄欖。初進口時。枯澀無味。到後來却越嚼越有滋味了。

半月雜誌中。載有瘦鵑先生的「耳上金環」一篇。狠有倫理的意味。像這樣的作品。最是有益於世道人心。以我我希望周先生像這樣的多作幾篇。讓我們飽飽眼福。

我國小說家。有一種極壞的欵病。就是對於作品上不大曲折。寫來大半平鋪直敘。毫沒一些波瀾。如「某人是怎樣的一個人。他的作爲是怎樣的」。這種枯寂無味的文字。看了往往使人頭痛。所以我希望諸位名家。振筆起來。須要在這一方面多研究一下子。亮亮看客們眼睛。使全世界小說界上。也有吾們中國一些立足之地。

影戲與小説

釋雲 撰

載於《申報·自由談》一九二三年八月二十七日。作者釋雲，姓錢。無錫人，别署漱玉軒主，南社社員。一九二五年曾與程小青合編《新月》雜志，一九二七年與程小青、葉天魂等創辦公園電影院。亦擅詩詞，有《江上吟草》。本文較早地分析了新興的電影與小説這兩種藝術的異同，雖然比較簡略，但也可注意。

影戲與小說，研究起來實在沒有什麼分别，稍爲不同之點，不過一則是人表演出來的，一則是用筆描寫出來的罷了。影戲表演不出的地方，小說裏往往能够描寫出來；小說描寫不出的所在，影戲往往能够表演出來。所以影戲與小說實是相輔而行的。

影戲的好劣與導演員很有密切關係。導演員好，這張片子的情節雖然不大好，也總能生色不少。倘是導演員不好，即使情節很好，也往往弄得不好了。做小說的人就是和導演員一般。譬如一個做小說的老手，就是没有什麼多情節，也能寫得有聲有色，使人看了拍案叫好。倘是碰到俗手，就是情節很好，一枝筆描寫不出，使人看了，也要懨懨思睡咧。影戲和小說，倘是給人看了就能深印在他腦筋裏不去，便是佳構。

影戲能够針砭社會，改良風化。小說也是如此。

看影戲和看小說簡直没有什麼分别，不過看小說是看他的描寫，看影戲是看他的表情，其實他的作用仍一樣的啊。多看影戲可以增進小說資料不少，多看小說也可以得到影戲知識很多。

何爲最佳船到江心馬臨崖悔亦悔佳不過於盡倘未能了解。別母時多哭別捨不得老娘遐年高邁等句腔好唱得亦好所以悲哀動聽同介配角俱不合故草率終場觀天紅是劇可取之處極多雖不及叔岩其才豈在譚馬之下試後起之秀也其望劍俗好自爲之

讀瘦鵑哭阿兄文觸余悲感拈管書後 （劍民農）

人生難得惟兄弟古人之言誠有意我家棠棣花四枝風風雨雨殞其二嗚呼一別成千古不見音容見遺士手足一隳不能連每上心頭淚如雨周君兄弟情更篤偶然小別亦愴神出兵打仗言猶在二十年前周美人哀哉天地竟無知大山崩來小山戀朝朝暮暮淚難乾腸斷幽風賦詩我讀君文裂肝腸我心更比君心苦君兄雖逝弟猶存我亡兄弟盡無視茫茫今世值涼秋一堂之上裂戈才自家骨肉自殘殺使心憐抱杞人憂君文血淚寫模糊珍重南途事業圖務使生者死者各相得庶於孝友其幾乎

影戲與小說 瘦鵑

影戲與小說研究起來實在沒有什麼分別稍爲不同之點不過一則是人表演出來的一則是用筆描寫出來的罷了影戲表演不出的地方小說裏往往能夠描寫出來小說描

説小説家之名

劉恨我　撰

載於《青友》一九二三年九月一日第四號。《青友》，一九二三至一九二四年間上海聖約翰大學的學生刊物，編輯人宋冠軍。劉恨我（?—一九四二），原名劉光祖，廣東人。曾在《申報》、《紫羅蘭》、《快活》、《小報》等期刊上發表不少小説與雜著，長篇小説有《春夢餘痕》等，曾編輯過《虎報》、《鐘聲》、《集思》、《新新日報》、《紅雨》、《先施樂園日報》、《遊戲場報》等期刊。抗戰後投筆從戎，輾轉西南各省五年，卒於貴州。本文以周瘦鵑、徐卓呆、王鈍根爲例，説明小説家『名不副實者滋多』，其名的色彩與實際人生的性格特點大相徑庭。

小説家之名，人之耳熟而能詳者夥矣，然名不副實者滋多，人或未之知也。瘦鵑之名，視之若甚苦，但其人活潑歡欣，絶不悲哀。徐半梅别署卓呆，渠爲小説界滑稽之雄，豈獃者所能爲？王晦字鈍根，善作説部，又復工書，穎敏過人可知，鈍於何有？餘類此者諒甚多，惟一時未能遍想所及耳。

編者按：劉君之言甚然。彼愛我者偏曰『恨我』，亦其儔也。退而求之非小説家，實有更甚於此者在，如賤名曰冠軍，然偶塗狗屁不通之文字，祇能殿軍耳。劉君見此，將大呼曰：甚哉，名不副其實！

劉恨我君小影

▲青友旬刊第四號……四……中華民國十二年九月一日▼

此時只聽他又繼續說道「我自從進了這志英學校就和他認識。後來漸漸熟了。遂結爲很好的朋友。於是隨便甚麼時候都一塊兒玩着。我非但不歡他也非我不樂。友愛之情實已達到極點。我有時有甚麼不好的地方。他必很誠意的指導和勸我。現在我已與他同化了。從前那種乖戾的性情。已退避三舍。再也不敢上我的身來。這都是這位華君的功啊。」

他父親聽他述畢。始恍悟他矯正的緣故。於是對於志清不覺懷然起敬。就立起來走到志清旁邊。用手撫着他的肩頭很懇切很恭敬的說道。「華君啊。你實是青年們的模範。不特是我兒的良友。簡直是青年的良友。」

●說小說家之名　劉俱我

小說家之名人之耳熟而能詳者夥矣。然名不副實者滋多。人或未之知也。夜臨之名觀之若甚苦。但其人活潑歡欣。絕不悲哀。徐半梅別署卓呆。渠爲小說界滑稽之雄。豈呆者所能爲。王晦字鈍根。善作說部。又復工書。穎敏過人。可知鈍於何有。餘類此者諒甚多。惟一時未能遐想所及耳。

編者按。劉君之言甚然。彼愛我者偏曰「俱我」。亦其僞也。退而求之。非小說家實有更甚於此者在。如駿名曰冠軍。然偶撿狗屁不通之文字。祇能殿軍耳。劉君見此。將大呼曰甚哉。名不副其實。

●好朋友是誰？　劉求己

我很想交個好朋友討論討論學識。和研究研究文字。但是現在的社會太浮滑和奢侈極了。倘然要想交着一個嫖賭的朋友很多。要好的呢。却一時間半個也難找。倒這實是我心中一樁大大的缺憾。

但是現在我變化歡喜啊！因爲我心中所希望的好朋友已被我找到了。他不但是我個人的好朋友。簡直是我們全體青年的好朋友。

他有很眞切和很美麗的文藝來供給我們。交他的人們。沒一個不歡迎。到萬分。這樣的好朋友。倘然有失之交臂的。定要後悔不及啊。

我有位朋友。看到這裏。忽問我道。你左一個好朋友。右一個好朋友。但說了半天。却始終未見你說出這位好朋友到底是誰？

我聽了。徐徐地笑答道。你不認識他麼。那麼。我來和你介紹。你記好了。他就是社會上大名鼎鼎的『青友』

改良小說之必要

耿光　撰

載於《申報》一九二三年九月四日。耿光，待考。本文據鄉人受『小說之毒』而謀反一事，重申『我國舊小說最普遍者有兩種，一種叙述憐香惜玉、顛鸞倒鳳之佳人才子，一種叙述殺人放火、打家劫舍之英雄好漢』。認爲這會毒害群衆，故希望『教育者多創造有裨風俗之小說，而有地方行政之責任者從速禁止盲詞彈唱以及說大鼓書者，勿將此類奸殺劫盜之事實，灌輸於一般人之腦筋』。顯然，他的這些觀點正是當年梁啓超說中國古代小說是『腐敗之總根源』的翻版。

余居江北之泰興。泰興東鄉，距城五十餘里，有地曰野廟口。有孫姓者燒香聚衆，村人驚傳其尅期舉事，逃散一空。知縣舉事乃派警衛隊偵孫所在，捕得之，其事始定。然鄉間已大受騷擾，雞犬不安矣。此本年三月間事也。

孫被捕對案，供稱『粗知文字，能讀《封神榜》、《施公案》、《三國》、《水滸》等演義小說，深慕關公、張飛、武松、黄天霸一流人物。去年至蘇州遇一吴姓者談論甚洽，吴言「現在已有真命帝王出世，其人姓徐，在常州奔牛鎮之近村。汝若欲往投奔，我可介紹」。因隨吴到奔牛，由吴引薦徐。見徐據案上坐，向之行三跪九叩首禮。徐即諭曰：「孤家現有足智多謀之軍師，能征慣戰之勇將，合計將達萬人，不日即可統一江山。看你威風凜凜，相貌堂堂，確是一條好漢，孤家今封你爲總兵之職，駐紮泰興，招軍買馬，輔佐孤家登寶位，日後還可封你爲王。」此後回裏，即置一名簿，勸人入伙。但徐并未給金錢，故無糧餉、無器械，亦未定舉事之日期』云云。觀孫所述徐某之言，足見亦受小說之毒，事同兒戲，未必能實行。然拳匪之禍亦由三五妄人附會小說而爲之。星星之火，可以燎原，正不可不遏之於早也。

我國舊小說最普遍者有兩種，一種叙述憐香惜玉、顛鸞倒鳳之佳人才子，一種叙述殺人放火、打家劫舍之英雄好漢。前者造成無數奸淫之案，其影響於道德已經非淺鮮，後者則直可釀成滔天之禍。竊願教育者多創造有裨風俗之小說，而有地方行政之責任者從速禁止盲詞彈唱以及說大鼓書者，勿將此類奸殺劫盜之事實，灌輸於一般人之腦筋，國家社會將隱受其益矣。（乙種酬）

※雜錄※

改良小說之必要

秋光

余居江北之泰興。泰興東鄉。距城五十餘里。有地曰。野厠坳。有孫姓者。燒香聚衆。村人驚傳其妖期舉事。逃散一空。縣知事乃派警衛隊偵孫所在。捕得之。其事始定。然鄉閭已大受騷擾。雞犬不安矣。此本年三月間事也。

孫被捕對案供稱「粗知文字。能讀封神榜。施公案。三國。水滸等演義小說。深羨關公。張飛。武松。費天霸一流人物。去年至蘇州。遇一吳姓者。談論甚洽。吳言現在已有真命帝王出世。其人姓徐。在常州奔牛鎮之近村。汝若欲往投奔。我可介紹。因隨吳到奔牛。由吳引見徐。見時徐據案上坐。向之行三跪九叩首禮。徐即面諭曰。「孤家現有足智多謀之軍師。能征慣戰之勇將。合計將逾萬人。不日即可一統江山。看你威風凜凜。相貌堂堂。確是一條好漢。孤家今封你爲總兵之職。駐紮泰興。招軍買馬。輔佐孤家登寶位。日後還可封你爲王」此後回里即置一名簿勸人入夥。但徐並未給金錢。故無糧餉無器械。亦並未定舉事之日期」云云。觀孫所述。徐某之言足見亦受小說之毒。事同兒戲。未必能實行。然孳匪之禍亦由三五妄人附會小說而爲之。星星之火。可以燎原。正不可不遏之於早也。

我國舊小說最普通者有兩種。一種叙述憐香惜玉。顛鸞倒鳳之佳人才子。一種叙述殺人放火打家刼舍之英雄好漢。前者造成社會無數奸淫之案。其影響於道德已非淺鮮。後者則直可釀成滔天之禍。願留心社會教育者。多創造有稗風俗之小說。而有地方行政之責者。從速禁止盲詞彈唱以及說大鼓書者。勿將此類奸殺刼盜之事。貫灌輸於一般人之腦筋。國家社會。將陰受其益矣。(乙種稿)

小説家與非小説家

春夢　撰

載於《申報·自由談·小説半月刊》一九二三年九月九日。作者春夢，待考。本文討論了『小説家』稱號的標準問題：究竟是以『多』爲準，還是以『好』爲準？這裏的確存在着一定的矛盾。他的意見是『最好是兩種標準一齊用』。

甚麽纔算是小説家？甚麽不算是小説家？有人以作品的好不好做標準，有人以作品的多不多做標準。

有人說第一種標準比較的確切些，譬如有人做了不少的無意思的作品，固然不能說極壞，然也沒有特別的好處，恐怕不能稱他爲小說家罷。譬如有人，只做了一篇兩篇小說，但是極有價值，難道不能算是小說家麼？ 然而又有人說，所謂家者，是專門做這件事的稱呼，那偶然做一篇兩篇的人，當然不是專攻此事，所以不能稱爲小說家。那作品多的人，當然是專攻此事，所以能稱爲小說家。况且無論何事，那人既攻，肯專心學習，必定對於此事，先有一種天才，而且用力既多，成績比較的一定要好些。所以第二種標準也不能說不對。

這個問題，很難解決。我所以寫出來，和大家討論，人家若問我的意見，我便答道：最好是兩種標準一齊用。

不過在小說作者的自身，無論是小說家或非小說家，總不必存著一個『我是小說家』或『我非小說家』的成見，是不是，聽讀者去稱呼就是了。

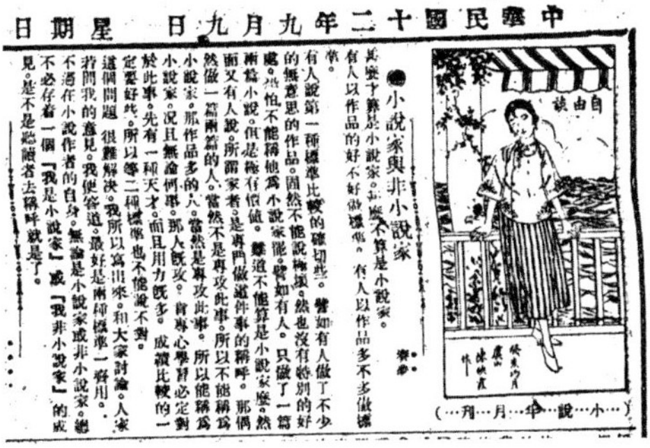

中華民國十二年九月九日　星期日

●小說家與非小說家

甚麼才算是小說家。甚麼不算是小說家。有人以作品的好不好做標準。有人以作品多不多做標準。

有人說第一種標準比較的確切些。譬如有人做了不少的無意思的作品。固然不能說極壞。然也沒有特別的好處。恐怕不能稱他爲小說家罷。譬如有人。只做了一篇兩篇小說。但是極有價值。難道不能算是小說家麼。然而又有人說。所謂家者。是專門做這件事的稱呼。那偶然做一篇兩篇的人。當然不是專攻此事。所以不能稱爲小說家。那作品多的人。當然是專攻此事。所以能稱爲小說家。况且無論何事。那人既攻。肯專心學習必定對於此事。先有一種天才。而且用力既多。成績比較的一定要好些。所以第二種標準也不能說不對。

這個問題 很難解決。我所以寫出來。和大家討論。人家若問我的意見。我便答道。最好是兩種標準一齊用。

不過在小說作者的自身。無論是小說家或非小說家。總不必存着一個「我是小說家」或「我非小說家」的成見。是不是聽讀者去稱呼就是了。

小説狂談

朱松廬　撰

連載於《緑竹》一九二三年第一卷第四、六期、一九二四年第一卷第八、九、十三期。《緑竹》，一九二三年九月二十五日創刊，爲小説半月刊，是常熟益社的定期刊物之一，主任潄緑生，主編俞夢花，邀徐枕亞、吴雙熱、俞天憤爲名譽編輯。作者朱惺公（一九〇〇—一九三九），字松廬，筆名陳劍魂，江蘇丹陽人。小店員出身，業餘寫作成材。一九二三年主編《小説旬報》副刊《説粹》，其《發刊話》説：『一方面傳播通俗教育，藉以改造社會；一方面研究真實藝術，藉以促進文明。如是的努力猛進一洗誨淫誨盗的惡劣格調，總想在小説界中開出一條光明路程。』一九二八年任《浙江商報》副刊主編。上海淪陷後，主編《大美晚報》副刊《夜光》，發表了大量抗日救國的詩文，文筆犀利，激昂慷慨，遭汪僞特務刺殺，年僅三十九歲。本文自稱『狂談』，乃因不滿當時『小説界之每況愈下』局面而骨鯁在喉，痛下砭語。文章涉及了新舊矛盾、謗人揚己、期刊短命、排斥新人、稿酬偏低等等問題，可惜都是三言兩語，未作深入剖析，然即使如此，本身也未能『長命』，戛然而止。

一

作小説難，作小説話尤難。松廬何人斯，敢妄加顛倒？惟興之所至，欲抑無能，爰作妄語狂談耳。

方今小説一門，已成過渡時代，此言已爲一般人之公認矣。夫當此過渡時代，其戰争也必愈烈。設新者勝，則舊者必致絶跡，反是亦然。余謂小説之新舊，各有其佳：記事實則推舊者，寫情景則崇新。設同一三千餘字之短篇小説，以新派作家之作品，使舊派作家重作之，則恐無數言之記載。以舊派作家之作品，使新派重作之，則必成爲萬餘字之長篇矣。故長篇小説，而以極新派寫來者，殊不多見。然偶讀《小説世界》，如葉勁風之『我們的國旗』、楊小仲之『兩兄弟』等作品，則其能使人受深刻之影像，固其舊派小説之所能及也。

遍讀近來各雜志報章之小説，有如小學生之背書然。蓋每有同一之意旨，而數見不鮮者焉。即使偶有一二思想特奇者，亦終每爲情理上之所無。噫，好小説之不易得也。

作者撰一小説，而欲得多數讀者之讚譽，殊非易易。蓋見仁見智，原各不同。如詞句過於深奥，則爲初讀者之不易解；設或過於淺俗，則又爲達者所不齒。余謂作者撰一作品，祇須能得一二人之賞識，於心已堪告慰矣。

（一九二三年第一卷第四期《绿竹》）

二

余鑒於邇年來小説界之每況愈下，久蓄有無窮之感慨，每思筆而出之，藉洩胸中牢騷。惟一經執筆在手，而又格格不能作隻字，非不能書，實不敢書也。然骨骾在喉，終以一吐爲快。邇者俞子書來，索狂談續稿，乃沾酒痛飲，既醉而狂，於是執筆蘸墨疾書來日小説界之痛語寄之。閲者諸君，認作妄語狂談亦可，認作將來或真有此日，亦無不可。

近年來文藝刊物，誠可謂盛極一時矣，然旋出而旋没，如曇花之一現，其壽命且短於前年之交易所焉。在倡辨者，固實有不得已之苦衷在也；而定閲者，又豈有能原諒者哉！余恐長此以往，定者受此恐慌，一而再，再而三，十年後之文藝刊，將無一訂閲全年者之定户矣！嗚呼！

（一九二三年第一卷第六期《緑竹》）

三

凡爲藝術家中人，必具有一種謗人揚己之心。小説亦藝術之一也，則此稱之心理，□能免乎？猶憶今歲元旦，有某文□社開討論會，余受該社發起者之邀，因列入榜□焉。至則人數多□，遂改爲談話會。有某君者，年既未及弱冠，其作品亦殊不多見，然其謗人揚己之言，則殊老而且深矣。曰：某也其作品雖散見於各報，然大半皆爲抄襲者；某也其文名雖能傳於全國，然細玩其作品，固無甚精彩也。余固不好多作，然每作必具有深意焉。玩其諸氣，大有不鳴則已，一鳴驚人之概。余笑而謂曰：某君之作品，雖多引自古書者，然非深造其詣，亦難克臻此也。

（一九二四年第一卷第八期《緑竹》）

四

小説家度之窄，性之妬，有甚於婦人者焉。故新作家而欲插入若輩固有之地盤，殊非易易。不見夫海上著名之雜志規章，類皆爲可數之老小説家也。欲在此中求一新著作家，誠如鳳毛麟角，實不易見。噫，若輩之心，將欲削減小説界之人才，使小説界前途日趨於黑闇乎？是則可稱之曰：小説界之戕賊！

文人之生涯至苦，而近年之生活程度日富，没能日作一二千言，其所得之酬報，尚不敷一家衣食，况所作之一二千言，豈能儘行刊登？更恐有心緒不寧不能握筆時耶！長此以往，百年後吾國恐無一文人，即有之，亦丐之不如矣，悲夫！

以上諸言，雖爲余之醉後狂談，然海内同文，真不乏與余抱同病者。知音者其應我乎！（俟續）

（一九二四年第一卷第九期《緑竹》）

五

余草狂談，付刊本報後，余知閲者將分爲兩派：愛余者爲一派，訾余者又爲一派。愛余者之言曰：松廬有心人也，其言確爲現代小説界之鍼貶。訾余者之言曰：松廬狂妄人也，不則胡敢對現代之小説界，下如此之痛話耶！余對於愛余者，固不能不感。余對於訾余者，又不敢不承。蓋無論其爲愛或訾，其知我而表同情於我則一也。夫余本信筆之所至，作此妄語狂談，藉洩胸中塊壘，對於詞句之是否開罪於人，固未所計及也。對於此作之是否受人歡迎，更未所計及也。今乃得人之知音於余，得人之表同情於余，則余心之快慰何如？邇者，俞子書來，再索狂談續稿，適余興之所至，亟草而付之，深望閱者諸君其賜我以批評焉。

（一九二四年第一卷第十三期《綠竹》）

極妙摘夢註）刻諸夢花。以為何如。

（未完）

小說狂談（一）　松廬

作小說難。作小說話尤難。松廬何人斯。敢妄加論列。惟興之所至。袛抑無僞。爰作妄語狂談耳。

方今小說一門。已處過渡時代。此言已為一般人之公認矣。夫當此過渡時代。其戰爭也必愈烈。說新者勝。則舊者必致絕跡。反是亦然。余謂小說之新舊。各有其佳。記事實則推舊者。寫情景則崇新。設同一三千餘字之短篇小說。以新派作家之作品。使舊派作家重作之。則恐無數言之記載。以舊派作家之作品。使新派重作之。則必成為萬餘字之長篇矣。故長篇小說。而以極新派寫來者。殊不多見。然偶讀小說世界。如葉勁風之「我們的國旗」。樓小伴之「兩兄弟」等作品。則其能使人受深刻之影像。固非舊派小說之所能及也。

邇觀近來各雜誌報章之小說。有如小學生之習作然。實每有同一之意旨。而歎見不鮮者焉。即使偶有一二思想特殊者。亦終無為

朱松廬

小說小話

盧夢珠　撰

載於《申報·自由談·小説半月刊》一九二三年九月二十三日。作者盧夢珠，待考。本文强調寫小説也要『情生於文』。他認爲，『近世小説』中惟有《碎琴樓》一書，能使他流淚者凡三次，『能令人哭者，在情生於文也』。

《碎琴樓》一書，流予淚者凡三次。一在十七歲，一在十八歲，一在十九歲。時方離某中學，心有所苦，因爲小詩以題其後，頗哀豔。稿爲友攫去，今則一字不能憶矣。

近世小說，除《碎琴樓》外，無有能致余哭者。惟讀《半月》雜志周瘦鵑君《哭阿兄》一文，曾泣數行下。此作非小說，而能令人哭者，在情生於文也。

四先生合編之（心聲）
總發行所心心照相館
頂上國貨
大長城香煙
中國南洋兄弟烟草公司
漢口第一紡織股份有限公司
老聾竟能復聰

談談《紅雜志》之撰述者

光磊室主 撰

載於《紅雜志》一九二三年十月第二卷第十二期。作者光磊室主，不詳其人。本文對在《紅雜志》上發表小説的嚴獨鶴等十六位作家的寫作特點作了概括，頗能中棨，要言不煩。

獨鶴之短篇以社會見長，布局命意，語重心長，裨益世道人心匪淺。時下之作社會短篇者，莫足與京。

瞻廬之小説，才大心細，句法甚美，尤以描寫舊家庭之生活最佳。

海鳴與不肖生兩君，才兼文武，一以短篇勝，一以長篇勝。

海上説夢人之社會長篇，消息之靈通，事蹟之翔實，無有逾之者。

卓呆可稱滑稽之雄。

寄廬思想高超，不同凡響。

禹鐘工詩嗜曲，所作短篇，簡潔可喜。

西神爲詞章專家，故其文無論新舊，總覺有語皆香，無詞不豔，讀之如坐對妙曼女神，没處不討人歡喜。

明道亦嫵媚，亦活潑。

馬二先生文筆超脱，亦正不弱。

民哀文學饒有豪氣。

海上漱石生爲小説界老前輩，文言白話，諧文雜作，靡所不能。

舍我、碧梧之小説，一以造意勝，一以真切著，各極其妙。

苕狂能莊能諧。

澹盦之偵探小說有獨到處。

濟群除擔任《新聞報》點將小說外，作品甚少。讀《紅雜志》者，頗望其有所見饗也。

按：此則恐爲擴大銷量而作。完備而不深入。

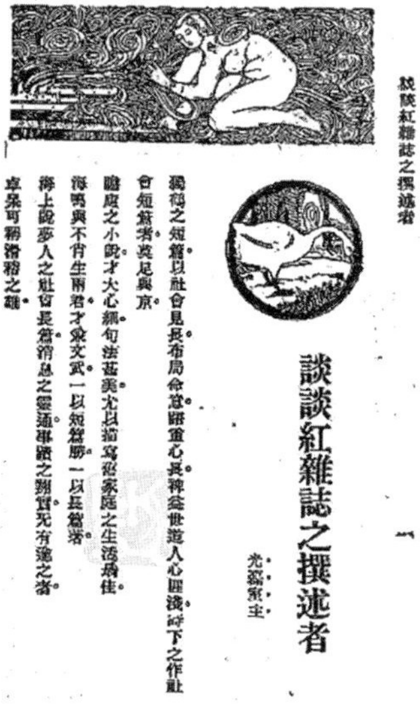

談談紅雜誌之撰述者 一

談談紅雜誌之撰述者

獨鶴之短篇以社會見長。布局命意。歸重心長。裨益世道人心匪淺。時下之作社會短篇者。莫足與京。

瞻廬之小說才大心細。句法甚美。尤以描寫家庭之生活爲佳。

海鳴與不肖生兩君。才兼文武。一以短篇勝。一以長篇著。

海上說夢人之長篇。消息之靈通。事蹟之翔實。允有述之者。

卓呆可稱滑稽之雄。

小説小説

劉恨我　撰

載於《青友》一九二三年十一月第十一號。劉恨我，見一九二三年《説小説家之名》提要。本文所談的面較廣，但都只是點到爲止，其中指出哀情小説『大多無病呻吟』及『偵探小説之結局爲全篇之最有精彩處』，還稍有一點意思。

言情小説行文宜細膩纏綿，動作寫景方面須盡力描摹，襯及書中主人使閲者對之，覺躍然紙上，若此方有精神。

往年小說大都駢四儷六，雜以歌賦詩詞，今則盛行白話，暨歐化式體裁。

哀情小說大多無痛呻吟，矯柔造作，欲矯此弊，良非易易。

周報與旬報等皆不宜刊登長篇小說，因出版期太遠，讀者每易遺忘。

一篇小說能不落恒蹊，別出心裁，道人所未道，方是佳構。

偵探小說之結局爲全篇之最有精彩處，須將書中疑陣層層揭出，布置有條，宛如剥蕉抽繭，令閱者拍案叫絶。苟去頭削足，東湊西補，則不堪寓目矣。

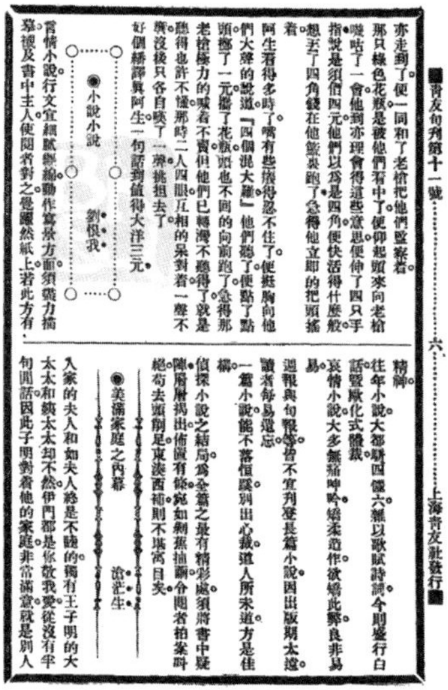

青友旬刊第十一號　六　上海青友社發行

亦走到了。便一同和了老槍把他們監察着。那只綠色花瓶。是被他們看中了。便仰起頭來向老槍嘰咕了一會。他到亦理會得這些意思。便伸了四只手指。說是須值四元。他們以爲是四角。便快活得什麼般。想丟了四角錢在他篋裏。跑了。急得他立即的把頭搖着。

阿生看得多時了。嘴有些癢得忍不住了。便挺胸向他們大聲的說道。「四個混大錢」他們聽了。便點了點頭。擲了一元。搶了花瓶。頭也不回的向前跑了。急得那老槍極力的喊着不賣。但他們已轉灣不聽得了。就是聽得也許不懂。那時二人四眼互相的呆對着。一聲不響。沒後只各自嘆了一聲。挑担去了。

好個繙譯員阿生。一句話倒值得大洋三元。

◉小說小說　劉恨我

言情小說。行文宜細膩纏綿。動作寫景方面。須竭力描摹。波及書中主人。使閱者對之覺躍然紙上。若此方有精神。

往年小說。大都駢四儷六。雜以歌賦詩詞。今則盛行白話。暨歐化式體裁。

哀情小說。大多無痛呻吟。矯柔造作。欲矯此弊。良非易易。

週報與旬報等。皆不宜刊登長篇小說。因出版期太遠。讀者每易遺忘。

一篇小說。能不落恒蹊。別出心裁。道人所未道。方是佳構。

偵探小說之結局。爲全篇之最有精彩處。須將書中疑陣層層揭出。佈置有條。宛如剝蕉抽繭。令閱者拍案叫絕。苟去頭削足。東湊西補。則不堪寓目矣。

◉美滿家庭之內幕　滄茫生

入家的夫人和如夫人。終是不睦的。獨有王子明的大太太和姨太太。卻不然。伊們都是你敬我愛。從沒有半句閒話。因此子明對着他的家庭。非常滿意。就是別人

小説小譚

劉恨我　撰

載於《春》一九二三年十一月一日第八期。作者劉恨我，見一九二三年《説小説家之名》提要。本文因李涵秋去世而有感而作，雖認爲李是小説家中的『雄才』，但也指出他自《廣陵潮》成名後，惟在《晶報》上發表的一篇《愛克司光録》『尚可略讀，餘皆自鄶以下』。態度比較客觀。同時憶及同年去世的許指嚴『所爲小説，描寫入微』，其爲人也是個『忠厚長者』。

凡讀小説者，無不知有社會小説家李涵秋氏。涵秋擅長篇，短篇實非其所長。一部《廣陵潮》，文名滿海内。涵秋自成名後，除上海《晶報》之《愛克司光録》外，尚可略讀，餘皆自鄶以下。書中人物，不過於《廣陵潮》中搬來搬去而已。但小説家雄才如涵秋者，實屬鳳毛麟角也。惜已於本年五月十三夜逝世矣。惡耗傳來，聞者莫不扼腕。以先生之才之學，天竟不假以年，遽歸道山，惜哉惜哉！

當涵秋之死未久，許指嚴先生之凶耗又來，誠足令人驚駭。指嚴精於掌故，擅書法，所爲小説，描寫入微。猶億去年春，予以事故曾一度瞻韓，覺先生爲人，不愧一忠厚長者，言語和靄可親。不料竟於八月中疾終，想曾幾何時，人天遠隔。閲其身後極蕭條，文人如斯，可嘆可嘆！而老友鄭逸梅，因應予爲《鐘聲》撰稿，以《指嚴瑣話》一稿來，亟爲之付刊。讀其遺事，而迴想其人，不禁悵然久之。

嗟嗟，今年小説界，連弱此二健將，誠不幸極矣，亦吾儕閲者之不幸也！吾書至此，擲筆三嘆。

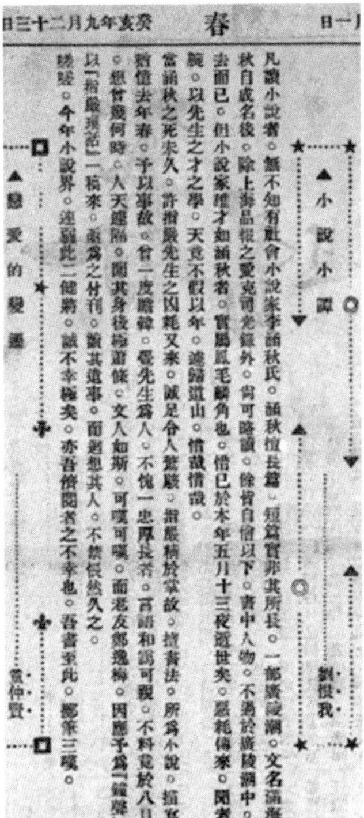

一日　春　癸亥年九月二十三日

小說小譚

劉恨我

凡讀小說者。無不知有社會小說家李涵秋氏。涵秋擅長篇」短篇實非其所長。一部廣陵潮。文名滿海內。涵秋自成名後。除上海晶報之雙克司光錄外。尙可略讀。餘皆自鄶以下。書中人物。不過於廣陵潮中。搬來搬去而已。但小說家惟才如涵秋者。實屬鳳毛麟角也。惜已於本年五月十三夜逝世矣。噩耗傳來。閱者莫不扼腕。以先生之才之學。天竟不假以年。遽歸道山。惜哉惜哉。

當涵秋之死未久。許指嚴先生之凶耗又來。誠足令人驚駭。指嚴精於掌故。擅書法。所爲小說。描寫入微。猶憶去年春。予以事故。曾一度瞻韓。覺先生爲人。不愧一忠厚長者。言語和藹可親。不料竟於八月中疾終。想曾幾何時。人天遽隔。聞其身後極蕭條。文人如斯。可嘆可嘆。而老友鄭逸梅。因應予爲「鐘聲」撰稿。以「指嚴殘稿」一稿來。爰爲之付刊。讀其遺事。而遐想其人。不禁悵然久之。

嗚呼。今年小說界。迭弱此二健將。誠不幸極矣。亦吾儕閱者之不幸也。吾書至此。擲筆三嘆。

戀愛的變遷

黃仲賢

小説話

吕君豪　撰

載於《綠竹》一九二三年十一月廿二日第一集第七期。吕君豪，見上《小説世界閒評》提要。本文將小説分爲積極與消極的兩種，痛恨書賈與小説家惟利是圖，寫出一些將讀者引向黑闇的作品。他將希望寄託在『青年的小説家』身上，因爲他們的『良心未泯』。

小説約分二種：一種是積極進取，一種是消極頹喪。積極和進取的小説，人們看了，好似服了一貼興奮劑，可以奮鬥努力，走向光明的路上去。消極和頹喪的小説，人們看了，就要灰心意懶，走向這黑闇的路上去，或竟抱著厭世主義，以致自殺。所以我們要做小說，最好從積極方面著想。

自蠡利的書賈出後，小說的價值從此一落千丈。自賣文求活的文丐出後，而我小說界，從此黑闇無光了。書賈專想靠著小說賺錢，第一當然要迎合社會心理，積極和消極，他一些也不講究。文丐在乎脱稿，當然要服從書賈的心思，遂不惜委曲求全，做那誨淫誨盜的小說，血氣未定的青年男女讀了，鮮有不爲小說所動，致身敗名裂，爲社會所不納。唉，書賈之罪惡，小說家之罪惡。現在一綫的希望，自然要靠著青年小說家了，因爲他們的良心未泯，没有入他們的漩渦。青年的小説家啊，快快尊重自己的人格，切勿爲書賈所利用，而爲社會增罪惡才好。

蓀社定期刊物之一　小說半月刊

綠竹

第一集　第七期

每份售洋一分

社址江蘇常熟西涇岸

名譽編輯　徐枕亞　吳雙熱　俞天憤

主編　俞夢花

中華郵務局特准掛號認為新聞紙類

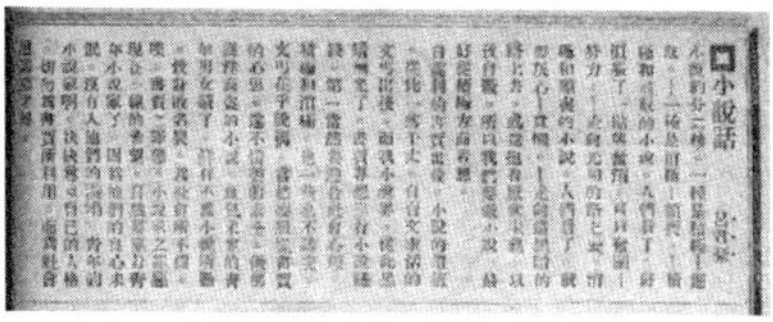
小說話

説海漫評

呂君豪　撰

載於《春》一九二三年十一月第八期。《春》創刊於一九二三年，由盛澤春社編輯與發行，主任佟墨璋，主要發表一些小説與小品。作者君豪，即本刊編輯呂君豪，見上《小説世界閒評》提要。本文漫評了三篇小説，雖然也關注用字的準確性，但主要還是强調小説的立意。其中評程瞻廬的《名實相反》一文，表現了名『慕農』者實際上是在『侮農』，名『拜樵』者實在『駡樵』，名『景漁』者變做了『虐漁』，可見一些人所立的别號都是名實相反的，從而進一步點出：『怪不得掛着愛國招牌的，内容却是個賣國賊；掛着救世招牌的，内容却是混世魔王。』這説明作者與評者都是關注文學的社會性的。

第二卷第七期《紅雜志》以何海鳴所著之《害人精》最好。述一女子，因爲不要害人，所以入娼門，其後其仍欲害人，而甘自殺。立意真是不凡。

伍受真的《悶葫蘆》雖不落人窠臼，而文字却有些毛病。他説：『蠢丫頭，平時懶不過，今天倒勤儉起來了。痰盂裏看見東西没有？倒在那裏的。』我想倒痰盂是勤，那裏可以囫圇吞棗，和『儉』字一起用呢？

第八期瞻廬的《名實相反》，把人們所取別號是假託山林隱士的來調侃，匠心獨造，虧他想得出。全篇一步進一步，一層進一層，再接再厲，結束有深意。像『唉，怪不得掛着愛國招牌的，内容却是個賣國賊；掛着救世招牌的，内容却是混世魔王』。我以爲這幾句，恐怕是作者的本意罷。

▲說海漫評……君豪

第二卷第七期紅雜誌以何海鳴所著之『害人精』最好。述一女子。因爲不要害人。所以入娼門。其後其仍欲害人。而甘自殺。立意眞是不凡。

伍受眞的『悶葫蘆』。雖不落人窠臼。而文字却有些毛病。他說『蠢丫頭。平時嬾不過。今天倒勤儉起來了。痰盂裏看見東西沒有。倒在那裏的。』我想倒痰盂是勤。那裏可以囫圇吞棗和儉字一起用呢。

第八期瞻廬的『名實相反』。把人們所取別號是假託山林隱士的來調侃。匠心獨造。虧他想得出。全篇一步進一步。一層進一層。再接再厲。結束有深意。像『唉。怪不得掛着愛國招牌的。內容却是個賣國賊。掛着救世招牌的。內容却是混世魔王。』我以爲這幾句。恐怕是作者的本意罷。

小説八字評

解弢撰

載於《半月》一九二三年十一月八日第三卷第四號、一九二四年一月六日第三卷第八號。作者解弢，曾撰有我國個人所撰小説話的第一種單印本《小説話》，由中華書局一九一九年一月出版。本篇將二十八部小説戲曲作品與兩位作家均用八個字作了品評，形象生動，多切中肯綮，如言『《紅樓夢》如紅燈緑酒，女郎談禪』，『《金瓶梅》如冥府判官，默録罪狀』，都恰到好處。

《桃花扇》如流水高山，漁樵閒話。
《琵琶記》如汨羅賦草，首陽歌薇。
《西厢記》如秉燭夜遊，海棠含露。
《牡丹亭》如洲鳩梁燕，關關呢喃。
《封神演義》如倚劍高峰，海天長嘯。
《七俠五義》如五陵裘馬，馳騁康莊。
《儒林外史》如茅店雞聲，板橋霜跡。
《品花寶鑒》如玉壺春醉，曉院鶯歌。
《西遊記》如碧海波濤，魚龍變滅。
《水滸傳》如燕市屠狗，慷慨悲歌。
《紅樓夢》如紅燈緑酒，女郎談禪。
《鏡花緣》如郊野雜花，楚楚有致。
《虬髯客》如劍光珠氣，閃閃逼人。
《隋唐演義》如鷹犬夜火，獵客歸圍。
《金瓶梅》如冥府判官，默録罪狀。
《聊齋志異》如梧桐疏雨，蟋蟀吟秋。

《舊天方夜談》如萬頃荷花，奇紅怪緑。
《新羅馬傳奇》如螮蝀呈彩，七色陸離。
《茶花女遺事》如青塜蒼凉，杜鵑啼月。
《煙水愁城録》如斷澗危崖，孤猿嘯月。
《大食故宫餘載》如古藤絡樹，野草沾暉。
《孽海花》如十洲三島，大會群仙。
《官場現形記》如快刀殺狗，爆竹驅魑。
《心獄》如業臺心鏡，髓髮畢呈。
《火山孝子》如青磷碧火，萬古熒熒。
《俠隱記》如風雨如磐，馬毛拭劍。
《噀血酬恩記》如炎風烈日，痛飲沸湯。
《黑太子南征録》如霜夜邊城，畫角刁斗。
包天笑譯筆如虢國夫人，蛾眉淡掃。
周瘦鵑譯筆如紅裙翠袖，環珮丁冬。
《閱微草堂》如白衣大士，妙相天然。
《三國演義》如蔽牛大木，不中尺繩。

《李漁傳奇》如半老貼旦，語穢態謔。
《瑶瑟夫人》如二八雛旦，謔喉如簧。
《黑樓情孽》如米畫末流，只知潑墨。
《平山冷燕》如小兒畫人，有足無腹。
《兩般秋雨》如骨董肆主，衒其多珍。

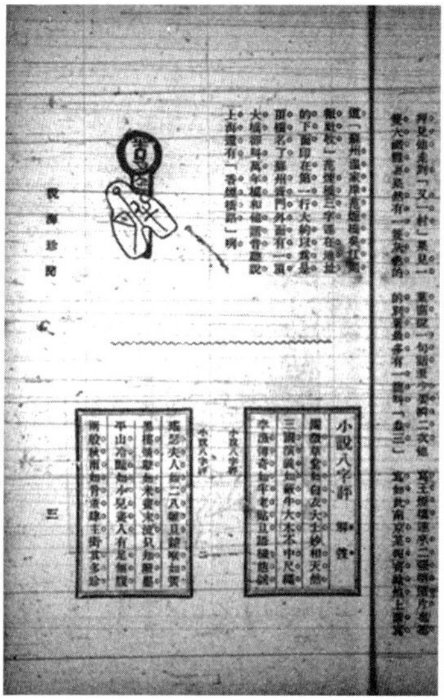

紅樓夢雜記

嚴敦易　撰

連載於《小説月報》一九二三年十一月第十四卷第十一期、一九二四年九月第十五卷第九期。作者嚴敦易(一九〇五——一九六二),字易之,號渥甫,江蘇鎮江人。早年在銀行、財政等部門工作,業餘從事創作及古代文學研究。二十世紀二三十年代,文章散見於各雜志,曾參加文學研究會。一九五三年進人民文學出版社當編輯。著有《水滸傳的演變》、《元劇斟疑》等。本文在一九二三年第十四卷第十一號《小説月報》上發表的二則原無標題,此爲編者所加,作者署敦易,今統一爲嚴敦易。此文就《紅樓夢》研究中關於高鶚與張問陶之間的關係及『老爺』的稱謂問題提出了自己的看法。

張船山泛稱高鶚『同年』

《船山詩草》上，有詩云《贈高蘭墅鶚同年》，注有『《紅樓夢》自八十回後俱蘭墅所補』的話（見《紅樓夢考證》）。倘若前條的材料屬實，則高鶚續書，似在與張妹成婚之前；不然船山怎能泛泛地稱他做同年呢！

這個話有一大疑點！據胡適之先生所考，贈詩在嘉慶六年（一八〇一），到十四年時（一八〇九），高鶚已大概將近六十歲了。照贈詩的口氣，尚未聯爲姻婭；那時我們就少説點，高鶚也已五十歲了。難道他直至五十多歲纔娶？張妹到那時纔嫁嗎？——照前條所引看起來，絶不能拿續娶來作解釋的！即使説船山因其妹抑鬱憤恨的緣故，不樂意這重親誼，故浮泛的稱做同年；不能作爲尚未成婚的依據。也似乎很爲牽强！

所以我對於高、張姻事的話，有些懷疑！我手頭又没有《張船山詩集》，很難去查考他究竟是否有這一事。——或許胡先生年歲的猜測，有點不合事實，也未可知？總之只好懷疑等著新的發現了！

『老爺』的稱謂

在《紅樓夢》上，『老爺』這稱謂，子侄們是可以拿來稱呼尊上的。寶玉對於賈政簡直全是『老爺』兩字做代表。稱賈赦也是『大老爺』。隨便舉幾個例，如第三十四回説：『有老爺和他坐著就罷了！

回回定要見我！』第十七回賈珍說：『你還不快出去，一會兒老爺出來了！』……很顯明的，不僅是下人們纔稱呼人老爺了！——清客們除老世翁之外，也常稱賈政做老爺。

我們看《儒林外史》就兩樣了！在第四十四回裏，有一節很趣的文字：『湯鎮臺見他油嘴油舌……後來見他開口就說是「稟老爺」，湯鎮臺怒道：「你這樣下流！我是你叔父，你怎麼叔父不叫，稱呼老爺！」講到兩個公子身上，他又叫「大爺」「二爺」，湯鎮臺大怒道：「你這匪類，更該死了！你的兩個兄弟，你不教訓，照顧他，怎麼叫大爺、二爺！」』照這看起，『老爺』竟是完全爲下流階級裏，稱呼在上的人的獨一口吻了！所以湯鎮臺大怒，罵出『下流』、『匪類』、『該死』這一類的厲害訓詞，氣他侄兒不長進！

這兩部書的年代，并没有長時間的懸隔，差不多是在同時的，稱呼這樣的兩歧，很爲奇怪！大約是南北不同的緣故！

高鶚與張妹的婚姻

二年前我研究《紅樓夢》的興趣初起的時候，曾在《婦女雜志》第二卷（號數遺忘）的補白上《西神客話》內，發現了一則關於他的記載；當時將他抄録了，就隨手擱置著。最近檢了出來看看，却是高鶚生平的材料，很可注意的！原文録下：

《天咫偶聞》云：張船山有妹，嫁漢軍高蘭墅鶚，以抑鬱而卒，見《船山詩集》。按蘭墅乾隆乙卯玉殿傳臚，亦有詩才，世行小説《紅樓夢》一書，即蘭墅所爲。余嘗見其書詩册，有印曰『紅樓外史』，則其人必放宕之士矣！蘭墅能詩；而船山集中，絶少唱和，可知其妹飲恨而終也！

據此看起來，我們可以知道下面的幾件事：

（一）張船山同高鶚的關係，不僅是同年，實還有一重最親的戚誼。

（二）高鶚是乾隆乙卯進士（胡適之先生早已考出來了，這條可以做一個旁證）。

（三）照他所説，《紅樓夢》似全是高鶚做的？——説的含渾，又未明指續書——這層很可不必受他的迷惑！八十回前後是兩人的手筆，太明顯了；斷不能推翻曹做的許多有力證據，説是高鶚一手包辦。或者因他有校釐的工作，又諱言續書一事；《偶聞》的作者，便囫圇地傳訛了的緣故？——他們不像是同時人，不然就是很隔閡的；在這段文字上看的出來！

（四）高鶚對於《紅樓夢》是極顛倒的，極感興味的；曾有『紅樓外史』的印以表示傾慕。可見他續書的動機，并不全是『閒且憊也』的没事做，方來續做的。

（五）高鶚是一個放宕之士（？），張船山的妹子，是抑鬱飲恨而没的！——這項很奇怪，高作中所表現的個性與人格，却難使我們相信這話的確實。但并不重要！他續做處處要謹守以前的暗示的，他的生平，純没有重大的抒寫在後四十回裏；於《紅樓夢》的本身無關係！

《天咫偶聞》的著者不知何人，原書也没看過！曾搜求了一陣，都没見到；有一次查著一部《咫聞録》的書名，我懸測或是。找來一看，滿紙神怪的話頭，完全失望！——故這節文字的來源所在，我尚没查出（很希望有人去查閱，或可再發現一點）。

曹雪芹的材料，也是極少！我相信總不會没有；至遲終可以知道的！『呵！大家永久的要在路上！』

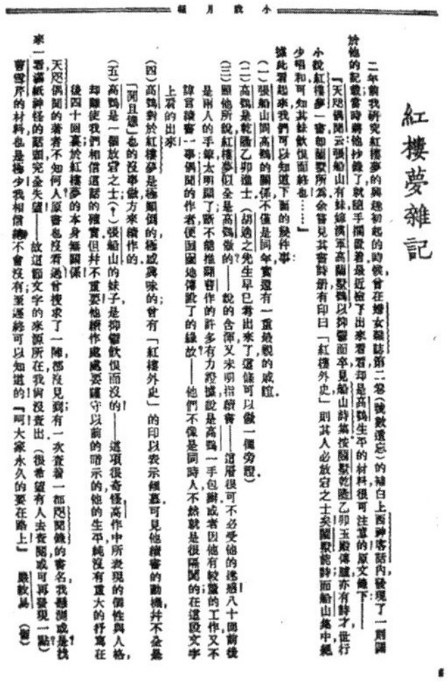
小說月報

紅樓夢雜記

二年前我研究紅樓夢的興趣初起的時候，曾在婦女雜誌第二卷（號數遺忘）的補白上面[illegible]內發現了一則關於他的記載；當時竟忘抄錄了，就隨手擱置着；最近檢了出來看看，卻是高鶚生平的材料，很可注意的。原文錄下——

「天咫偶聞云：張船山有妹嫁漢軍高蘭墅鶚，以抑鬱而卒。見船山詩集。按蘭墅乾隆乙卯玉殿傳臚，亦有詩才，世行小說紅樓夢一書即蘭墅所為；余嘗見其書詩冊有印曰「紅樓外史」，則其人必放宕之士矣。蘭墅能詩，而船山集中絕少唱和，可知其妹飲恨而終也。……」

據此看起來，我們可以知道下面的幾件事：

（一）張船山同高鶚的關係，不僅是同年，實還有一重姻親的戚誼。

（二）高鶚是乾隆乙卯進士（胡適之先生早已考出來了，這條可以做一個旁證）。

（三）照他所說，紅樓夢似全是高鶚做的？——說的含渾又未明指續書——這層很可不必受他的迷惑！八十回前後是兩人的手筆，太明顯了；斷不能推翻舊作的許多有力證據說是高鶚一手包辦；或者因他有較盛的工作，又不諱言續書，事偶聞的作者便囫圇地傳訛了的緣故？——他們不像是同時人，不然就是很隔閡的，在這段文字上露的出來！

（四）高鶚對於紅樓夢是極鍾情的，極感興味的；曾有「紅樓外史」的印以表示傾慕，可見他續書的動機，并不全是「閑且憊」也的沒事做方來續作的。

（五）高鶚是一個放宕之士（？）張船山的妹子，是抑鬱飲恨而沒的！——這項很奇怪；高作中所表現的個性與人格，卻難使我們相信這話的確實；但并不重要；他續作處處要謹守以前的暗示的，他的生平，純沒有重大的抒寫在後四十回裏；於紅樓夢的本身無關係！

天咫偶聞的著者不知何人，原書也沒看過！曾搜求了一陣，都沒見到；有一次查着一部咫聞錄的書名，我懸測或是！找來一看，滿紙神怪的話頭，完全失望！——故這節文字的來源所在，我尚沒查出，（很希望有人去查閱，或可再發現一點）曹雪芹的材料，也是極少；我相信總不會沒有；至遲終可以知道的！『呵！大家永久的要在路上』 嚴敦易（寄）